当代陕西文学评论文丛 | 编委会

主　编　贾平凹　齐雅丽

副主编　韩霁虹　李国平　李　震

编　委　（按姓氏笔画排序）

仵　埂　齐雅丽　李　震

李国平　杨　辉　段建军

贾平凹　韩霁虹

当代陕西文学评论文丛

后起新锐

话语的锋芒

孙新峰 著

陕西师范大学出版总社　西安

图书代号　WX24N2349

图书在版编目（CIP）数据

话语的锋芒 / 孙新峰著. -- 西安：陕西师范大学出版总社有限公司，2025. 6. -- （当代陕西文学评论文丛 / 贾平凹，齐雅丽主编）. -- ISBN 978-7-5695-4818-1

Ⅰ．I206.7-53

中国国家版本馆CIP数据核字第2024KB4978号

话语的锋芒
HUAYU DE FENGMANG

孙新峰　著

出版统筹	刘东风　刘　定
策划编辑	马凤霞
责任编辑	王西莹
责任校对	马凤霞
封面设计	周伟伟
出版发行	陕西师范大学出版总社
	（西安市长安南路199号　邮编 710062）
网　　址	http://www.snupg.com
印　　刷	中煤地西安地图制印有限公司
开　　本	720 mm×1020 mm　1/16
印　　张	15
插　　页	2
字　　数	220千
版　　次	2025年6月第1版
印　　次	2025年6月第1次印刷
书　　号	ISBN 978-7-5695-4818-1
定　　价	59.00元

读者购书、书店添货或发现印装质量问题，请与本公司营销部联系、调换。
电话：（029）85307864　85303629　　传真：（029）85303879

文脉陕西，评论华章（序）

贾平凹

  从延安文艺的烽火岁月，到新时代的文学繁荣，陕西文学以其独特的风格和深邃的内涵，赢得了国内外的广泛赞誉。在中国当代文学史上，陕西不仅拥有一支强大的文学创作队伍，同时也拥有一批占领各个历史阶段文学批评潮头的评论骨干。他们以敏锐的洞察力剖析文学现象，参与文学现场，解读作品内涵，为陕西文学的发展注入了源源不断的活力。在新时代文化浪潮中，文学评论作为党领导文学事业的重要途径和方式，作为文学繁荣发展的重要推动力和引导力，正凸显着越来越重要的作用。

  为了贯彻落实习近平总书记关于文艺工作和文艺批评的重要论述，以及中宣部等五部门联合印发的《关于加强新时代文艺评论工作的指导意见》，进一步加强和改进陕西文学批评工作，打磨好批评这把利剑，把好文艺的方向盘，同时也为深入总结和发扬陕派文学批评的历史经验，全面呈现陕西当代评论家队伍及其丰硕成果，推动陕西文学批评再创佳绩，助力陕西乃至全国文学发展，陕西省作家协会精心策划并编辑出版了"当代陕西文学评论文丛"。

  在选编过程中，丛书编委会始终遵循着精编细选的原则，力求每篇文章都能代表作者个人的最高水平，同时也能反映出陕西文学评论的独特风格和时代特征。所选文章以研究和评论承续延安文艺传统的陕西作家、作品为主，也不乏对中国文坛或域外文学研究的独到见解。丛书汇聚了三代文学批评家中三十位代表批评家的学术成果。他们或生于陕西，或长期在陕工作。他们以笔为剑，以墨为锋，用睿智深刻的见解，共同书写了陕西文学批评的辉煌华章。他们的评论文章，或激情洋溢，或理性严谨，或高屋建瓴，或细腻入微，共同构筑了这部丛书的独特魅力与丰富内涵。

丛书将陕西老中青三代评论家分为"笔耕拓土""接续中坚""后起新锐"三个系列。三代评论家有学术师承，亦有历史代际。每个系列都蕴含着不同的时代气息和文学精神："笔耕拓土"系列收录了陕西文学评论界先驱和奠基者的成果，他们如同手握犁铧的开垦者，为陕西文学评论的沃土播下了希望的种子；"接续中坚"系列展现了新一代批评家中坚力量的风采，他们的评论既有深厚的理论功底，又有敏锐的时代洞察力，为陕西文学评论的繁荣发展注入了新的活力；"后起新锐"系列则汇集了新一代批评家的文章，他们敢于创新，勇于探索，为陕西文学评论的未来开辟了广阔的空间。

"当代陕西文学评论文丛"的出版，不仅是对陕西文学批评历史的一次全面总结和回顾，更是对未来陕西文学发展的有力推动和期待。相信这部丛书的问世，将激发更多文学评论家的创作热情，使陕西文学创作与批评携手并进，比翼齐飞，为推动陕西文学批评事业的繁荣发展，为陕西乃至全国文学的发展贡献新的智慧和力量。

2024年11月8日

目　　录

001　《山匪》：商州土匪题材的新突破
　　　——兼论孙见喜与贾平凹的不同创作特色

012　贾平凹散文创作生态论

022　论《高兴》对当下文学写作的意义

039　缱绻的乡情　伟大的良心
　　　——贾平凹《秦腔·后记》影视艺术片的审美意义

047　怪胎女婴：解读《秦腔》作品的一把钥匙
　　　——重读《秦腔》

060　三个人的文学风景
　　　——路遥、陈忠实、贾平凹三作家的文化符号学意义

072　炉膛里熔炼出来的希望之光
　　　——论《带灯》对《古炉》小说的继承和超越

107　"带灯"等"天亮"
　　　——论《带灯》小说中的人物形象

126　《老生》：通过小说重述历史

139　在迷惘与焦灼中突围
　　　——陕西当代中青年作家印象

158 陕西工业小说的新收获

——论宁可新作《日月河》的意义

164 《知了》：现代乡愁的创新表达

——李喜林小说论

176 《贞节碑》：一篇堪称完美的"写意"小说

——程丹小说论

188 一首情感真挚，意味深长的好诗

——喜读张虹诗歌《我妈叫我回去看油菜花呢》

196 陕西文学评论界的三驾马车

212 乱世悲歌

——《白乌鸦》小说印象

228 后记

《山匪》：商州土匪题材的新突破

——兼论孙见喜与贾平凹的不同创作特色

孙见喜的《山匪》一出，好评如潮。陈忠实由衷地感叹："这部小说是我阅读过同类题材小说中非常优秀的一部！"[①]费秉勋也这样评价：《山匪》是陕西自20世纪90年代初所谓"陕军东征"以来出现的最优秀、最值得重视的长篇。[②]就连商州鬼才贾平凹也说：且不说小说写得如何，单纯里面的文化资料就很有价值，系统地展示了当时社会的动乱状况，内涵非常丰富，别人写不了。[③]

土匪是社会制度畸变和民不聊生的产物。土匪的主体是农民。越是在社会动荡不安、水旱灾害严重、粮食无法周济的季节，越是土匪人数激增、土匪抢掠频繁、农民起义举事的时候。中国是以乡土为家的国家，土地是旧式农民的唯一命脉。由于种种原因被迫离开土地的农民，因为失去了生存的正当手段，不是沦落为乞丐，便是被"逼上梁山"去当土匪。就像一句民谣说的："饥荒年月，弱者成为乞丐，强者当了土匪。"从汉字"匪"字字形上就可以看出，土匪是被逐出土地和房院的"非常人"。因

---

① 陈忠实：《孙见喜长篇小说〈山匪〉：中国乡村形态的智慧表达》，载《文艺报》2006年5月23日。
② 费秉勋：《山匪概说》，载《文化艺术报》2006年3月8日。
③ 2006年3月23日在西安工业大学当代文学研究中心和《小说评论》共同举办的《山匪》研讨会上的讲话。

此，对这部分人的描绘和把握，有助于准确地了解一个地区、一个民族真实的生存与生活状态。商州地区山大沟深，又处在豫、楚、秦几大经济板块的衔接地带，所以是叛军土匪暴民及流氓无产者的隐藏和滋生之地，如明末的李自成、民初的白朗，以及当地数不清的逛山杆子等。对这个特殊群落的剖视和描画，成为商州作家共同的义务和责任。

写商州土匪，最成功的当属贾平凹和孙见喜。上世纪80年代中期以来，中国文坛就刮起了一股新的土匪审美风。莫言的《红高粱》一马当先，其卓异的民间文化视角引发了土匪文化小说的创作热潮。贾平凹也暂时告别了商州改革系列小说，转而写下了《五魁》《白朗》《美穴地》等土匪小说，这些作品都被收集在《匪事》集中。其作品中的人物五魁、白朗和柳子言等，均因其矛盾的心理、复杂的形象而在中国文坛独树一帜，至今为人津津乐道。这几部小说也成为贾平凹小说中很少遭人诟病的优秀之作。胡传吉曾这样评论《匪事》：贾平凹写"匪"准确而有力地抓住"人"的起点和终点，展开他的叙事冒险，《美穴地》《白朗》《五魁》等"匪事"的悲欢，是中国式的西域悲欢，是"人"在"大漠孤烟直，长河落日圆"面前手舞足蹈，却又渺小无助的场景。[①] 在《匪事》中，贾平凹主要写土匪题材下的人性回归，他笔下的土匪已经在很大程度上消解了残暴气，充满人情味，性格平和善良，如《白朗》中的白朗，《五魁》中的那个放了被喽啰们抢来的新娘的土匪头目。他们没有丝毫的匪气，也没有《乌龙山剿匪记》中钻山豹式的狡诈与凶悍，却有着梁山好汉般的仗义与善良，有着一般土匪没有的人性。当白朗被黑老七抓进地坑堡后，由于众叛亲离，将必死无疑了，但贾平凹让黑老七的压寨夫人出场，让为了女人而离开了白朗的刘松林和陆星火来解救白朗并为此献出了自己的头颅。尤其是结尾部分，压寨夫人与白朗的生离死别，让人唏嘘不已，读者就像是目睹了一场乌江边项羽与虞姬的生离死别。贾平凹的土匪系列还着重写

---

① 胡传吉：《〈匪事〉："匪"也有怀春的时候》，载《南方都市报》2006年3月17日。

到了土匪横行时期人的欲望：柳子言的欲望是四姨太，掌柜的欲望是美穴地，四姨太的欲望是健美的男性身体；白朗从和尚到英雄，再由英雄到和尚，把对女人的欲望熄了又燃、燃了再熄；天鉴切了自己的尘根，还是止不住对五娘的欲望，五娘死后，天鉴也在绵绵晚雨中伤痛而亡；五魁的欲望是一辈子背着那个天人般的柳家少奶；柳家少奶的欲望就是欲望本身，当五魁一再回避他的身体需求时，她竟然求助于五魁亲手买回来的四眼狗。在欲望面前，俊美健壮的男人与"桃花恨你，春风恨你"的女子一样，都没有着落。匪与女人，都是边缘人，与中心人相比，他们面临更多的人生绝境，在人生绝境中，欲望的狂野与绝望更能清晰地凸现。

《山匪》也写了一群有商州特征的当地土匪，而主要写出了乱世商州复杂的人情和人性。总体上讲，大致写了三种土匪：

其一，政治性土匪。

它可以分为两种类别。其一是有着明确的政治目的，聚集了一定数量的农民。诸如政教合一的老毛道之类，起事之初，就提出了"直取西安省，秋后坐故宫"的口号。他们以"刀枪不入"等各种口号和方式凝聚人心，妄图"变天"，分封坛主，蛊惑人心。女教徒燃指殉道，可谓惨烈。最后老毛道们身败名裂，作鸟兽散，可谓咎由自取。其二如同《林海雪原》所描绘的那类土匪，他们没有明确的政治目的，但打着政治旗号，行盘踞之实，明是粮子暗是土匪。老连长之类便可归于此种类型。老连长属于"风派"人物，他一会儿拥刘，一会儿拥冯，一会儿拥蒋，世故精明，老奸巨猾，没个准数，但为了一个目的：保住自己在商州的利益。为此目的，只要有人威胁他的利益，他就立即弹压，甚至不惜向自己的转弯亲戚孙法海兴师问罪。尽管虚惊一场，但无辜冤杀苦胆湾三条人命的事实，让人思忖。三民主义到他手上被糟蹋得不成样子，一会儿变成一民主义（敲掉敢反水的县长、警察局长，继续独断专行），一会儿又将其阐发为八民主义。这个人既是官匪又是兵痞，既是霸王又是懦夫，既是色狼又是贪财者，"任尔东西南北风"，我自稳居老巢，屹然不动。

其二，社会性土匪。

社会性土匪是指没有明确、长远的政治目的，以打家劫舍为生存手段的土匪，像支麻子、白脸娃娃、固士珍、海鱼儿一类。前两者为匪的主要目的是地盘、财宝和女人，后两者主要目的是寻仇，共同的敌人是孙校长。支麻子和白脸娃娃是乱中举事，啸聚山林，为的是自己身心快活，祸害百姓自不待言。瞎锤子固士珍因为违反校规，被孙校长开除了。海鱼儿因为和孙家老四的遗孀私通，被孙校长捉奸在床，差点被扔进河里喂鱼。为报一己之私仇，固、海落草为匪。尤其是海鱼儿，在别人的撺掇之下，竟向包括苦胆湾亲人在内的二十八人举起了屠刀，然后又假惺惺地运回尸体，伪装善人。还有深藏不露、八面玲珑、最善于在刀尖上讨生活、有奶便是娘的骨头皂，圆滑世故，大做人头生意，十分可鄙。为了自身利益，背弃兴教大义，割掉孙校长人头的马皮干等亦属此类。这些人杀人如砍瓜切菜，以抢掠（复仇或敛财）为主业，成为商州人的心腹之患。

其三，文化性土匪。

如唐靖儿等。唐靖儿最初是一个小小的挣篓匠，因为不高兴老舅让自己种地、挣篓发家的建议，打着"除霸、保民、杀狗官"的旗号上山为匪，靠一杆烟枪打天下，竟发展成人人谈之色变的土匪司令。他不仅杀死了政府任命的县长，而且自己乱点了锁匠当县长。可笑的是这个土匪胳膊上随时都别着"母亲大人神主"的牌位，把自己装扮成一个孝匪，并以此招徕人才。他没有什么雄才大略，对别人设计把自己的队伍挂靠在于右任名下不感冒，也对参加什么党毫无兴趣，只在意山大王的快意和威风，沾沾自喜于两郎的风水好、豆腐好、凉粉好、女子识耍。他喜欢钱财，却对分封手下兴趣颇浓。舅舅孙法海被老毛道掳去后，他派人救回，却对其大加耍弄和敲竹杠；舅舅死了，他猫哭耗子吊孝，不仅借机惩罚小时候自己借米借面时对自己态度不恭敬的老舅一家，而且大闹喧天，以外甥身份惩罚孙家遗孀，显示自己对老舅的在乎。这些都表现出他深受封建文化遗毒的影响，没有脱掉浓厚的小农意识底子。唐靖儿可以说是商州文化影响下的正宗商州土匪。

当然，以上三类土匪并非有着绝对的界限，而是互相交织渗透，许多土匪既是社会性土匪，又是政治性土匪。

比较孙见喜的《山匪》和贾平凹的《匪事》系列，我们可以清晰地看到：《山匪》在展现古商州上世纪二三十年代的社会生活方面，在对商州土匪的凝视和塑造方面，以及在展现商州独特的民俗文化方面，已经比《匪事》有了很大的进展。主要体现在：

第一，在对土匪的人性挖掘方面，孙见喜在还原本真上有了新的拓展。

如果说贾平凹笔下的土匪已经不像过去人们心目中杀人如麻、烧杀抢劫的传统形象，而更接近于普通人，那么，恢复了杀人如麻、嗜血蛮悍特性的《山匪》中的土匪形象则更为复杂。作家用漫画和荒诞笔法，为我们展示了乱世商州人艰难的生活状况和屈辱的生活图景。作品中的土匪每个人都有他们的人性欲望，虽然大多不干人活，但都有令人信服的转变过程。海鱼儿这个在孙家做活、一直被人瞧不起、就连捞洪财也要被人调笑"是不是捞了个媳妇"的人，最后竟然勾搭上了孙家老四遗孀，而且被赶出去后竟然连杀二十八条人命而不变色！固士珍是一个连拉屎都要躲在角落的人（肚子吃不饱，拉的屎不成形状怕人耻笑），竟然一次次地给学校靠蓍麦秆（烧学校），直到最后变成了人见人怕的土匪头子。唐靖儿日子难过时曾向舅家借粮，后来羡慕当兵的就去当土匪。这些商州土匪割舍不掉和商州文化的渊源，每个人都有自己的传奇和遭际。《山匪》中的十八娃对应着《美穴地》中的四姨太，所遇非人，小姐的身子丫鬟的命，而她自己也无法找准自己的位置。《山匪》中的小牛郎就是《白鹿原》中的黑娃，认为革命的最终目的就是实现自由恋爱，不过他比黑娃更苦，而且似乎很有天狗味，但看起来蔫不啦叽的人儿，胸中竟能藏下冲天的仇恨！柳子言就是陈八卦的雏形，民间权威，少年英雄，老境颓唐，何其相似！苟百都像是海鱼儿，又像是老连长，觊觎女色，碰到机会不会放过。而唐靖儿既有天鉴的况味，又有五魁的懦弱。乱世乱人性，在乱世中苟活，为了比别人活得好一点，每个人都在竞相施展自己的才能，土匪也不例外！不管是逼上梁山，还是主动落草，好坏两字已经不足以评判这些土匪。十八娃的感喟尤其让人深思：

> 老连长就眯上了眼，鼻子里哼出一种旋律，自在得头也晃起来。十八娃不知道他唱的什么，看他那么滋润舒服，就一时在心中生出悲酸。她想起瞎子外婆那一班人的可怜下场，想起竹林关那一帮子艺人的下作，想起刘奴奴甘做玩物的趋炎附势之态，想起自己也不得已而为之的唱和和任人打扮，就不知道这人世间的七行八作，那一行是正经的，那一行是不义的。又一想，不为了一口吃喝，谁甘愿叫人当猴耍呀？一时心下悲伤，就作叹这非妻非佣半明半暗的日子啥时候才是尽头……①

说《山匪》在一定程度上是对商州传统礼教的反拨，唤起了人们对正常生命力的认识和健康人性的追寻，应该大致不差。《山匪》封面上几句概括的话可谓精准："从孝匪到儒匪，匪亦有道；从卖笑者到革命者，情亦无轨；从草寇到教徒，心亦有灵；从偷情者到教师爷，性也无格。"孙见喜用自己的文笔告诉读者：土匪就是土匪；人就是人。

第二，孙见喜和贾平凹都比较注意展示商州古代民风民俗，贾平凹以广见长，孙见喜则开掘得更深。

在贾平凹的"匪事"系列中，就有"踏坟地"（《美穴地》）、"背新娘"（《五魁》）、唱陕南孝歌、说商州四溜话等商州独特的民间文化。《山匪》的叙写更深更透，可以说是古商州民俗文化的深度报道。小说如数家珍，写到了许多商州至今存在或已经湮灭的文化习俗，如熬相公（当学徒）、给扁担开光（给镢头、刀开刃）、贩挑或骡子客留烂鞋、给孩子认干大、打儿窝扔石头求子、给违反人伦强奸亲人者吃料豆、翁媳扒灰等。还有呈现商州人生活生产习俗的五行八作：如捏脚、刮虮子、榨

---

① 孙见喜：《山匪》，知识出版社，2005年，第403页。

（打）油、染布、割烟等。尤其令人称道的是对商州丧葬习俗的全面展示，如给横死在外的人"捏头"。众所周知，商州人在外打工做事的比较多，因各种原因丢失头颅的人，无法下葬，就需要用面或枣木疙瘩捏（刻）一个人头安上，才能埋葬。《山匪》中写到了孙家老四被乱枪打死后，尸身皆无，不得已用空棺，后来老连长鉴于他战功赫赫，答应用金头银身子入殓。老大承礼死后也是先由十八娃用面捏个假人头，最后几经周折才找到了那个被藏在十八娃裤裆里的真人头。可以说，没有对商州民俗文化的深入体察和觉知，是不会把商洛文化揭示得这么精细和全面的。

第三，在对商州民间口头文化尤其是语言的借鉴上，贾平凹属于内敛性的，有节制；而孙见喜属于敞开性的，不加修饰，直接用。

《山匪》对商州民间口语的采撷和运用是彻底的，令人激赏的。比如在对人的称谓方面，称不正经的阿公叫烧馍头子，管服侍人的叫挎娃子，管外地人叫下河人；孩子不成器叫荒花，说人聪明叫灵醒；人患了慢性病、结核病叫患细病；阴阳先生给别人家里踏勘、配制叫禳镇；打扰别人叫搪搅；说人走路、行事不端正叫侧楞仰绊，什么事情办砸了叫毬势了；给人帮忙叫促脸、促红；事情难办叫难肠；把谁杀了叫劈叉；两下夹击、合围消灭敌人叫吃肉夹馍。这些语言幽默、简洁、形象，富于人物个性，而且信手拈来，不假思索。比如说陈八卦头大就是长着粪笼一样大的头，说人倒下像粮桩子一样，说不保守秘密、故意挑拨离间叫"点捻子"等，都是地道的商州口语。再比如说丑丑花鼓子们的遭遇："上台穿绸又挂缎，赛过王侯和官宦。下台补丁吊着线，像个叫花子来要饭。有戏酒肉和白面，没戏饥饿肠子断。接戏来车马一长串，拆台时挨打又受弹。赢台时披红又挂缎，赛过结婚拜香案。输了台砖头身上蹿，一个个血头又烂面……"[①]可以说，孙见喜几乎原汁原味地搬用了商洛人的口语，有的几乎是出口秀，这都与作家多年浸淫于商州民间文化分不开。应该指出的

---

① 孙见喜：《山匪》，知识出版社，2005年，第404页。

是，同样作为商州知名作家，贾平凹在这方面就慎重、节制得多。

孙见喜曾经这样对贾平凹说："你的小说，除了你小说中的中国文化味儿之外，再就是你的语言了。阎纲说你把老百姓口中土得不能上秤盘的语言用在小说里，肖云儒说这些土话其实正是古代文言、雅语，是遗落在民间的珍珠，现在，你把它们捡起来，串起来，用以表现当代人的故事和生活，所以显得独特、美，而且每颗单个珍珠也可独立欣赏。"贾平凹是这样回答的："如果认为我作品的语言还好，那是我生存的环境好，西安是古都，上古语言大量遗落在民间成为方言土语，我有意无意地加以收集和改进进入写作中罢了。"但他也指出："地方方言在某种程度上比普通话丰富和生动得多，而我们写作品即就是使用方言，却前提一定要别的地方人能理解呀！"[1]在肯定《山匪》成就的同时，贾平凹也批评作品不应把那么多的土话写进去，如"蕃麦"（玉米）外地人谁懂呀！贾平凹在运用商洛土语的时候，基本上都要进行文艺加工。这与其所受的城市文化环境影响有关。贾平凹根据自己的艺术经验对商州地区的方言土语作了一定的筛选，用的是那些能传达思想且极富表现力的方言词语。对此，孙德喜先生有过精辟的论述，他曾经对贾作中多次出现的"瓷"字做了解读，仅通过对"瓷"在其作品中不同用法的分析，就可以发现其中的韵味非常丰富：大多是形容或描写愣头愣脑的男子在女子面前的尴尬神态，表现的是一些怀有某种程度女性崇拜的男子的傻相。[2]对一些外地读者难于理解的方言词语，贾平凹往往结合有关物产、风俗、器具、地理等进行描写和叙述，让读者熟悉，如《浮躁》中对看山狗的描述。商州山区地势起伏不定，沟壑众多，常有野兽出没，出了很多奇人逸事，地理因素的影响，自然使贾平凹作品中增添了许多神秘况味，玄言哲理随处可见。而孙见喜作为商州通，其作品中大量出现富有特色和韵味的商州土话在情理之中。由于多年对贾平凹等作家作品的苦心钻研，加上他非常谙熟商洛民间土语，

---

[1] 贾平凹、孙见喜：《文化·哮喘》，载《延河》2004年第5期。
[2] 同上。

《山匪》在语言运用方面也有了很大的进展，几乎到了炉火纯青的地步。诚如他自己所说，"我尽量用讲故事的方法，用中国式的语言和读者交流"。在《山匪》这部作品中，有一个出现频率颇高的词语——做活，在此略举几例稍作分析：

> 见了女儿的白身子，为父的忍不住就把女儿的"活"给做了。[1]

> 你不是说你能杀人吗？刚好这儿有活你去做了。[2]

> 高二石一眼一眼看着他，直到把活做完，才怯怯地叫了一声："爷！"[3]

> 刘奴奴就说："好老连长哩，咱这儿冬里夜长，没活做了闲得脚心痒痒，除了唱唱臭臭花鼓子，就在炕上寻开心哩。"

> 小牛郎叫来了"读书会"的几位敢于冒险的青年……这使几位激进分子一时处在"做大活"的兴奋之中。[4]

第一句中的做活，是指父亲夺女儿的贞操，强奸女儿；第二句中的做活是指杀人；第三句中的做活是指孙老者修水火棍；第四句中的做活是指做农活之类；第五句中的做活是指暗杀老连长。商州土语之内涵丰富可见一斑。商州方言土语凝聚着当地人的文化精神与智慧，是当地人对自然、宇宙、人生的一种独特的解读，反映了他们的人生态度和各种欲望。正如孙德喜所讲："小说要描写一定文化区域里的人，要向这些人的精神的深层世界掘进，方言土语则为之提供了一个很好的途径，因为小说家在方言土语中找到了这些乡党们精神存在的家园。"[5]

值得注意的是《山匪》中用很大篇幅写了商州民间小戏"臭臭花鼓

---

[1] 孙见喜：《山匪》，知识出版社，2005年，第2页。
[2] 同上，第355页。
[3] 同上，第375页。
[4] 同上，第384页。
[5] 孙德喜：《20世纪后20年的小说语言文化透视》，长江文艺出版社，2005年，第189页。

子",这一点可能只有贾平凹的《秦腔》可以与之媲美,因为《秦腔》中也援引了许多秦腔的唱词和有关知识。"臭臭花鼓子"是上世纪二三十年代广泛传唱于商州东西两路的戏曲品种,其演出形式和东北二人转相似。一般是两人演一折,大段子也有三人四人演一折的,主要由一丑一旦构成角色,用说荤话和摸摸揣揣、念唱做打的方法逗人们耍笑,其中唱是主要手段。它既是商州人民喜闻乐见的民间小戏样式,也是乱世中商州人聊以自慰的精神食粮。商州人苦重,娱乐方式单调,"臭臭花鼓子"能够放松心情、娱乐身心。这些臭臭花鼓子根据创作需要灵活地穿插在小说中,既调节了小说的叙事节奏,活跃了小说的叙事气氛,又给小说语言涂上了浓厚的民间文化色彩。商州土匪争斗,臭臭花鼓子艺人一般却是受到保护的。杨虎城主陕时,商州"臭臭花鼓子"发起人之一尿床王孙庆吉荣幸地被村人举为甲长,从一个侧面说明了人们对花鼓艺人的认可。土匪中任何一方占上风,都邀请花鼓艺人去庆功助兴,而且若请不到这些花鼓艺人,对土匪们来说是很丢面子的事。支麻子为给骨头皂母亲过寿,竟敢从红枪会头领白脸娃娃处抢戏子。臭臭花鼓子用比较粗俗的语言形式描写了商州男女之间的调情,反映了商州人爱的痛苦和活的艰难,并以商州特有的民间智慧表达了对主流文化中性禁忌的嘲谑。作家用这些沾"黄"的材料,消解权力和政治话语,如实地传递商州的民间情味。《山匪》中多次写到这些民间语言形式,其意就是想将地域文化当作民间文化立场立足的基石,以此来疏远、拒绝和消解来自官方的权力语境,也是想通过这些民间文化的表现形式来强化商州人与事的传奇性和神秘性,牢牢地将读者的注意力引领到商州这块神奇的土地上来。研究贾平凹的邰科祥曾这样评价《山匪》:"如果有人企图了解商洛的奇风异俗,我想你无须翻阅地方风俗志一类的资料,看看这部小说足矣!凡是商洛这块封闭的地域与别处不同的礼仪、规矩、方式都被孙见喜全盘收集,并且比较自然地涂抹在小说的故事发生的底布上,从而织就了一幅地道、浓郁、包罗万象的商洛民俗画卷。可以这样说,商州文化由于《山匪》的出世将永远地成为绝唱。"①此言不虚。

每一个作家都生长在一个特定的文化场中，这个文化场对作家小说语言形态选择的影响是错综复杂的，其中有两个重要的文化因素尤其应当引起我们的注意。首先是作家青少年时代所生活的文化环境，尤其是家乡的地域文化；其次是传统文化。但二者相比，地域文化所起的作用是决定性的，它深刻地影响着作家小说语言的基本流向。商州丰富的民间文化为贾平凹和孙见喜提供了创作武器库，商州曾经存在的土匪群落和土匪文化事象以及对耕读道德的尊崇为他们提供了直接的创作资源。当然，我们不能说孙见喜的《山匪》已经超越了贾平凹的创作，但是可以说，贾平凹在上世纪90年代后创作方向和情绪关注点的变化，为孙见喜的《山匪》创作提供了契机，也为后来的商州作家超越贾平凹提供了新的思路。孙见喜这个怪球手剑走偏锋，从商洛花鼓入手，细腻而逼真地将土匪猖獗的乱世商州人生存状况作了全面揭示。因此，从一定意义上讲，《山匪》是对商州土匪题材创作的一次新的突破。

原载《当代文坛》2006年第5期

---

① 邰科祥：《乱世的悲歌商州的绝唱——评孙见喜的长篇小说〈山匪〉》，贾平凹暨商洛文化研究网。

贾平凹散文创作生态论

自古以来，人们就一直努力把握人与自然、人与社会以及人与人本身的关系。这种认识，经历了一个盘旋上升、不断递进的过程。文学的发展始终与人类的认知同步，从早期的神话，到整个现实主义文学以及20世纪现代性文学，无不打上人类试图解释人与自然、社会以及人本身关系问题的烙印。贾平凹是新世纪文学中较早触及生态审美问题的作家。在他的作品中，对"生态美"的呼唤和思考比重很大。从20世纪70年代末期开始，贾平凹创作就表现出一种"天人合一"的生态美思想，尤其在他的散文作品中，这种思想体现得更为明显。贾平凹以不同于他人的创作悟性、超常的艺术感觉和独特的思维品质，为读者描绘出一幅幅富有情趣和诗意的生态画面。这种对"现代性"的反思和超越，使他成为当代作家中为数不多的"先锋派"作家。贾平凹散文创作中对"生态美"的描摹和思考表现在以下几个方面。

一、描摹自然的原生情态美

与其他作家相比，贾平凹较早意识到自然生态的美。他的很多作品都反映了自然生态平衡和发展的美态。在他的笔下，山、林、河、石等物象充满了生命的灵光，显示出与人相应的审美价值。他的创作，与近几年兴起的"生态美"的相关理论相吻合。美学家曾繁仁指出："新兴的生态存在论美学观也坚持认为自然界万事万物，无论是动物、植物等有生命的物体，乃至于山脉、大河、岩石等无生命的物体，统统具有自身的'内在价值'，包括自身的'审美价值'。自然界本身也有美感。"①贾平凹描摹自然生态的散文大多抓住了审美对象的"内在价值"，抒写出自然界本身的美感。

自然生态美的特征是绿色，生态美的本质是有利于人的生存与发展的。"牛山之木尝美矣"，为什么孟子认为它美？是因为牛山有茂密的森林和绿色植被，那一片浓浓的生机盎然的绿色给人以赏心悦目之感。它蕴含着生命，显示出勃勃生机，给人以希望和活力。自然中富含山、石、月、树等人文意象，作为人的个体生命的外延，它们可以起到丰富生命、深刻识见的作用，而且，"山、川、日、月、鸟、兽、虫、鱼、林、泉、花、草都必须在其自身保持住自在生态时，才有可能粲然开放为美的存在"②。就自然环境美来说，充足而又洁净的水、清新的空气、丰富的绿色植物是生态美外在形象显示的三大要素。有谁能否认其对人类存亡绝续的制导作用呢？可见，无论从功利的还是非功利的角度审视，自然的本原是美的。诚如李西建教授所说："对生命存在的尊重和热爱，这既是生态学，也是生态美学最重要与最基本的精神。"③那么，描摹这种美、传达这种美成为作家的主要责任。贾平凹充分认识到了这一点，他一再提倡，"散文本质是美文"，我们的散文作品必须能发现这种美（它包括自然美、人情美和对社会批判的美等）。贾平凹在自己的作品中就描写了自然环境生态美，反映了自然环境生态美。他在《平凹携妇人游石林》中说石林是无法用文字写出的，"大美不能言"，这种认识直接影响到他的

---

① 曾繁仁：《生态美学：后现代语境下崭新的生态存在论美学观》，载《陕西师范大学学报》2002年第3期。
② 刘恒健：《论生态美学的本源性——生态美学：一种新视域》，载《陕西师范大学学报》2001年第2期。
③ 李西建：《美学的生态学时代：问题与意义》，载《陕西师范大学学报》2002年第3期。

创作。用贾平凹自己的话说："是酒，就表现它的醇香；是茶，就表现它的清淡；即便是水吧，也只能表现它的无色无味。"①因此，他总是贴着事物的本来面目写。写月色中的皇甫峪的水，是"两山之间夹出的一条细水"；写深山里挑着担子的山民，是"光光的脊梁上滚着有油质的汗珠"。从创作方法上看，贾平凹描摹自然生态美可以分为两类。一类是主体客体化（人的自然化），即将自己移入描写对象之中，客观描写自然，展示对象的美，很少表情，像《文竹》、《含羞草》、《秦地游踪》（11篇）、《河西小品》（5篇）、南国笔记（5篇）等篇什即如此。在作者笔下，商州山民的生活，是"火上的吊罐里，咕嘟嘟煮着熏肉，热灰里的洋芋也熟得冒起白气"，冬天的山是"清清奇奇的瘦"，雪中洼后的山是"浑圆圆"的白，作者竭力去掉人为痕迹，去描摹一种"无笔而妙趣天成"的画面。贾平凹的语言朴素清新，着力雕刻事物的个性特征，将事物的本来面目直接呈现在读者面前。正是由于对自然的衷情、对人生的热爱和心中永葆的诗情，作者笔下的人和事才会充满风情，一派原始生态般的纯净："走遍了十八县，一样的地形，一样的颜色……女人都白脸子，细腰身，穿窄窄的小袄，蓄长长的辫，多情多意，给你纯净的笑。男的却边塞将士一般的强悍，大块吃肉，大碗喝酒，上得酒席，又有人醉倒方止。"（《黄土高原》）"男人都长得白白净净，武而不粗，文而不酸。女人皆有水色，要么雍容丰满，要么素净苗条，绝无粗短黑红和枯瘦干瘪之相。"（《商州初录·棣花》）读到这些文字，谁还会再去想穷山恶水、黄埃漫漫、沟壑纵横、信息闭塞、交通不便的大西北？之所以会有这种独特的审美感受，是因为作者始终以朴野的、发展的眼光去看待生态，而生态美很大程度上就美在生命的本真和发展上。正是在这种人的自然化的选择中，作者笔下的"戈壁大漠"有了价值，万物有了灵性，两性合构的世界也都滤化为和谐相宜的生存美景。

---

① 贾平凹：《贾平凹散文自选集》，漓江出版社，1987年，第572页。

其二是客体主体化（自然的人化）。作者虽然赞美讴歌自然生态，但目的却是通过对客体结构形态的描摹抒发主体的诗思哲情。这集中体现在贾平凹逐年渐多地创作出来的大量的山水游记、生活感悟类散文中。这些散文寓意并不在山水形态和生活琐事，作者在娓娓叙写中蕴藉文中的是主客体感应交融的境界，主体专注于一境心灵静虑时的思想。如在《一棵小桃树》《丑石》《月迹》《月鉴》《静虚村记》《山石、明月和美中的我》等上世纪七八十年代创作的散文篇目中，其况味更多体现在客体所具有的启唤主体感应的唤情结构上，作者着力营造一种物我交融的意境。譬如，大戈壁本应是荒凉寂寞之所，但在作者眼中，它却是一块"难得糊涂的，大智若愚的地方"，因为它经历了洪荒，走入了单纯。广袤的大戈壁因此而成为一幅"现代艺术"的画，画中的一切生物都变异而折射出这个世界的静穆和静穆生命中的灿烂。在作者的思想中，戈壁荒漠也是一种生物，一种生命不断更新发展的产物，正是这种有生有息、生生不息的生态平衡再生的宜人性，寄寓了主体的人生体验和历史价值观，才使作者眼中的戈壁成为审美抒写的对象，成为"现代艺术"的画。上世纪90年代，随着人生体悟和学养的不断累积和提升，作家通过客体所抒写的已是寂静心境对自然的投射，此时抒发的禅思即所谓我心即佛、佛即我心的禅宗自度顿悟的境界，《三目石》《树佛》《坐佛》等均有这个特点。面对顽石，人为何竟会"夜不成寐"，为何会出现"看山不是山，看水不是水，又看山不是山，又看水不是水，再看山还是山，再看水还是水"的情形？（《三目石》）这当然是主体移情中玄想认知所致。以上两种对自然生态原生情态美的描摹，归总起来，前者体现了贾平凹归复自然，认识自然，与自然和谐统一的审美观，表现为人的自然化特征；后者则体现了作者心境扩拓，容纳万物于心，表现了自然的人化状态。

在贾平凹的笔下，主体与客体、人与自然并非十分对立，而是融通互汇，共生共荣，二者都是生态系统中的一个链环，没有绝对的主客体之分。贾平凹之所以能够在二十多年的散文创作中不绝诗感才情，就在于他不断地借鉴学习古今中外的优秀文化，在不断积累学养、锤炼人格、净化心灵的同时，尊重自然，认识自然，寄情自然，顺应同化自然，从而不断地创造人与自然和谐的关系和艺术世界。

二、创造"天人合一"的艺术境界

"天人合一"是中国古代哲学一贯追寻的人与自然、人与社会发展关系的人文理想，是中国文人品格的重要组成部分。贾平凹在日常生活中，包括在学习过程中养成了良好的中国人文传统修养。这就促使他在创作中不断地、自觉地追寻和把握"天人合一"的思想。他主张作家要重直觉感悟，这种感应式思维促生的直觉体验在贾平凹的艺术世界中表现出一种和谐。在这种"天人合一"审美观的指导下，贾平凹笔下的人、事、景、物融通合构，无论是清茶、淡酒、明月、绿水，还是深山、老林、大漠、荒原以及人、自然、社会都达到了和谐交融、完美统一的艺术境界，表现出了作家独具一格的审美品质。

在《商州三录》里，作者给我们描绘出的是一幅幅天人合一的人间美景，反映出其一贯的美学追求。一方水土养一方人，作者笔下的商山人老实厚道，待人热诚，他们过着"洋芋糁子疙瘩火，除了神仙就是我"的幸福生活。"苞谷糊汤是命饭，搅团土豆离不开"，他们喝糊汤、吃柿子、喝烧酒，唱着花鼓戏，说着自编的四溜话。他们靠山吃山，靠水吃水。他们安土重迁，男耕女织，自产自供，与世无争。"生存的需要，使他们结成血缘之网，生活之网。外地人不愿在此安家，他们却死也不肯离开这块热土。"人们并不苛求丰美的物质享受，更多看重的是人与自然和谐相宜的关系。他们依山造屋，靠天吃饭，他们乐山、爱山，更注重与山的情缘。在贾平凹笔下，商州人都有着浓重的"山地情结"，或曰"黄土情结"。他们生于斯，长于斯，贫而不困，怡然自乐，"一切都很安静"，人、自然、社会和谐共处。人以地而生灵气,地因人而焕发生机。这是何等的令人心驰神往的人间胜境啊!而且,贾平凹笔下的商山人身上,仍然不乏对生命的更新和进取精神。诸如,山里老婆子对自己孙子"越来越不像山里人了"的喟叹;"黄家儿子"那超前的经商意识;还有商山人渴望挣脱人性枷锁,对真挚情爱的追寻;等等,都已经说明,这是一方充满生机和希望的热土,是作者永远的"人生根据地",是他休养生息的"世外桃源"。这里的人虽然贫穷,但他们并不羡慕城市生活,他们能够在山里生存,依靠山,利用山,建设山。在这种源源不断的生机和希望的驱动下,整个商州不停地向前发展、进步,愈来愈向世人展示其独特的美态。

不仅写商州山地是如此,在写甘肃通渭人家时,作者同样抒发了自己的天人合一思想。通渭地处西部缺水地区,水源不足使人畜备受煎熬,生态条件十分恶劣,但作者笔下的通渭,却是一个充满了乐观、和谐与向上精神的生态艺术世界。虽然作者也描写了通渭人吃水的困难:不能用净水洗衣,也不能擦澡,他们修水窖,靠"天"蓄水,洗过脸手的水、刷过锅洗过碗的水,过滤后再喂牲口,洗衣服。但在作者笔下,通渭人却善于利用水、节约水、再生水。不仅如此,缺水少菜的通渭人偏偏爱花惜木,追求和谐优美人生,缺水的通渭反倒成了战胜缺水生态的典范。通渭人缺水,但人们不缺道德,不缺精神追求。"正因为心里干净,通渭人处处表现出他们精神的高贵。"他们不仅重视教育,而且爱字成风。"日子再苦焦,墙上也要挂着字。"[①]一般人家贴挂字是不讲究什么名家不名家的,但一定得要求写字人的德行和长相。崇尚耕读道德是通渭人本色。通渭人待人热诚、质朴,待客最豪华的仪式是杀鸡、烙油饼、熬地方茶,日子虽然清苦,但活得本真。知足常乐的通渭人不怨天尤人,他们靠天吃饭,偶然的"一场雨哗哗降临,村人也欢乐得如过年节"。在作者笔下,通渭

---

① 贾平凹:《通渭人家》,载《新华文摘》2002年第5期。

人、通渭山水、通渭民风如诗似画，人、自然、社会达到了完美的统一、平衡与和谐。这通渭岂不活脱脱又是一个"新商州"！

生命和万物的统一是贾平凹"和谐"艺术世界的亮点。这种独特的和谐文化意识，不是谁赐予作家的，它主要源自贾平凹人生中习染的两方面因素。一是受到他生活的古朴淳厚的"商州"文化的濡染。贾平凹从睁眼看世界起，近二十年都生活在远离都市的"商州"的山野乡村。这里没有城市的喧嚣和凝重，这里山水夹挤，交通闭塞，文化落后，山民们保持着浓郁的传统文化和风俗习惯。然而正是这自然的山光水色和山民的单纯朴实，构成了和谐与纯朴的文化。贾平凹自己也说："对于商州的山川地貌、地理风情我是比较注意的，它是构成我的作品的一个很重要的因素。一个地区的文学，山水的作用是很大的，我曾经体味过陕北民歌与黄土高原的和谐统一，我曾经体味过陕南民歌与秦巴山峰的和谐统一。不同的地理环境制约着各自的风情民俗，风情民俗的不同则保持了各地文学的存异。"[1]可以说，商州的和谐文化无时无刻不在影响他，从而奠定了其作品的基本色调。二是受中国人传统的宇宙意识制导。对人与自然的关系，中国人很早就有了天人同构合一的观念。认为整个自然界的一切都是富有生命的，都是气韵流荡、生机盎然的，物与人从根本上来讲，是相类相通的。"天人同构，天人一体，天人合一，这就是中国人对于整个宇宙的总观点、总看法。中国人的这一宇宙意识对中国文化形成了广泛而深远的影响。它以潜移默化的方式渗透流布于中国文化的各个方面，积淀成为中华民族基本性格的重要组成部分，积淀成为中华民族内在的心理结构。"[2]贾平凹也无法逃离这个"结"，他在文学创作的感应思维中形象地表现出亲和意识。

---

[1] 贾平凹、冯有源：《平凹的艺术——创作问答例话》，上海人民出版社，1998年，第100页。

[2] 罗安宪：《论中国人的宇宙意识》，载《宝鸡文理学院学报》1997年第2期。

三、批判"工业文明"的生态悖论

现代工业文明的飞速发展,既提升了人们的生存质量,给人们带来丰美的物质享受,又在一定程度上异化和扭曲了人的本真个性,带来了一系列的生存悖论和爱欲失范情态。人类的文化生态、精神生态、人文生态以及艺术与审美生态屡被扼杀和破坏。人们不仅为了生存受着"基本压抑",出卖劳力和自由,而且还为了某种理性算计领受着"额外压抑",人为支付"文明"的沉重费用。这在城市人(市井阶层)身上表现得尤为明显。贾平凹敏锐地捕捉到了这种现象,在他的许多作品中大量描写了工业文明背景下城市人的生存丑态。他是站在"农耕文明"立场上,对"现代文明"束缚下人们扭曲、变异、非本真的"生活相"进行挞伐的,在某种程度上显示出其精警的反思和批判意识及其"生态美"思想。

生态存在论美学观是在我国美学由"实践美学"到"后实践美学"以及由"内部研究转到外部研究"的美学转向的过程中,在后现代的经济与文化背景之下产生的,而"后现代"实质上可以说是对"现代性"的一种反思和超越。这就意味着生态美理论本身就是对现代性的反思和批判(超越)。"这种价值立场和理论向度突出表现于生态美学是从一种新的存在观的高度,重新思考人与现实、人与自然、人与文化间的审美关系,是对美学现代性的深入思考和反省。"[①]贾平凹在自己的创作中,自觉不自觉地实践着"生态美"思想,创作出了《说房子》《说女人》《说美容》《说打扮》《说钱》《说奉承》《说孩子》等"说"类散文和《闲人》《弈人》《忙人》《人病》《看人》《名人》等"人"类散文。在这些作品中,作者一反柔美幽远的美学风格,终止人与自然感应合一的思维方式,率诚地剖析了现代人生活中种种不堪重负的变异现象,更多书写现

---

① 李西建:《美学的生态学时代:问题与意义》,载《陕西师范大学学报》2002年第3期。

人生怪异荒诞的种种病态。

在作者眼中,这些"城市人"已经失去商山人与天地相合的自然本性,违背了自然规律,为"文明"所累,得了"现代病"。在他的笔下,城市被描写成充满怪异、荒诞、病态的世界。《笑口常开》典型地反映了城市病态的种种类型:人情薄,赠书即弃;难相爱,老来才有黄昏恋;居住挤,房事匆忙无欢乐;不坦诚,阿谀逢迎才为真。而且在这类文章中,充满着一种"黑色幽默"和冷色基调。作者正话反说,有时甚至不见"作者",话语描述之中,却仍然充满"杀伤力"。在《弈人》中,作家对中国人在棋盘上厮杀、斗狠,互不相让,非要争个你死我活的形象刻画和希望变相统治别人、实现征服欲,或者表面痴迷于棋、实际上却以棋作为晋身之阶的心理分析可谓惟妙惟肖,入木三分。本来就崇尚"本真"的作家认为,女人的化妆"违背了自然规律,轻贱了自己"。如同大自然一样,人体也有风水,随便去改造,就失去了和谐,也失去了特点和标志。这和谐当是人与自然的关系,标志就是人的自然本性,这当中隐含着与山、石、月、花一样自然美好的生活原型,一种与自然本性相合的人格境界——生命本真。

生物之间是一个链环关系,人也是这个生物链中的一员。一旦生物链受损、被破坏,人作为生物亦将受其害甚至不复存在。工业文明虽然给人类带来丰美的物质享受,但无限膨胀的欲望又将人带入破坏和谐关系的悖论,使人陷入"自掘坟墓"的险境。这一点,不仅在"城市人"身上大量存在,"农村人"身上也有所表现。贾平凹在描摹受现代商业文明潜浸而异化的农村生活时,也对扭曲的人与人、人与自然关系的"生态悖论"作了批判。狼是贾平凹笔下常见的意象,"人与狼"的关系是作者经常思考的问题。在狼(群)很多时,人与狼之间呈敌对关系。狼吃牲畜,人要宰杀狼,狼又在人的逼迫下,学会了生存能力,变得日益凶残。人和狼处在矛盾和斗争状态之中。作者以辛辣之笔写出了生态的悖论:一个孩子在狼群里能够生存,回到人间却得不到亲情,被抛乃至死去;当狼生病时,它会找上门来求医，病好后还会衔来小孩的银项圈、铜宝锁报答治病之恩。在这里，狼身上浓郁的"人情味"已经很大程度上消解了其残暴气。"狼"不再是一种代表"凶残"和"恶"的意象，它已经作为一种普通的自然生物与人和谐地共同生息于自然界中。人和狼互相依存，呈现平衡状态，而当狼群被打散、赶走，甚至狼被消灭之时，生物链条一个环节被打断，生态平衡又被破坏，人们又一次受到自然界的惩罚："野羊野兔经常糟蹋庄稼，扰乱村人，还将淘金人的被褥干粮袋咬破。"[1]这里又有一个悖论出现：人夺了狼洞，断了狼的后路，狼却为人留下了巨大财富"黄金"，人靠狼而致富。人们又开始怀念狼、呼唤狼。"狼"可以说是作者反思现代文明下人与自然关系的一个形象。这里的"狼"不仅包含"狼"本身意象，还扩而大之衍演到狼以外的其他生物。人宰杀狼其实就是砍砸自己的食物链。贾平凹通过反思狼的被宰杀和数量的减少以及对人与狼关系悖论的述写，批判人的凶恶，抨击斩断人自身生存链条的现象，呼唤人和狼（自然、世界）的和谐生态。在很多人眼中，贾平凹是一个"农乡土著"，他珍爱农业文明，贬抑城市生活，有着牢不可破的"黄土情结"和"向农背城"情绪。艺术尺度在他笔下似乎是一种分裂状态。但我们从生态美的角度切入，发现贾平凹对"城市人"（工业文明）的嘲讽性描写，反映了他对人的生态本真的执着和追求。在他看来，农业文明离自然生态更近，人生存的空间相对自由、亲和、平衡，不失本真之美，而工业文明将人更拉入扭曲、变异的泥淖，远离本真之美。化妆、面具、伪造，不仅在外观上让人与本真相睽离，更从本真上腐蚀了人的灵魂。这种思想今天看来不无道理。

原载《宁夏社会科学》2006年第1期

---

[1] 转引自孙新峰：《〈金洞〉中"狼孩"意象的商州民俗文化意蕴》，载《新疆石油教育学院学报》2004年第6期。

论《高兴》对当下文学写作的意义

《高兴》是贾平凹长篇乡土题材小说作品中最好读、最能读得进去的一部长篇小说,这当然是相对《浮躁》《高老庄》《秦腔》等作品而言的。作为商洛底层写作的又一范本,《高兴》叙事简洁,人物关系简单,结构浑然一体,线索清晰,语言机智优美,充满弹性和张力,给人一种强烈的艺术冲击力和审美愉悦感。《高兴》延续了《浮躁》对商洛乡里能人渴望改变窘迫生存处境的诗意描叙,不过文笔已由过去的"激愤"渐趋平和。如果说《浮躁》是以强烈的不妥协姿态对商州"精英"们生存的复杂、恶劣环境进行讨伐,《高兴》则是以"明亮的忧伤写尽沉默"。同时,《高兴》继承了《高老庄》对城中村、城市边缘地带特殊生存群落日常生活和命运的关注,在写实和写意上都达到了新的高度。《高兴》也回答了《秦腔》所提出的"失去了土地、离开了土地的商州农民怎么办"的现实命题,是作家一贯的"问题意识"的延续。在写作手法上,《高兴》摒弃了《秦腔》那种稍嫌凝滞、沉重的"密实地流言碎语"[①]式的文笔,用平实但又充满机智的、诗化的、"白描"式口述体语言,为我们抒写了离开商洛本土来西安求生存的"商州炒面客"破烂帮的生活图景,展示了他们离开商州山地为融入都市文明所付出的惨重代价,及其苦苦求索的抗争和拼搏精神。

---

① 孙见喜语,转引自白麟:《"破烂王"让我在悲凉中〈高兴〉》,载《丹江潮》2007年第4期。

一

（一）主题立意耐人寻味

小说名为《高兴》，其实读完后给人的是一种无尽的悲凉的感觉。如同《浮躁》写20世纪80年代的集体无意识一样，"高兴"不仅是一个人物，《高兴》也不仅是写一个人物的精神状态，更是当前一种时代精神的概括。仅从人物命名就可以大概推测出作家的写作思想。五富一点也不富，整天对钱孜孜以求，自己虽然身在西安城，挣来的血汗钱辛苦钱全部寄给了老婆。他临死前给老婆说的最后一句话竟然是"我要去西安城呀，给我四十元钱"[①]，去咸阳铤而走险挖地沟，直接导致了死亡，可以说"五富"是穷死的。石热闹真的热闹吗，生意做得很大，看起来好像城市中坚的韦达也一点不"伟大"，反而是一个非常可鄙的人物。孟夷纯纯粹就是刘高兴城市生活中一个不可企及的忧伤的梦，那么叫"高兴"的刘高兴是不是真的很高兴？小说用以商州进城务工的农民工"刘高兴"为代表的商州破烂帮在西安大都市的生存状态和矛盾困惑，折射出当前整个中国"城乡一体化"进程中出现的尖锐社会问题。走进城市的农村务工人员，他们没有自己真正的生活，像浮萍一样精神和肉体都无所依傍。城乡差别、贫富相互依存对立、城市文明和城市次生文明的协调、农民工困苦清贫的生活、农民工的性生存文化等都在小说中得到充分的裸裎。可以说，《高兴》紧扣时代脉搏，是作家社会忧患意识和现代知识分子精英意识的表达和外化，具有一定的探索性价值向度和相对普遍的社会意义。

（二）动情点密集，行文线索清晰

动情点是充满活力的既能凝聚又能生发的人事景物等生活现象。《高

---

① 贾平凹：《高兴》，作家出版社，2007年，第430页。

兴》这部小说最大的动情点就是刘高兴"背尸返乡"（背着拾破烂的兄弟、同乡五富的尸体）事件，其余还有一系列能够展示人物命运的小的、必不可少的动情点。这些动情点或者在每章开始前的提示中直接点出，或者渗透在字里行间，又成为一个一个命意点，成为作家传情写意的主要载体或物象。

一只肾：商州农民刘高兴因为家里贫穷，卖了一只肾给城里人。这就极大地增强了他对西安这个大都市的认同感。为了寻找这只肾，他煞费苦心。由于误会了另外一只肾的主人，使他在与情敌韦达的交往中增添了一些亮色。而韦达并非这一只肾的主人的谜底的揭开，使小说最终逃脱了"无巧不成书"的窠臼。同时，这只"肾"也有深刻的寓意。刘高兴为什么丢的是肾？而且第一次真正的性生活竟然阳痿？是为了影射现代人生命力衰降，还是其他？启人深思。

一个行为——背尸返乡：这也是小说的主线索。尽管如同作家在小说后记中所说，这个命意点不幸和《落叶归根》电视剧相撞，一定程度上消解了其震撼力，但是从背尸回家被警察查处，到最后尸体火化处理，首尾贯通，前后呼应，章法严谨，显示出作家雄厚的写作功底和高超的艺术把握能力。很明显，这个行为实际主要是反映以五富为代表的商洛进城打工族精神和肉体的暌违和二元对立的。

一双高跟鞋：刘高兴因为生活苦焦，加上别人刚给他介绍的女人又跟别人跑了，怀揣对城市生活的向往和寻找寄托自己爱情理想的一双高跟鞋的热望，来到西安，加入了拾破烂大军的行列。这双鞋成了他城市生活的精神寄托，也见证了刘高兴的爱情历程。

一座锁骨菩萨塔：锁骨菩萨是刘高兴到达城市后多次看到并引发深刻思索的物象，表达着他对自身隐秘性欲的渴望和对博大的人类的"爱"的敬重。小说中直接提到"锁骨菩萨"有多处。锁骨菩萨是诸多女菩萨中最有特点和个性的一个，主要是奉献自己的肉体，使众生都成佛，意味着献身、普度众生等佛学要义。而小说围绕在刘高兴身边的几个女性，她们也具有这种牺牲自己的奉献精神。主人公孟夷纯是一个妓女，牺牲自己的青春和幸福，为哥哥破案，这已经成为孟夷纯城市生活的全部意义。刘高兴知道了她的身份和遭遇后，并没有嫌弃她，甚或比以前更疯狂地爱她，这里表现了作家崭新的女性观。

其实，这样的命意点还很多，像五富老婆的鞋、孟夷纯的脚、一只猫、刘高兴的箫、五富的裤头等都可以同等看待。它们如珍珠翠玉，散处在文本中间，互相咬合，推动故事不断向前发展。

（三）在主要人物关系的安排上，运用了拿手的品字型结构

贾平凹在自己小说人物结构安排方面，喜用善用品字形结构。如《怀念狼》中的记者明子、猎人傅山、猎手烂头之间就是品字形结构；《浮躁》中的金狗和田、巩两家也是清晰的品字形结构。这些人物之间，有服从，有斗争，循环制胜。《高兴》人物虽然很少，但个性鲜明，彼此之间也呈现出明显的品字形结构。不过，这绝不只是简单的重复，是作家用自己最拿手的手法来传情写意。正如郝军启所说："独特的细节描写是作家创造力的表现，它往往又是惮于重复的。但贾平凹却剑走偏锋，不但重复，而且还在不止一篇小说中对首创情节进行重复，这就构成了一个比较独特的文学现象：它成了作家处理小说的一种策略。"①

《高兴》中孟夷纯和刘高兴、韦达之间构成清晰的品字型结构。孟夷纯是刘高兴的爱慕对象，也是韦达的性伴侣。孟夷纯因为偶然的机会遇到了刘高兴，被他感动，开始和刘高兴来往。无可否认，孟夷纯是喜欢刘高兴的，为刘高兴找工作的那番说辞就能明显地看出，"现在，是孟夷纯在说话了，她开始表扬了我的优点，比如聪明、能干、善良、可靠，还有，她在说我长相清秀，有气质，如果不是蹬着三轮车，谁也看不出是个拾破烂的乡下人，说我是不显山不露水，说我是藏龙伏虎，说我绝对不是地上

---

① 郝军启、赵锦：《论贾平凹小说中对细节的重复叙述》，载《商洛学院学报》2008年第3期。

爬的卧的角色"①。刘高兴也是这样想的,"她和我应该是一路人,生活得都煎熬,但心性高傲"②。可是,同样处于生活窘境的孟夷纯,没有办法继续这份感情,也不可能做他的妻子。

韦达是孟夷纯的性伴侣,也是孟夷纯在城市的依靠,这是一个可鄙的形象。因为孟夷纯,刘高兴和韦达这两个本来毫不相干的人走在了一起,又构成了所谓的情敌关系。在孟夷纯的周旋下,韦达由开始的抵触,逐渐开始同情刘高兴,甚至答应让刘高兴做他的公司的门卫。而刘高兴,因为误会韦达身上有自己出卖的一只肾,而感到韦达亲切。刘高兴一直很自卑,可是当孟夷纯因卖淫被抓之后,在筹集赎金时,韦达的置之不理一下子让刘高兴重新拾回自信。他觉得韦达原来不"伟大",自己才是唯一真爱孟夷纯的人。但是遇到麻烦,他还只得去求神通广大的韦达帮忙。三人之间构成了一个互相作用的链环关系,推动情节不断向前发展。

我们可以看到,实际上,孟夷纯是一个毫无自知自觉意识的女性。如同现代的西西弗斯一样,作为弱势群体一员,不停地把用自己的身体挣来的血汗钱交给派出所,去侦破哥哥根本看不到希望的被杀案。其实,孟夷纯的悲剧不仅是她个人的性格悲剧,更是整个农村的社会悲剧。目前农村"三不"(农民看不起病、打不起官司、学生上不起学)现象普遍存在,社会矛盾日益突出,一个文件根本解决不了问题。"当男人们为了生存在城市出卖苦力时,农村女性不得不出卖身体"③,作为进城务工的农村女性,孟夷纯们是弱势群体中的弱势、社会底层中底层,她们的命运和生存境况,尤应引起各方关注。

刘高兴、五富、杏胡、黄八等次要人物也构成一个品字型结构。有点文化、会吹箫、能扎势,能很快适应城里生活,颇有点像城里人的刘高

---

① 贾平凹:《高兴》,作家出版社,2007年,第323页。
② 同上,第217页。
③ 严英秀:《从当下文学叙事看城市化进程中的农村妇女》,载《兰州大学学报》(社会科学版)2008年第1期。

兴是这个拾破烂群落里当然的精神领袖。五富是他的跟班,这个拥有"蚂蚁"质地又有点"猪"的精神品格的人物,身份和命运如同《浮躁》中的福运、《怀念狼》中的烂头,同样是一个依附型人物。杏胡作为拾破烂群体中的女性代表,尽管自封"剩楼"主任,让刘高兴担任"支书",然而她和黄八、朱宗等从属性人物,是刘高兴性格辐射出的多个侧面,共同成为丰富刘高兴这一人物形象的主要素材,使得刘高兴这个人物更加血肉丰满。书中最后写刘高兴和五富喝醉了的情状:

> 我说:你是五富,你也是黄八、杏胡、石热闹。五富说:我是你!黄八杏胡石热闹都是你!
>
> 我说:都是我!都是刘高兴!①

表面上是醉话,实际上是点睛之笔。

(四)在人物活动的场所即环境的营造上,颇具匠心

小说选取的是农民工进城务工这个比较重大的社会热点题材,是和作家一贯的民本意识、黄土情结、精英意识、悲悯情怀相一致的。走出了商州山地恶劣的生存环境,怀着满腔热望来到省城。可是省城迎接他们的又是什么?一没技术,二没资金,三没人提携,"要先站住脚,最好的路就是拾破烂"②。垃圾于是成为他们主要的生产资料,许多日常生活用品也只能从垃圾里刨。他们必须定期给破烂王交管理费,必须时常应对市容等的刁难和城市流氓的敲诈,有时甚至冒着生命危险或违反法律规定去收破烂,这一切都是为了"糊口"。即便粗糙的饭菜,也经常揭不开锅。作为城市生活最底层的人群,作为城市生产消费的一个必要环节,没有人真正关心他们。于是,他们自己组成了一个互助团体,"没有人管他们,自己管自己,倒也过了一段平安日子"③。他们穿大街走小巷,成为城市生活

---

① 贾平凹:《高兴》,作家出版社,2007年,第401页。

② 同上,第13页。

③ 同上,第201页。

中一种流动的风景,却注定永远不能成为城市名片。小说这样写城里人对他们的偏见:

> 她说:你这破烂,问你话呢?!
>
> 问的屁话!我放下旧报纸,不收了,拾破烂的怎么就成了破烂?①

> 五富说:那是脏水!红头发说:拾破烂的还嫌脏?我就生气了,说:你说啥的?拾破烂的就应该脏?②

> 那人用脚踩住手,说:商州的,好么,城里出的盗窃杀人案三分之二都是商州打工的人干的,市政府已经成立了打击商州人犯罪活动专案组。③

从小说中我们还可以看到,农民工的性压抑状况是很严重的。这就形成了作品中林林总总的性文化大观。处于生活底层的人们,想爱得不到爱,只能通过臆想等来满足基本的人性欲望。第一次做爱,刘高兴却莫名其妙地阳痿,岂不是受压抑久了的人的正常的反应?五富死后,刘高兴一再强调要把他的裤头带回去,因为五富没有穿裤头。笔者一直在想作家这样写到底有何深意?仔细琢磨后豁然开朗。文学是人学。文学创作不写人的真实生存情状写什么?!贾平凹可谓深谙创作之"三昧",他把更深层次的困惑和思考都熔铸进了字里行间,甩给了读者。连基本的温饱问题都解决不了的五富,连裤头也不穿,这种破罐子破摔的心痛有谁能理解?敏感的读者可能能够记得起作品中三次写刘高兴在五富身后,看到五富交裆间那一嘟噜难看的东西。开始五富是穿着裤头的,后来为什么不穿?刘高兴在五富无缘无故地撕掉活螳螂一条腿,扇五富一耳光的时候,曾感慨地想起了老铁说的话,"富人温柔,人穷了就残忍"④,古人也说"衣食

---

① 贾平凹:《高兴》,作家出版社,2007年,第25页。
② 同上,第187页。
③ 同上,第195页。
④ 同上,第120页。

足而知荣辱，仓廪实而知礼节"。这种肉身的遮蔽与敞开反映了什么？谁关注这些人精神和肉体的背离和暌违现象？谁又敢把它真真切切地写出来，让大家共同讨论和思考？

（五）智慧、激情的语言和成熟的写作技巧

作家在《高兴》封底明确地交代自己主要用了白描的艺术手法。《高兴》文本成功之处就是语言通俗、朴实，充满人生智慧，富含生命激情，有弹性，有张力，也很有味道。没有故意雕琢的痕迹，没有夹生和酸醋味，几乎全部自胸臆中流出。

笔者认为，《高兴》的语言达到了贾平凹创作的一个新的高度。众所周知，从《商州三录》笔记体小说，到《浮躁》城乡问题小说，再到《废都》新世相小说，到《秦腔》新历史乡土小说，以及今天的《高兴》城乡问题小说，作家的语言逐步趋于成熟，表达风格和对文字的驾驭能力日益提高。《高兴》的语言活脱，雅俗共赏，那种熟练、老辣，随意挥洒，思想和智慧火花随处可见，的确已经达到了很高的艺术境地。

贾平凹是一个创作食谱异常开阔的作家，"相对而言，贾平凹无论生活积淀与文学造诣都是多维的、深厚的和宽广的"[①]。"贾平凹食谱的宽广也是维持其创作活力的能源之一"[②]。善于吸收别人的长处，不断调整自己的写作是其一贯的风格。读《高兴》笔者能品尝到青年作家红柯的充满着异域风情的语言味道，也能够看到同为商洛作家的孙见喜的《山匪》小说等的影响。但是，《高兴》中的这种语言风格绝对是贾平凹式的，充满着独特的人生智慧。作家借刘高兴之口对智慧表达了自己的看法："什么是智慧，智慧就是把事情想通了，想透了，在日常生活里悟出的一点一

---

① 冯肖华：《贾平凹当代中国文学高度问题的思考》，载《兰州大学学报》（社会科学版）2007年第4期。

② 同上。

滴的道理把它积累起来。"①如果说早期《商州三录》中"路牵着人往上走"的语言是一种富含诗意的哲学智慧,那么其《晚唱》《鬼城》等的语言则是一种高远的佛学智慧;如果说《高老庄》中的"自己家的猪都喂不饱,还有余粮往外粜"是一种稍嫌轻佻的日常智慧,那么《高兴》中的语言则主要是一种结晶和提纯了的生活智慧,是丰富的、成熟了的人生经验的智慧。

  宾馆的旋转门像绞肉机,我在里面被绞转了三圈才进去。②

  老板说你咋和你爹一样,九斤哥过河尻缝儿夹水,你干指头蘸盐。③

  小伙子生这么多的青春痘我从来没见过,一定是未婚,没骗过的羊冲得很!④

刘高兴作为一个有觉悟的商州进城务工者,他目标明确,一定要在西安扎下根。和西安人打交道,主要靠他的三寸不烂之舌和人生智慧,包括各种小聪明。像为给五富开拓垃圾市场,智斗家属院门卫,被市容抓住,利用油嘴滑舌巧妙脱身,关键时刻就耍阿Q式的无赖,靠言语为自己解脱各种尴尬,等等,都是作家语言智慧和生活智慧的集中体现。

二

  如同有些论者所说,由于地缘、地域历史文化的影响,陕西作家的作品主要是"宏大叙事"。《高兴》作为三十五万字的长篇小说,集中展示了作家雄厚的写作实力和勃发的艺术才情,其对当下文学写作的意义无疑是重大的,写作技巧值得我们鉴学和玩味。

---

① 贾平凹:《高兴》,作家出版社,2007年,第121页。
② 同上,第31页。
③ 同上,第31页。
④ 同上,第3页。

（一）与《秦腔》采用"疯子引生"委托叙述人不同，《高兴》完全采用第一人称、全知全能视角。在时间和空间上广为用力

《高兴》采用第一人称、全知全能视角。第一人称叙事，自然少了距离感和隔膜。刘高兴进城拾破烂，绝不像刘姥姥进大观园那么痴傻，他是假痴不癫，比较清醒。因为刘高兴本身就是一个有觉悟的商州农民精英，乡里能人。尽管在许多人看来，把自己辛辛苦苦赚来的血汗钱不停地送给一个妓女，真有些失心疯的味道，然而他富有主见，不断地从韩大宝、杏胡等身边人身上汲取思想资源，学会了按计划生活，分清了好人坏人。他是马王爷三只眼，用五富的话说，"具有一定的人生智慧的刘高兴是百事通，是十二能"①。他对钱财不着迷，够用就行；他经常出去逛街；作为社会最底层的劳动者，因为职业关系，在场参与直接和城市各色人等打交道，尝尽了酸甜苦辣，丰富了自己对都市生活的经验；他喜欢冒险，因此就知道了锁骨塔；他附庸风雅，一根箫走天下。从架子车到三轮车，从家常衣服到"西服破烂"，从专职拾破烂到当业余下水泥工，再到走穴当坑道工，他的生活和心情也在不断变化，对城市的认识就越来越深刻！爱干净，喜欢扎势，而且对西安市有强烈的认同感，这些都是他丰富见识的最好条件。喜欢看报，想心思，他的触角已经伸到了西安市的很大层面。他最苦恼或悲伤的时候，就去"看那城市里广场外像海一样深的楼丛，看着头顶上的天高云淡"②。因此，刘高兴，这个无所不在、无所不知的上帝的精灵，他完全以一个自知自觉的代言人身份带领我们跟随他的破烂帮将西安城市来了个穿堂过，这种认识和体验既陌生又大胆。

笔者在网上看到有人说刘高兴不是真正的商州农民，是二杆子，说五富应该是作品主角。有句俗话，民可使由之，不可使知之，麻木地活着绝对比清醒地走进死亡更快乐。作家没有选取五富做主角，是有自己的思考

---

① 贾平凹：《高兴》，作家出版社，2007年，第412页。
② 同上，第431页。

的。毋庸讳言，我们在作品中可以多次看到作家的影子，可是，同样作为商州农民精英的一员，作家不可能不为自己的家乡人焦灼、痛心。这种情感上的"共鸣"和心意上的相通使他一直在用自己的家乡之子、上帝之眼审视自己的家乡人，和他们同呼吸共命运。

如前所述，五富、黄八、杏胡等都是刘高兴性格中的一个侧面，作家借助他们，从各个角度去观察、认识自己目前所在的城市，展现它的繁荣，也展现繁荣中的不堪。从他们的遭遇可以看到整个商州进城务工人员的凄惨和尴尬生存处境。

（二）欧·亨利手法和冷幽默（反讽）的交错运用，给人以强烈的审美情感冲击

欧·亨利手法是小说创作中比较特殊的技法，一般主要用于小说结尾。在文章开端设置悬念，随着故事情节发展，引导读者一步步朝着预想结果发展，到最后却突然笔锋一转，抖出一个出人意料的结局，在意料之外，又在情理之中。这种合理的审美冲撞在《高兴》中有很多。"反讽是作者由于洞察表现对象在内容、形式、现象与本质等方面复杂因素的悖立状态，为了维持这种复杂的对立因素的平衡，而选择的一种暗含嘲讽、否定意味和揭蔽性质的委婉的幽隐的修辞策略"[①]。冷幽默也是波澜深藏，靠一种表面上的热闹无心叙述传达一种相对冷峻的思想，从而造成一种冷热交替的审美错位，给人别具一格的审美体验。如果这几种技法交叉运用，其效果可想而知。

刘高兴因为自己的一只肾被西安人买去而自豪，甚至因此在痛打石热闹时感到理直气壮。可是随着情节的进展，他发现一直以为的另外一只肾的主人不是他所认为的韦达，这不仅是刘高兴的悲哀，更让读者难过。还有进城当保姆差点被欺负、连身份证也被人扣住的翠花，在刘高兴和五富

---

① 李建军：《小说修辞研究》，中国人民大学出版社，2003年，第217页。

为她打抱不平,终于要回身份证后,翠花报复那个臭男人的动作,不是上前狠狠地抽那个坏蛋一巴掌,竟然是只拿走了那包辣面①。随着一个个谜底和"包袱"的揭开,读者也是提心吊胆,一波三折,产生意外的审美愉悦感。至于冷幽默和反讽的例子就更多了。偷铰电线设施的拾破烂的,在被警察抓走前,还要拼命给老婆喊"德成还欠咱家三元钱"。和五富一块拾破烂的黄八,听到五富的死讯,呜呜地哭:

> 黄八说:五富还欠我五元钱哩。
> 我说:你是为五元钱哭哩?!②

虽然,黄八后来还专门为五富烧倒头纸,而且,黄八为了朋友,垫支了远远高过5元钱的房租,可是得知五富死讯时第一反应还是钱。爱老婆的五富冒着生命危险下苦力,甚至客死他乡,而接到公安局通知前来料理后事的五富女人,关注的却只是钱:

> 我把五富的被褥卷儿,布包儿和威阳陆总给他的800元交给五富的老婆,并说明我还为五富保存了450元……就立即给她。她蘸着唾沫把钱数了一遍,又让她弟再数了一遍③。

其实,这种贴切的描写,源自作家长期对下层人生活的深刻体悟和洞察。无独有偶,俄国著名作家屠格涅夫的短篇小说《白菜汤》也有这样一段相似的描写:

> 一位地主太太前去探望一位刚失去了独生儿子的农妇,结果发现那位农妇正在喝着白菜汤,神情不慌不忙。太太就问农妇"难道你真的不喜欢你儿子吗?你怎么还有这样好的胃口?你怎么还能够喝白菜汤?"农妇回答道:"我的儿子死了,自然我的日子也完了,我活活地给人把心挖了去。然而汤是不该糟蹋的,里面放得有盐呢。"地主太太耸了耸肩走开了,在她看来,盐是

---

① 贾平凹:《高兴》,作家出版社,2007年,第106页。
② 同上,第422页。
③ 同上,第430页。

不值钱的东西。①

是呀，这就是生活，尽管儿子死了，一起喝白菜汤的人没有了，可是日子还得一天一天苦熬。我们说，优秀的作家往往都具有和底层人同呼吸共命运的思想，使得他们最能够触摸到生活的真实，从而也能够在貌似冷静不动声色的叙述中艺术地传递自己独到的审美思想。尽管所处国家、时代、民族等生活场域不同，但对民生疾苦的感悟却是一致的。在《高兴》中，贾平凹用以轻写重和以乐写哀的艺术手法，把《高兴》写得很轻松、顺溜，但是读后让人感到一种说不出的压抑和沉重。

（三）隐（转）喻、暗示和象征手法等的联合运用，为文本增添了神秘的艺术魅力

作家贾平凹是"万物有灵论"的坚持者。他的许多创作都是主动亲和自然、力求主客体融为一体的生态探索力作。《高兴》作为对农村打工族精神生态的描摹力作，集中反映了作家渴望在人与人之间、人与自然之间、人与社会之间构建一种城乡人都能接受的亲和关系，以及希望天人合一的创作观。而这种基本认识，作家是通过隐（转）喻、暗示和象征手法，为我们做了全面的、多方位的释读。

陕西作家方英文曾在给商洛学院的题词中写"文以曲为美"，强调写文章要旨微语婉。贾平凹一直在努力实践着这个创作思想。许多认识作家不直接说出来，而是借助隐（转）喻、暗示或象征的手法委婉地传达。如作家写同为商州人却在城市和农村有不同的生活的破烂王和刘高兴等人。心高气傲的刘高兴初到西安，也被破烂王的气势所慑服，"五富说，这麻子，清风镇的庄稼就数他家的地里长得不好……五富他不懂得用碟子盛水怎么也不如碗，可碟子就是装大菜的"②。用装菜的碟子来比喻韩大宝，用盛水的碗比喻其他商州人，可谓形象。作家写对商州家乡人离开本土后

---

① 巴金：《巴金译文全集》第3卷，人民文学出版社，1997年，第67页。
② 贾平凹：《高兴》，作家出版社，2007年，第15页。

命运的担忧，对他们的闯荡充满热望，就用紫槐象征，"路过了新栽着紫槐的那个路口，紫槐虽然枝股如手一样在空中伸着，但新的叶子已经长出来了……西安城里生存着一批放铳人……谁家有婚丧嫁娶……讨个彩钱。我突然萌生什么时候，是什么时候呢，也请放铳人来给紫槐放几铳，以庆贺它的移栽与成活"①。同时，作家对他们朝不保夕的生活备感忧虑，用苞谷苗来隐喻："呀呀，这本不是种苞谷的季节，三天前还什么也没有的土堆上怎么就长了嫩嫩的苞谷苗呢？土堆里可能是混杂了苞谷粒的，这不足为怪，它是一有了水就生根发芽的，可苞谷粒哪里知道这堆土不久就要被铲除运走，哪里知道这次生长不可能开花结果，恐怕长不到半尺高就会死亡呢？多么想活的苞谷苗，苞谷苗儿又是多么贱的命呀！"②珍善惜生，希望城市能给这些外来者提供基本生存条件，使得人和人之间能实现基本的平等，无疑，在目前的转型时期，这只是作家的一厢情愿。

　　作家在文本中多次写到这些进城务工者的强烈的自尊。刘高兴也曾这样想："我刘高兴要高兴着，并不是我就没有烦恼，可你心有乌鸦在叫也要有小鸟在唱呀！"③为了鼓励刚来城里的五富，他说："少说话不是要你这一脸呆相，自卑个啥呀，你瞧那草，大树长他的大树，小草长它的小草。小草不自卑。"④作家写破烂帮被人忽视的悲哀："拾破烂是世上最难受的工作，它说话少……更多的时候没人理你……你打老远就给他笑，给他打招呼，他却视而不见就走过去了，好像你走过街巷就是街巷刮过来的一片树叶一片纸，你蹲在路边就是路边一块石墩一根木桩。"⑤作家写农村人和城市人沟通的困难："我能在露痕的墙上看出许多人和鱼虫花鸟的图案，我也能识别一棵树上的枝条谁个和谁个亲昵，谁个和谁个矛

---

① 贾平凹：《高兴》，作家出版社，2007年，第80页。
② 同上，第179页。
③ 同上，第79页。
④ 同上，第33页。
⑤ 同上，第85页。

盾。"①因为无聊去和蚂蚁说话②，因为无聊才比别人多了点特异功能。他们失去了土地，寄居在城市的角落，每天干的是城里人不愿意干的脏活，无法畅快地做人，而且也没有人把他们当人。

最后，征兆灵验也是作品中大量存在的写作事象。这种灵验论往往和暗示、象征技法融在一起，给人一种独特的审美感受。如五富死的预兆在文中至少出现了八次。五富是刘高兴的影子，也是刘高兴的鞋子，小说中三次写到刘高兴把自己的鞋子跑丢了，且一次比一次可怕，说明五富的死期在步步逼近。韦达没有换肾，却是个坏了肝的人。孟夷纯在介绍自己的姓时，偏偏要说是孟姜女哭长城的"孟"，③是不是隐隐预兆了其凄惨的人生厄运？还有刘高兴和孟夷纯莫名其妙的心电感应，等等，都给人一种神秘的韵味和别具一格的审美感受。

三

在"新时期陕西文学三十年学术研讨会"上，有论者曾经尖锐批评过作家的这种神秘主义创作技法，认为这是作家及其周围的一些研究者，在宣扬封建观念，误导读者，是对读者的戕害④。笔者想说，这种理解太过偏激。商州山大沟深，相对封闭，各种信仰并存，神神鬼鬼的事情很多，在现存的商州各地方志中，记录了许许多多神仙鬼怪等志异类故事。而且，即就是今天的商州民间社会，"信巫不信医"的精神和生活姿态仍然没有消亡。作家不可能脱离自己的生存文化环境而存在。批评界是否应该反思这样一个问题：我们是否善待了作家的创作？看看作家在《高兴》第五稿杀青后的情状："作家长年累月地握笔苦耕，中指小关节处自然老茧

---

① 贾平凹：《高兴》，作家出版社，2007年，第35页。
② 同上，第85页。
③ 同上，第189页。
④ 2007年11月18日由陕西省作家协会、陕西师范大学联合举办"新时期陕西文学三十年学术研讨会"，地点设在陕西师范大学。

深厚，写作中间压出的'大坑'直挨骨肉，疼痛难忍，而停笔后这肉胍又鼓起一个'小丘'，木木地隐痛，成了传统写作的标志。"有记者专门上前查看作家的手时，大吃一惊："只见这大坑还未鼓成'小丘'，足以证明《高兴》确实杀青未几；再看这茧子竟变成乌青，如皮下淤血久了的颜色，其吃苦精神不由让人肃然起敬！"①要知道，至今作家仍然是一个字一个字在稿纸上"长征"。2005年《秦腔》获得首届"红楼梦世界华文文学大奖"之前，批评界有人批评"《秦腔》是一堆垃圾"②，而现在作家就写了一堆捡垃圾的，同时作家听取了广大读者的意见，颠覆了《秦腔》"密实的流年的书写方式"，采用口述体写作，力争让每一个识文断字的人都能读懂。正如孙见喜所言："《高兴》是贾平凹创作中的根本转型，它彻底抛弃了传统的审美方式，采用纯北方语言的口述体，不仅让汉语重新焕发出活力，也使作家自己获得新生。"③这说明批评对作家还是有所触动的。《秦腔》一出来，曾被人说成是一堆垃圾；《高兴》也被说成是一个拾破烂的和一个妓女的很破烂的故事④，而且指出"孟夷纯跨过马路，亲刘高兴一下，然后刘高兴感慨：她是个妓女……"的相关细节，并据此推断作家不尊重女性，女性观出了问题。可是，我们注意到，持这种观点的论者，自己又在犯着轻视女性的同类错误。对这些论断，我们应该理智判断。

当然，《高兴》作品的不足也是存在的。其一，作家在尽情挥洒才情的时候，可能没有顾及所有读者的接受状况，比如作品中的黄段子、性戏谑等可能会引起一些女性读者的反感。善俗即大雅，但如果处理不当，善俗就会变成恶俗。其二，我们经常说，最高的技巧是无技巧。《高兴》采用了六十二个小片段，让人可以间歇欣赏，而且每个片段之前都有提纲

---

① 白麟：《"破烂王"让我在悲凉中〈高兴〉》，载《丹江潮》2007年第4期。
② 李建军：《〈秦腔〉：一部粗俗的失败之作》，载《中国青年报》2005年4月18日。
③ 转引自白麟：《"破烂王"让我在悲凉中〈高兴〉》，载《丹江潮》2007年第4期。
④ 2007年11月19日宝鸡文理学院举办的"当前文学热点问题研讨会"。

挈领的话，这些话语几乎都是本部分的精华，客观上也起到了引导读者阅读的作用。曾获得首届柳青文学奖的小说《山匪》就是采用的这种形式。在此，笔者有点担忧，过于追求形式上的完美和精致，过于关注读者的阅读，这在贾平凹以前的作品中是很少见的，这势必影响作品的思想深度和力度。如果一个作家把写作真正当作一件很轻松的事来做，这就很可怕。因为你从字里行间几乎找不到纰漏。也许，这与作家一贯求新求变的创作姿态有关。我们不知道奉献出这道独特的城市快餐、农村凉皮之后，作家又会有怎样的突破。

总之，笔者认为《高兴》是贾平凹文学创作的成熟文本，它集中展示了西部作家的才情和写作智慧，是陕西文坛"三农"题材文学创作领域一个重要收获。

原载《兰州大学学报》（社会科学版）2008年第5期

缱绻的乡情　伟大的良心

——贾平凹《秦腔·后记》影视艺术片的审美意义

2005年中国文坛比较轰动的一件事恐怕就是当代著名作家贾平凹的长篇小说《秦腔》横空出世。该作一经推出，就引起评论界和文化界的共同注目，先后获得《当代》2005年长篇小说年度奖、第四届"华语文学传媒大奖"年度杰出作家奖以及中国首届"红楼梦"文学奖。[①] 如此重量级的作品，在文化艺术界震波不断。然而，很少有人知道或关注晚于《秦腔》小说发行、由贾平凹文学艺术馆和木南文化传播公司等多家单位共同拍摄的《秦腔·后记》影视艺术片。

《秦腔·后记》影视艺术片全长三十五分钟，由陕西电子音像出版社出版发行。全片整个拍摄基调以灰青色、暗色调为主，和贫穷落后、令人心情压抑的《秦腔》人物活动真实场景——商洛丹凤县棣花街（小说中的清风街）周边环境相吻合，惆怅、怀旧意蕴贯穿始终。艺术片以极富穿透力和感染力的影视语言，在写实（棣花街农民真实而苦难的现实生活）和写意（作家和村民的血肉深情和作家对故乡发展前景的担忧）两个方面用力，以《秦腔》作者贾平凹为叙事主人公，用他富于磁性的方言，在或悠扬或低沉的秦腔慢板中，引导受众在棣花街上寻幽探胜，吊贫访古。缓慢

---

① 贾平凹：《贾平凹语话》，花城出版社，2007年，第2页。

的节奏，令人触目难忘的特写镜头和高超的音、像、画技术处理，都给人一种别出心裁的审美感受。

艺术靠征服而存在。艺术片在选择拍摄对象时非常富有匠心。环境塑造人，山水夹挤的小盆地中棣花人就在其中生存和繁衍着。在拍摄者的镜头里，老祖母洗脚，儿媳妇擀面，伐树盖房过满月，双翁牵手蹚过州河，红白喜事吹唢呐，过庙会，唱秦腔，烧火打铁，剃头骟猪，等等，五行八作都有裸裎。正如孙见喜所言："一家一家的门楼，一个一个的坟冢，一件一件的往事，在浑厚悲壮的秦腔乐曲声中交相变幻，引人入胜；往昔与当下，喜悦与苍凉，山野与江流，春夏与秋冬，两相对撞，又天然和谐，于跌宕起伏中呈现出世道沧桑的悠悠岁月和人在旅途的悲欢离合。"[1] 拍摄者忠实于原著，力图准确地模拟和再现滋生作家创作灵感的文化生态。在拍摄者看来，"棣花的一草一木，都是作家平凹灵感萌芽的土壤，都是平凹文学生长的营养。"影片中我们可以感受到：过去的棣花安贫乐道，人们在绝世大苦的境地里创造出了生存的人间奇迹。那河中用棒槌捶洗衣服的妇女、黑屋子里拉风箱的阿姨、满脸沟壑却仍在辛辛苦苦织布的老奶奶、推着独轮车的村民、在破木板上学写汉字的儿童……仍然在声声地告诉人们"穷、穷、穷"。穷仍然是中国部分农村的现实。改革的大潮，缓慢地影响着这里的人们，迟滞又茫然的外出求生的脚步，正是身着清一色土皂衣裤的商州农民对自己的前途、命运无从把握的表征。

影片处处浸透着作家对自己生存环境的深沉思考。作家和家乡人民血浓于水，其缱绻乡情令人激赏。这种乡情在影片中又解析为友情、亲情和豪情。从影片中我们看到作家是一个非常朴实和善良的人，这和笔者常接触到的作家相一致。永远改不了彻底的乡音，见人就散烟的真诚，坦然和所有家乡人合影的做派，自己在省城的家被故乡村民长期当作"办事处"的荣耀，以及逢年过节回老家挨门户吃酒席，小时候到五林叔家蹭听故

---

[1] 孙见喜：《孙见喜评论集》，太白文艺出版社，2006年，第491页。

事的童心稚趣，多年不回仍能猜出村中小孩家大人名字的神奇，等等，都活化出了作家对家乡人深情的眷恋和赤子情怀。外边人一听说是棣花村的人，称东西在秤上就不敢捣鬼；外地人到棣花不敢随便说文弄字；每人每天发放三斤红苕，可是组成的社火队伍总能在县上拿回头名奖牌。棣花人经济紧张，可是不缺文化，保持着精神上的高贵。贾平凹以写作出了名，扬名海内外，著作等身，可是外地人偶尔说起他，棣花人并不以为然，"像他那样的，在我们这里能拉一车"。棣花人老几辈津津乐道的，就是他们的祖先曾经接待过李白、杜甫、李闯王、李先念等非常人物，话里话外充满着身为棣花人的豪情。"后来，我才发现，我的本性依然是农民，如乌鸡一样，是乌在了骨头里的。"① 尽管红苕吃坏了作家的胃，故乡的贫困使作家的身体没有长开，但是作家并不否认自己的农民身份，甚至以自己身为农民却在被古人称为"居之不易"的都城里纵横驰骋而由衷地自豪！甚至在小说写作中，一再强调"我是农民"！从故乡汲取的吃苦和奋斗精神成为作家一生的财富。可以想见，得出这个认识，作家付出了高昂的代价！1989年至1999年是家乡人生活比较舒心的日子。镜头里闪现的是晚间田地里高高兴兴劳作的村人身影，小院里老夫妻互相敬酒的惬意，还有在庭院里边听收音机里的秦腔边玩"狼吃娃"游戏的老人们，家家为孩子盖新房，老人也豁达地为自己准备着寿衣，这些好像很随意撷取的镜头却寄寓着创作者深沉的思考，都在告诉我们，这是一方希望的乐土，人们生活简单而知足。农民要求不高，填饱了肚子的他们，把毛泽东、邓小平的相片挂在墙上，顶礼膜拜。谁对农民好，农民就把他们记在心底最深处！影片还用写实手法，为我们揭示了商洛山区人们严峻的生活现实：信巫不信医。困窘的经济生活条件，使得当地人看不起医生。生病时只能用民间土方医治或者"请神"来治病。影片中有两个特写镜头启人思考。一是贾平凹《秦腔》成书后，为告慰家乡亡者和未亡者，到贾塬村对面父亲

---

① 贾平凹：《秦腔》，作家出版社，2005年，第560页。

坟头一页一页撕烧《秦腔》著作。据笔者所知，每年清明，贾平凹都要回家乡给父亲烧纸祭奠。2006年，贾平凹回丹凤县城为九十岁老姨祝寿回来路过棣花村，又去父亲坟头烧纸时，笔者恰好就在身边，亲眼看着作家将100元面额人民币在阴纸上一下一下地按印，然后将阴纸一张一张焚烧，且不让别人代劳，态度执着而虔诚。而2005年这场祭奠恐怕更有意义，作家用自己的如椽巨笔，撰写了乡土题材的巨著《秦腔》，为家乡人立了一块硕大的"碑"，这块碑首先要告慰的是亲情，祭奠的首先是自己的老父亲。另一特写镜头是，贾平凹在写作重大作品时，往往要在自己书房净手焚香，在自己淘来的大"汉罐"中燃起一炷香，若烟柱直直向上，说明写作顺利。写作《秦腔》也是这样。有人说这是封建迷信思想，我却以为是作家敬畏生命、"天人合一"创作观的展现。

贾平凹是一个有着伟大的艺术创作良心的作家。他的创作总体特征是举重若轻，言简意丰，寓深刻于日常生活的细节之中。对家乡人生存状态的关注和体察始终是其创作的主旋律。《秦腔·后记》影视艺术片拍摄者明显对此颇有认识。《秦腔·后记》影视艺术片给人留下深刻印象的，还有几个特写镜头，譬如对"脚"的艺术处理：影片中出现了平凹母亲那严缠密裹、蹒跚挪移的三寸小脚，村人在泥泞村道上行进的脚，村人出外打工那依依不舍的腿脚，都富含深义。拍摄者抓拍友情也是颇见匠心。和作家同龄的小时候的玩伴，因为长期生活在农村，其精神面貌、生态体征和作家有了天渊之别。拍摄者似乎有点残忍地把这个人径直推到了受众面前，让人不由得想起了迅哥儿和闰土的遭遇。面对着镜头的他，满脸皱纹，老态龙钟，甚至有些痴傻。那眼神，是羡慕，是希冀，抑或是惊奇？神情惶惑，让人无从把握。一个简单的镜头却承载了很多的寓意。拍摄者不回避冲突。有一个镜头让人过目不忘，作家和一身扛干玉米秆的老妪擦肩而过，老妪表情麻木，动作很吃力。这时旁边适时地响起了话外音："我听说过甚至还目睹过，一个乡级干部对着县级领导，一个县级干部对着省级领导述职的时候，他们要说尽成绩，连虱子都长了双眼皮；当他们申报款项时，却恓惶了还再恓惶，人在喝风屙屁，屁都没个屁味。"作家这话非常形象、准确。人们不禁明白了，原来，作家是在把苦难和痛苦撕裂了给人看。他一个人固然可以帮老妪搬扛玉米秆，然而，启蒙、救赎众多的像老妪一样的家乡人才是有正义感和良知者的真正作为！让人对那些只编政绩不管人民死活的所谓的父母官进行深思。越穷的地方人们越怕官怕管，没有其他出路的商州人只能把"学而优则仕"作为人生信条。官本位一方面为商州人实现自身价值提供了出路，但另一方面也桎梏了商州思想经济和文化的发展。如果碰到把权力当作谋取私利手段的政治投机者，商州人生活的困苦就更增加了！从2006年震惊全国的商州张改萍卖官案相关人员的被惩处，不难看到作家在这个方面的远见卓识。全国改革开放和市场经济大潮，使"农村成了一切社会压力的泄洪池"，"四面八方的风方向不定地吹，农民是一群鸡，羽毛翻皱，脚步趔趄，无所适从，他们无法再守住土地，他们一步一步从土地上出走，虽然他们是土命，把树和草拔起来又抖净了根须上的土栽在哪儿都是难活"，然而"水里的葫芦压下去了一次就会永远沉在水底吗？"①这种强烈的草根意识和民间精神，一直贯穿整部艺术片拍摄始终。这也正是原作者贾平凹为人民写心的良心的体现。离开了土地的家乡人，有几个人能和作家一样幸运？！从《秦腔·后记》影视艺术片我们可以感觉到，这种伟大的发自内心的同情之中隐隐有一种逃离家乡的负罪感和内疚感，更多的则是作家对全体家乡人出路和命运的思考而引发的一种责任感和使命感。整个影视艺术片将棣花从前的繁荣和现在的衰败进行了对比。从影片我们还可看出，作为商关要道，棣花曾经是接待王维、李白等文人骚客的文化圣地，如今已经颓败萧条。村人生活的困苦令人触目惊心，破了一半的铺面房门板，空屋里魔鬼的变种——形象丑陋、长腿花脚的大蜘蛛，村人佝偻着的背，出外打工横死者棺材上引灵的"白公鸡"，都给人一种肃杀、恐怖和苍凉的况味。

---

① 贾平凹：《秦腔》，作家出版社，2005年，第561页。

过去棣花人老实本分，与人为善，现在的棣花人抢劫坐牢、吸毒赌博、宗族械斗，甚至投毒的事件时或发生。能人辈出的棣花村，现在展现在人们面前的却是嘴角歪斜、中风的老村干部，大小便失禁的上一辈人。人死也抬埋不到坟地里去，人际关系高度紧张，更是对商州缺乏革命的青壮劳力的形象概括。影视艺术片在这里提出了一个命题：靠老弱病残改变不了商州农村落后面貌。那么棣花农村的希望到底在哪里？细心的观众可能忘记不了这样一个长镜头，当作家领着人们在家乡田野里漫溯，拍摄者却突然将镜头对准一个正在玉米秆搭成的简易草棚里玩耍的小孩。小孩走到哪儿，镜头追到哪儿。有论者认为这个镜头是败笔：嘻嘻哈哈的小孩，恶作剧似的拍摄者，完全冲淡了艺术片的沉重主题。我认为应该这样理解，贾平凹写《秦腔》，整个态度是既惶恐又茫然。他也不知道，在并不是所有农村都能"城市化"的时候，自己的家乡——棣花村一定消灭不了，但它何去何从？希望难道只能在下一辈人（小孩子）身上才能最终验证吗？其实，影视片这个镜头恰好艺术地传达了作家寻觅、求索的矛盾心理，可谓经典。

《秦腔·后记》影视艺术片的拍摄者、贾平凹文学艺术馆馆长木南先生是笔者的好朋友。近年来，木南先生追随平凹先生左右，为我们留下了大量的作家生活一手资料，用句形象的话说，为中国当代文学史留下了许多珍贵的"不动产"。木南是一个很有眼光和品位的人。在作家刚开始创作《秦腔》前，他就有意识地拍摄和搜集了棣花村的大批珍贵影像资料。"他的木南文化传播公司成立了专门的摄制小组，长时间蹲守棣花，用镜头记录当地的节庆习俗和婚丧娶嫁，一年四季全程纪录。三年间，木南在棣花拍的照片有三万多张，录像带有二百多盘。香港凤凰卫视和CCTV-1的《东方时空》来西安拍摄平凹的专题片，其中许多素材和线索都来自木南的劳动成果。"[①] 木南是"闲时置办忙时用"。正因为积累丰

[①] 孙见喜：《孙见喜评论集》，太白文艺出版社，2006年，第489页。

厚，因此，在拍摄《秦腔·后记》影视艺术片时他主要用了自己影像素材库里的资料，个别镜头才予以补拍。《秦腔·后记》影视艺术片中有几个镜头需要给大家交代：一个是当平凹说到棣花人英武、喜欢舞刀弄枪练闯王拳，镜头里就出现了一个小伙子，真的在雪地里翻跟头，挺像模像样，和作家的叙述刚好吻合。其实，这是木南在棣花村拍素材时，偶然碰到的一个喝醉酒的小伙子在那儿发酒疯，木南觉得有意思，就拍下来了；镜头里那只令人毛骨悚然的花脚大蜘蛛，也是木南很早就拍下的；影片中说到棣花商店石台阶上半吊着的蛇蜕，影片中就出现了一条正在蜿蜒穿行的蛇。据木南讲，这条蛇真是棣花的蛇，毒性很大，当时拍摄还挺惊险。《秦腔·后记》影视艺术片一次制作了一万张光盘，上市不久已经所剩无几，再版计划已经提上了日程。这在当下疲软的音像市场的确是一个奇迹。

  《秦腔·后记》影视艺术片的价值很明显。据笔者所知，本片拍摄前贾平凹不提倡，也不配合，可是在看了进行初步影像处理的毛片后，贾平凹被深深打动了，不仅欣然支持，而且亲自担任该片主要演员。片中的群众演员均出自棣花村。本着对家乡人民的热爱，贾平凹用第一人称视角，借助讲故事手段将棣花街历史、现状娓娓道来。这种作家"在场"参与剧本展演的形式使影视艺术片有了现场感、亲历性、可信性。为自己的作品亲自担任主角，对贾平凹来说是第二次（《废都》中的埙乐是第一次）。事实证明，这种尝试是成功的。《秦腔·后记》影视艺术片的成功拍摄，适应了视觉消费文化时代的需要。众所周知，当今的社会已经进入了一个读图时代和视觉消费时代。而中国当代文艺创作是一种什么情况呢？据统计，每年中国有一千多部长篇小说出版。好看、好读、节省时间已经成为衡量作品好坏的一个重要尺度。人们已经对那些林林总总的大部头小说文本产生了另一种意义上的审美疲劳。贾平凹是一个始终在求新、变化之中创作的作家，他的宏阔的写作视野、深厚的写作功底使他往往走在时代的前列，他的作品创作一定程度上将许多评论家远远甩在了后边。2005年

《秦腔》作品推出时，就有许多人反映看不懂。诚如贾平凹所说："我的《秦腔》写的是一堆鸡零狗碎的泼烦日子……这种密实的流年式的叙写，农村人或在农村生活过的人能进入，城里人能进入吗？陕西人能进入，外省人能进入吗？"[①]其实，作家大可不必忧虑。《秦腔·后记》影视艺术片无疑为国内外读者解读乡土题材史诗性作品《秦腔》提供了一条简捷的路径，创造了一个传统写作文本与现代化影视传播艺术相融为一的优秀范例。

原载《电影评介》2007年第17期

---

① 贾平凹：《秦腔》，作家出版社，2005年，第565页。

怪胎女婴：解读《秦腔》作品的一把钥匙

——重读《秦腔》

《秦腔》喜获第七届茅盾文学奖，并以第一名的优势稳居榜首，又一次聚焦了万众的目光。仔细审视《秦腔》，小说中的"怪胎"女婴牡丹身上蕴涵着极其丰富而复杂的审美意蕴。一个"怪胎"女婴牡丹文化意象，竟可以通解整部《秦腔》作品。作家塑造"怪胎"女婴牡丹这个艺术形象不是一时的心血来潮，而是经过充分的思考和酝酿的。小说叙事中完美无缺的秦腔女演员白雪，和被村人称为才子型大作家的夏风结婚后竟然生出了一个患有先天性肛门闭锁的畸形"怪胎"女婴，让人大惑不解。其实，怪胎女婴牡丹身上承载着作家对秦腔这种传统剧种未来发展，以及对城乡一体化进程中农民（农村）找不到出路的精神进程的深邃思考。女婴牡丹的遭际表现了作家对现代文明和传统文明在交流与契合过程中的阵痛、尴尬和无奈。作为传统秦腔艺术传人象征的女婴，排泄不通，无疑是在暗示秦腔这种传统剧种在传承上出现了阻隔的现状。清风街上各色人等（主要是白雪周边人群）对女婴牡丹的不同态度反映着他们对秦腔的认同程度。《秦腔》最大的艺术特色是反映农村各种新旧矛盾观念的冲突，这些冲突和思考集结在一个被早早催生出来的女婴身上。"怪胎"女婴牡丹（不仅是怪，还是女孩），在重重矛盾纠葛激化到难以融合却又无法解决但又必须找出出路的时候，降临了清风街，从而勾连起整个作品的创作主题。

一、怪胎女婴：夏风和白雪郎才女貌世俗式婚姻的连接点

怪胎女婴勾连起了代表城市现代文明的作家夏风和象征传统民间文明传人的《秦腔》演员白雪的爱情，这一点主要是通过族系之间的联姻来体现的。中国神话中，不同的族系都有自己的始祖，一直没有出现至高无上、统领万方的"主神"，分族割据、族系狭隘，是中国神话的一大特征，也被向来文学感觉敏锐的陕西作家所广泛注意。熟悉陕西作家作品的读者都知道，陕西乡土作家都喜欢用家族族系来叙事。路遥的《平凡的世界》就写了双水村的两个姓——金家和田家，世代相争，不可调和；陈忠实的《白鹿原》写了鹿、白两家长达半个世纪的争斗；《秦腔》也写了夏、白两家的恩怨。清风街有夏、白两家大户，以前是白家有权有势，曾经有一人还当过保长。土改以后夏家掌握了权势，夏天义是共产党一杆枪，指向哪儿打到哪儿。直到改革开放市场经济发展起来之后，清风街仍然是夏家第二代的天下。清风街白家除了白雪，几乎没有得意的故事，白家早已衰败，因此夏家家族的变迁便成了清风街、陕西乃至中国农村变迁的象征。夏风和白雪的结合是商州地区典型的才子佳人世俗型传统婚姻的代表。小说开头就写了完美无缺的美若天仙的秦腔女演员白雪嫁给了鼎鼎有名的大作家夏风，然而在作品中却未能见到他们两人联姻后的幸福美满生活，唯一提及的是夏风一直想方设法要把白雪调往省城工作。而且夏风本人也是不喜欢秦腔的。文中夏风要让白雪把她的工作调往省城，而白雪毅然地拒绝了，向夏风表明了自己坚定的传承秦腔的信念是不会改变的。当夏风动员白雪调往省城的时候，白雪委屈地说："我调动啥的，我哪儿也不调动，现在让你不写文章，永远不拿笔了，你愿不愿意？"[①]夏风被呛住，坐在一边不言语了。白雪和夏风之间因为秦腔而产生的矛盾是这

---

① 贾平凹：《秦腔》，作家出版社，2005年，第336页。

部小说的一条主要线索，小说也从一开始就为读者埋下了伏笔。在白雪与夏风结婚当天，夏风与赵宏声的一段对话很耐人寻味。夏风说："我就烦秦腔。"赵宏声说："你不爱秦腔，那白雪……"夏风说："我准备调她去省城，就改行呀。"[1]但白雪是秦腔的忠实拥护者，也是清风街典型的贤妻良母，她离不开生她养她的清风街，她不会改行，也抛弃不掉自己固有的生活方式。从《秦腔》整个文本来看，相对于夏风，白雪是一个典型的弃妇形象，读白雪你能感受到刘巧珍的影子。母不嫌子丑，尽管怪胎女婴前途未卜（如同秦腔文化艺术一样），然而在她身上，白雪倾注了自己所有的母爱。同时，代表传统文明的秦腔艺术传人白雪，对秦腔有着坚定的继承信念，她把自己对秦腔剧种的理解和希望也寄托在女婴身上。她为了自己喜爱的秦腔事业，屡次拒绝夏风的提议，坚决拒绝去省城工作，宁愿去乡下赶场子唱戏也不愿放弃对秦腔的热爱，倔强要强的她甚至为了替自己的同事出关于秦腔的书不惜去求夏风帮忙，直至两人因性格不合而离婚。主人翁夏风，作为一个代表现代文明的知识分子青年，却深受重男轻女思想的禁锢，他对自己的亲生女——怪胎女婴不冷不热的态度，以及他毫不犹豫地抛弃女婴的行为，都让人感觉到他骨子里那种落后的、自私自利的农民狭隘意识。看看小说中的描写吧，当夏风得知女儿没有屁眼的时候，他说："生了个怪胎，就撂了吧！你不撂我撂去！"[2]就从白雪怀里夺孩子。"撂了还可以再生么！权当她病死了！"看看，这个夏风，不仅称自己的女儿为怪胎，还把她扔到野地里——夏风对亲生女儿的寡情，可见一斑，让我们感到无比惊讶。这还不算，白雪不忍心抛弃女儿，同夏风的母亲又把孩子捡了回来，夏风则更是理直气壮地说："这弄的是啥事么！你们要养你们养，那咱一家就准备着遭罪吧。"[3]由此看来，"夏

---

[1] 贾平凹：《秦腔》，作家出版社，2005年，第10页。
[2] 同上，第40页。
[3] 同上，第142页。

风缺乏爱心，缺乏承担意识，其冷漠乃至冷酷得让人寒心"①。可以说，夏风是现代工业文明浸染传统农业文明的符号，与其他进城的商州精英人群不同，夏风不仅身体进了城，思想也被城市文明所同化甚至异化。夏风对母亲清风街的态度是极度冷酷的，是令人寒心的。"父母不在了，就没有故乡了"，这是他的骨子里的认识。一定意义上讲，夏风是第二个高加林，不同的是高加林抛弃的是女友，夏风抛弃的是女儿。其实，夏风的这种弃子行为是有着浓厚的商州民间文化根源的，主要由生殖崇拜引起。②过去商州人认为：生男孩才算有后，祖宗香火有继，男孩才是家中的顶门柱；生女孩是倒霉的事情。他们认为女孩是赔钱货、扫帚星、丧门星，这就导致许多女孩一生下来就遭遗弃，从而也演绎出越穷越生、越生越穷的生存怪圈。现在商州许多人家院墙上，还有政府宣传标语"要想富，少生孩子多栽树""生男生女都一样"。其次是夏风本人的重男轻女思想，这在作品中多有体现，当然这个思想也与作家有一定关联。③现代文明的诱惑已使夏风背离了故乡，背离了农村，背离了生养自己的土地。失去了淳朴本性甚至基本人性的夏风在现代文明的异化下，遗传基因彻底发生改变，他已经变成了家乡改革的旁观者。他和白雪的结合已经不是农村传统意义上郎才女貌的结合，而是一种不尽协调的婚姻，危机重重，生下畸形怪胎女婴是必然的。

二、怪胎女婴勾连起了疯子引生和秦腔演员白雪柏拉图式精神爱情

怪胎女婴勾连起了疯子引生和白雪的爱情：疯狂的精神恋爱，纯粹的

---

① 孙新峰、席超：《秦腔：贾平凹对前妻的追悔和思念》，载《商洛学院学报》2007年第2期。
② 孙新峰：《〈金洞〉中"狼孩"意象的商州民俗文化意蕴》，载《新疆石油教育学院学报》2004年第2期。
③ 孙新峰：《论商州重男轻女思想对贾平凹创作的影响》，载《西安文理学院学报》2005年第6期。

柏拉图式恋爱。《秦腔》整部小说中疯子张引生对白雪的疯狂的爱情，如一条粗大的线索将小说贯穿了起来。阉割了男性之根的引生其无性之爱是令人震惊的，也是令人同情的。正如陈思和指出的："引生为了爱白雪而自宫，使他对白雪的疯狂热爱变成了纯粹的精神行为。作品从普通男女的情欲出发，走向纯粹的精神性的疯狂爱恋，最终在秦腔的精神层面上集合为有情人，是白雪与引生这一对民间精灵的伟大爱情故事。"①那么，引生和怪胎女婴牡丹之间有何关系？引生自宫前，小说里有一段描写，引生偷窥在院子里洗衣服的白雪。那时白雪新婚不久：

> 我继续往前走，水兴家门前那一丛牡丹看见了我，很高兴，给我笑哩。我说：牡丹你好！……太阳就出来了，夏天的太阳一出来屹家岭都变成白的，很像一岭的棉花开了。哎呀，一堆棉花堆在一堵败坏了的院墙豁口上！豁口是用树枝编成了篱笆补着，棉花里有牵牛蔓往上爬，踩着篱笆格儿一进一出地往上爬，高高地伸着头站在了篱笆顶上，好像顺着太阳光线还要爬到天上去。我从来没有遇到过这么好的景象，隔着棉花堆往里一看，里面坐着白雪在洗衣服。②

这一段描写非常奇特，给人一种光亮耀眼的感觉。正如陈思和所说："贾平凹笔调灰暗，很少这样写阳光、写光明。而且在这段描写中，光线仿佛是物质性的，通过牵牛藤蔓的意象连接天空与大地。直接的感觉是歌颂了太阳光直射大地的壮丽景象。而这壮丽景象的陪衬者是一丛牡丹。牡丹也仿佛有生命似的，与疯子引生发生了心灵的交流。"③在古代民族史诗和民间传说中，太阳光照射而产子的传说与吞鸟卵而产子、感风而有孕的传说一样，都是人类早期对生命起源的伟大奇想。原始人没有医

---
① 陈思和：《论〈秦腔〉的现实主义艺术》，载《西部·华语文学》，2007年第3期。
② 贾平凹：《秦腔》，作家出版社，2005年，第45页。
③ 陈思和：《论〈秦腔〉的现实主义艺术》，载《西部·华语文学》，2007年第3期。

学知识，从男女交配这样一个简单动作中推断生命起源，类推天地之间的交媾孕育万物生长，而天空中又以太阳最为壮观，不但火焰中的光和热显示出无穷威力，而且光线的辐射形态也让人联想到男性在交媾中的生理现象。于是，太阳就被神化为万物生命之父。在世界各地有些古代民俗里，人们禁止女孩子直接在太阳光底下走路，生怕女孩会在太阳光的直射下怀孕。这样，人们就把天父——太阳——男性联系在一起，构成了各种形态的太阳神话。正如吴光正所说："中国原始神话英雄的诞生均为感生，即圣处女与图腾祖先交感而孕的一种无性生殖。"[1]贾平凹在《秦腔》里的这一段描写隐藏了太阳感生神话的原型，以引生对白雪的强烈思念和欲望——牡丹花的感情交流——太阳光的直射三者构成了一个完整的人神之恋的生命起源过程。就在这之后，随即发生了引生控制不住欲望，偷窃白雪亵衣被发觉，进而他在悔恨交加中自宫，惩罚自己。但这里也未尝不包含另外一层原因，引生在强烈的欲念中已经完成了生命的延续和繁殖，自宫也可以喻为一种肉体的自我了断。这个秘密似乎一直藏在小说的各种细节里，直到女孩神秘出生，取名牡丹，夏天智老人抱着她在大街口认干爹，碰到的"干爹"竟是引生。为此作家借引生的心理剖白直截了当地点明真相："我甚至还这么想，思念白雪思念得太厉害了，会不会就使她怀孕了呢？难道这孩子就是我的孩子？！"[2]我们知道，引生和白雪是在以秦腔为象征的精神层面上传递情感的，而这个怪胎女婴也与秦腔有缘。小说中有一个暗示就是：女孩爱哭闹，但一听秦腔就不哭，睁着一对小眼睛一动不动。尽管引生在整部作品中如精灵一样无处不在，但仔细审视，他也是一个令人尴尬的意象。没有正当职业，是清风街上的混混，除了"泡妞"之外没有做过一件正经事，不，做了，跟夏天义去七里沟淤地应该算是他做的唯一的正经事。但

---

[1] 吴光正：《中国古代小说的原型与母题》，社会科学文献出版社，2004年，第314—315页。
[2] 贾平凹：《秦腔》，作家出版社，2005年，第454页。

是，引生对白雪的无性的爱是最纯粹的爱，是撕去了"性"这个遮羞布的赤裸裸的大胆的爱，是高尚超拔的人间情爱，是对离婚比翻书还快、物欲横流、性交易泛滥的现代婚姻爱情的消解和批判。"从那以后，我就盼着夏风回来"，以前的引生看见夏风就跑，而现在的引生对自己充满了自信，也预示他和白雪的疯狂的爱情会有一个完满的结局。然而他们这样的精神爱恋不能见容于当代农村人，只能成为人们眼中的异类，也只能是这个被异化的社会催生出来的一个早产的怪胎。

三、怪胎女婴：清风街各种矛盾冲突尤其是代际冲突的集结点

第三代秦腔艺术传人怪胎女婴牡丹勾连起了清风街老少两代人对秦腔等传统的观念冲突和对立。家庭是社会的细胞，代际冲突和矛盾是文学作品不可缺少的话题。每个家庭的两代人之间都存在着严重的性格对立，而且很难调和，这些在陕西作家的许多作品中都有反映。这种联系和同构现象，是历史文化与现实生活联系的一种表现，其中发挥主要作用的，是"那种在文学中反复使用，并因此而具有了约定性的文学象征或者象征群，即'原型或母题'"[①]。《人生》中高玉德老实忠厚窝囊无能，高加林却精明强悍不厚道；小商人刘立本自私自利，狭隘粗糙，巧珍、巧玲两姐妹却质朴纯情重情义；张克南是典型的软面团，其母亲却是活脱脱一个母老虎。《白鹿原》中耿直的族长白嘉轩和不成器的儿子白孝文，老实本分的公公鹿三和淫荡的田小娥，等等，都是性格突出，个性焕然。而《秦腔》更是把这种代际冲突挖掘到了极致。忠厚的夏天智和不厚道的夏风；引生的父亲是前村干部，受人尊敬，可是受过良好熏陶的引生却是一个"疯子"讨人嫌；夏天义是清风街的民间权威，为清风街鞠躬尽瘁，可是他的侄子庆玉却要抢占别人的老婆。尤其是卸任后的夏天义和新任村主任

[①] 马泽：《灰色的困惑——〈人生〉〈平凡的世界〉的原型分析及其他》，见《路遥研究资料汇编》，中国文史出版社，2006年，第392页。

君亭的矛盾纠葛一直贯穿在作品之中。《秦腔》中以夏天义为首的"淤地派",视土地为生命,念念不忘去田地里劳作,想尽办法扩大土地的数量,最后以去七里沟淤地滑坡被掩埋完美地谢幕!而以君亭为首的"革新派",如同对待秦腔一样,对土地的感情已经相当地淡漠了。他们抛弃了上代人的治村方略,把老人手排挤净尽,在土地上建市场、开酒楼,听流行歌曲,想通过脱离传统土地劳作来改造自己的生活,结果将整个清风街搞得乌烟瘴气,死气沉沉,这就产生了更深层次的矛盾。从小说中新主任君亭为建新市场召开清风街干部会议的相关情节来看,作家本意并不是在夏天义与夏君亭两代村干部的对立意见中寻找中国农村的未来前景,而是主要通过对乱哄哄的现实会议场景的展示,着意描写了农村民主形式的徒有虚名,以及靠阴谋来解决人事纠纷的中国官场特色。秦腔的爱好者上代人和下代人之间也有分歧。第一代代表人物夏天智在小说中是以秦腔爱好者身份出现的,但他所爱的秦腔只是一种文化符号。他整日描绘的是秦腔脸谱,象征了秦腔艺术表面的装饰符号,他整天通过广播向清风街播放秦腔,也同样是一种音响符号,而我们从来没有听到他发自生命深处的吼秦腔,也没有发现他对秦腔发表什么高明的见解。他喜欢画秦腔脸谱,甚至还自费出了一本书,可是连基本的序言也写得不成样子。尤其是在夏风和白雪离婚后,他气愤至极,一整天播放秦腔《辕门斩子》。但令人不解的是,他播放的秦腔里斩子的原因却是杨宗保私自招亲,与现实故事刚好相反。可以说,夏天智是一个虚假的秦腔爱好者,这种人对秦腔的发展、生存没有决定性意义。而第二代代表人物引生就不同了。小说里秦腔的真正热爱者不是夏天智,而是引生。夏天智爱秦腔是文化权威表示档次,而引生爱秦腔是满腔悲愤需要发泄。他对白雪的爱也是对秦腔艺术的迷恋。小说一开始,他所爱女人白雪要结婚,引生在酒席上发疯似的高唱:"眼看着你起高楼,眼看着你酾宾宴,眼看着楼塌了……"[1]字字血声声泪充满

---

[1] 贾平凹:《秦腔》,作家出版社,2005年,第9页。

着伤心和绝望。秦腔这种民间文化艺术，只能在引生一类的中下层民众中找到知音，也只能在引生一类的青壮年文化场域中得到真正的持存和发扬。然而清风街像引生一般大的青壮劳力纷纷外出打工，人死了缺乏人手也抬埋不到坟地里去，最有希望延续秦腔艺术生命的受众层面、传播介质被生生切断，秦腔还能有什么希望？白雪作为第二代秦腔艺术的真正传人，她对秦腔有真正本色的欣赏趣味，有一股发自内心的献身热忱。她为了秦腔，甚至不惜和丈夫离婚，在演唱和传承秦腔的过程中，她也认识到了秦腔艺术不如流行歌曲受欢迎的严峻现实。可以说，清风街第一代、第二代所有的矛盾都归结在对土地——包括土地产物秦腔的认同上。所有的矛盾的集结点都反映在秦腔艺术第三代传人——怪胎女婴牡丹身上。清风街代际冲突无法协调，夏天义也只能以淤地被埋悲壮地结束了自己的使命。怪胎女婴牡丹也只能在这些矛盾中苟延残喘，其出路要么是彻底死亡，要么是半死不活，只有这两种结果。

四、怪胎女婴：解读《秦腔》的一把钥匙

贾平凹是最喜欢制造声音的一个作家（巧的是贾平凹有一本专门的文集，书名就叫《制造声音》），如果说《浮躁》是中国农村改革开放的第一声清音，那么《怀念狼》就是世纪之交，作家对农村生存生态环境屡遭破坏而发出的绝望的一声狼嚎，《秦腔》是秦人正声，是从商洛农村底层地底下土里面发出来的声音。贾平凹接受中国秦腔网记者访谈时说："《秦腔》不单是写秦腔，全国有好多种地方戏都叫'剧'，而唯独秦腔叫'腔'。所以《秦腔》可以理解成秦人发出的声音，或西北发出的声音。书名是《秦腔》，但并不是写戏曲和艺人的故事。当然书中对此有一些表面的叙述。秦腔在这本书里是有象征意义的，可以看作是写的'秦人之腔'，即'陕西声音'的意思。《秦腔》在更大的层面上是对当代陕西

一部分人的生存环境和他们真实心灵世界的细微变化的思考。"①贾平凹早年也写过《秦腔》散文②,备受好评,当时还只是写秦腔这种民俗文化事项,尚没有这么深层次的理解。在2005年5月16日接受北京青年报记者访谈时,对为何给这部小说取名《秦腔》,贾平凹解释说:"秦腔是中国西北广为流传的剧种,更是西北农村人生活的一部分。用它做书名,有西北人发出的声音的意思;另外,秦腔曲调慷慨激昂的背后有一种苍凉感,和我写的西北农村的变化有相似之处。"③

贾平凹在《秦腔》小说中着力却很隐晦地刻画了一个极其重要的秦腔传人——"怪胎"文化意象。众所周知,意象本质上是以表达哲理为目的的"表意之象",所以它的创作思维过程是从抽象到具体的。如艾略特所说的那样要为思想寻找"客观对应物",而物象和形象的设计是受抽象思维即"意"的制约的。《变形记》的作者卡夫卡为什么选择甲虫而不选择毛毛虫?是因为甲虫的甲壳是由生存竞争中的一种自我保护本能而形成的,恰与人类生存状态相类似,这与卡夫卡关于人类生存现状的思考有关。由此看来,贾平凹选用"怪胎"女婴的文化意象也是经过了深思熟虑的。这个怪胎女婴牡丹看似是一个正常的"人",可是她的相貌甚是奇怪,就连生病也异常怪异,这一切都是因文本的发展需要而虚构的。这自然会让人联想起马尔克斯《百年孤独》里布恩蒂亚家族最终生出的那个带猪尾巴的孩子,但生出猪尾巴是返祖现象,见证了一场伟大而疯狂的爱情,而《秦腔》中无肛门的孩子牡丹却是个畸胎。看似合情合理忠于现实,实则不然,贾平凹将意象中的怪诞性与现实性进行交融,融合得恰到好处,令人称绝,这可谓他的高明之处!事实上,生活中的客观物象与主观的抽象思维完全对应的情况是非常少的,因此作家在创作意象时就必须

---

① 康维佳等.《〈秦腔〉动用了最后一块资源宝库》, http://www.qinqiang.com/Article/2069.htm。
② 孔明、孙见喜:《贾平凹禅思美文》,广东人民出版社,1998年,第386页。
③ 临江仙等:《〈秦腔〉热捧家乡话 陕西小吃有嚼头》,载《北京青年报》2005年5月16日。

对客观物象进行选择、改造，包括嫁接、组合和重新设计等。由于意象的设计要与所表的"意"取得对应，生活物象本来的样子便被打破，从而形成奇辟荒诞的形象形态，这是作家撷取意象的普遍规律。严格地讲，怪胎女婴牡丹不是什么"客观对应物"，而是一种"人心营构之象"了，这种主观性在有一定写作实力的作家抽象型文学写作中往往会发挥到极致。

众所周知，中国农村的文化是典型的五谷文化。① 这主要是由于对土地的依赖。"在乡土性社会中，'土'是社会成员的命根，是最宝贵的资源，与之相应，种地是最普通的谋生办法。"② 和五谷这些土地上出产的物质产品一样，秦腔这种非物质文化遗产、精神产品是从秦地这片热土上发出的声音，寄托着他们的悲与喜、忧和乐。人生如戏，戏即人生。秦腔是秦人劳作之后的精神放纵，是秦人生活和生命里发出的声音。秦腔这种民间艺术样式，是天籁，它深深植根于秦这块沃土之中，是土地这个根上生出的衍生物，作为民间文化样式，只有在民间才能得到真正意义上的发展。商州人祖祖辈辈在土地上劳作，靠土地休养生息，然而传统民间社会在现代文明渗透下正在重新分化组合，且变动不居，而且国家正在进行的城乡一体化建设进程，一定意义上讲，就是用城市文明消解乡村文明的过程，这期间有些好的民间文化传统也像广陵散一样消失了。土地在逐渐减少，秦腔赖以存在的根被割断，加上秦腔自身的一些原因，秦腔艺术的传承已经成为重要的问题。皮之不存，毛将焉附？对秦腔的认同，其实质反映了对土地的认同，也就是对中国传统的五谷文化的认同，对大地母亲的感恩和依赖。怪胎女婴牡丹文化意象身上，寄托着作家对秦腔这种民俗文化样式、民间艺术的传承现状、发展前景，对农民、农村命运的忧虑。秦腔日益没落，对应着商州土地日益被蚕食、分割的严峻现实。陕西乡土作家作品中，农民对土地的态度是不完全一致的。路遥的《平凡的世界》

---

① 王磊、李建军等主编：《无形的网——地域文化与陕西经济》，《宝鸡文理学院学报》（社科版）增刊，1995年，第63页。
② 同上，第57页。

中双水村所展现的是一种理想——黄土地上的农民绞尽脑汁，左冲右突，希望能离开土地；《白鹿原》这块土地上的农民，在时代的鏊子上，折腾翻滚，无法把握自己的命运；《秦腔》中的农民，由于土地日趋减少，不得不离开生养他们的热土，可是离开土地的农民又该怎么样？只能是"羽毛翻皱，脚步趔趄，跌跌撞撞而无所适从"[1]。贾平凹痛切地注意到这种状况，用历史实录的办法，通过秦腔这种文化喻象来反映城乡一体化进程中商州农民的精神嬗变进程。从文本中我们可以感受到，作家的情绪是灰色的，态度是绝望的，他找不到离开土地的农民的出路，在他的笔下，出外打工的商州农民男的不是拾破烂，衣食不保，就是偷盗做低人一等的事情，或者是横死异乡，只抬回一具棺材。如：狗剩外出挖矿，得了病被退回来，靠拾粪度日，终于被逼自杀；另外两个民工去州城拆水泥房，没有挣下钱，为了回家过年去抢劫，结果被判了刑；羊娃去城里打工，为了两百元杀了人，被公安局抓去。女的或者是做妓女，或者是做其他暧昧的工作，反正是干不正当的营生，往往处境都很悲惨，即便是暴富起来的女子也很令人怀疑。作家的心情是相当焦灼的，对家乡人民的遭遇感同身受，排泄不畅的怪胎女婴牡丹正好传递了这种思想。秦腔的未来传人竟然出现了生理上的阻隔，这是物质层面上秦腔的发展所面临的窘境；而怪胎女婴周边的人们尤其是夏风们对怪胎女婴的歧视和遗弃代表着世俗民众对秦腔的态度，这种精神上的绞杀更可怕！在这种状况下，就连秦腔艺术的正宗传人白雪也感觉到秦腔曲目不如流行歌曲受欢迎，可见秦腔这种深深扎根民间沃土的艺术，因为土地的减少、外围环境的变化，已经处于内外交困的境地，只能像怪胎女婴牡丹一样，靠一根细细的管子来疏导排泄，生命危如累卵，朝不保夕。联想到2008年全国第一个国家级秦腔文化艺术博物馆落户兰州在陕西所引发的轩然大波[2]，以及国家有关部门在全国部分

---

[1] 贾平凹：《秦腔》，作家出版社，2005年，第561页。
[2] 王军武等：《兰州"抢建"首个秦腔博物馆，陕西十年前曾经提议》，载《华商报》2008年5月9日。

地区强行推广京剧艺术的实际，不能不让人对秦腔艺术的未来发展忧心忡忡。

总之，怪胎女婴这个文化意象不是作家偶然带出来的，而是寄托着作家对商州农民和农村命运的深切思考。作为精英知识分子——人民的代表——作家群中的一员，贾平凹没有办法，他找不到秦腔和农村的出路，只能通过自己的如椽巨笔，将这种状况描述出来，这也是作为历史书记官——一个作家的责任感和使命感所驱使的，是作家的伟大的艺术创作的良心的体现。可以说，一个怪胎女婴牡丹的文化意象竟可以通解整部小说。女婴身上，承载着丰富的审美文化意蕴，她不仅勾连起了夏风和白雪的男才女貌的世俗式婚姻，展现了这种婚姻的不彻底和脆弱，也勾连起了引生和白雪的柏拉图式的精神之恋，启示我们无欲无求、不耽于肉体性爱、只讲奉献、不要结果的这种精神爱恋才是我们现代人寻找的精神家园。当然，这只是一种无望的精神愿景。同时，作为清风街所有矛盾和冲突的集结点，怪胎女婴展示的这种矛盾和冲突复杂多变，且长期存在，已经直接影响到城乡一体化的社会进程，已经到了非解决不可的程度了。在商州民间有一种说法，不管人得什么病，哪怕是癌症，只要水火（排泄机制）保持畅通，一个人至少没有生命之虞，而如果一个人的排泄机制出了问题，那么这个人的阳寿就屈指可数了。作为解读整个《秦腔》作品的一把钥匙，怪胎女婴牡丹的意象，值得我们认真探究和思考。

原载《当代文坛》2009年第3期

三个人的文学风景

——路遥、陈忠实、贾平凹三作家的文化符号学意义

楔　　子

陕西号称文化大省、文学大省,然而检视陕西当代文学发展状况,我们不得不说,陕西文坛这么些年,只有路遥、陈忠实、贾平凹三个茅盾文学奖获得者构成了其他地区无法企及的独特的文学风景。这样说,确实有些"以成败论英雄"的意味,然而,这三个人深厚的写作功底、积极的社会参与意识、辉煌的写作实绩的确让陕西其他作家无法企及,在全国也是高标独具、引人注目的,至少现在看来仍然这样。

作家的创作风格和人格的形成,地域文化、民族文化在其中的作用举足轻重。创作人格,主要是指作家在创作活动中表现出来的,在中国这个特定的地理和社会文化及时代环境中形成的心理特征或艺术风貌。陕西黄土地文化的氛围对这三位作家创作人格的孕育形成有着至关重要的影响,三位作家生长在陕西乃至中国这个有浓郁地方特色的文化氛围中,其人格在西北文化和中国文化的浸渍下逐渐生长、充实、成熟。正如苏珊·朗格所讲:"艺术中使用的符号是一种暗喻,一种包含着公开的或隐藏的真实意义的形象。而艺术符号却是一种终极的意象。"[①]由于个性不

---

① 苏珊·朗格:《艺术问题》,滕守尧、朱疆源译,中国社会科学出版社,1983年,第134页。

同,所受的地域文化熏陶氛围不一,三位作家在作品内外都展示出不同的人文征象,这就为符号学阐释提供了极大的解读空间。卡西尔指出,"人是符号的动物,人主要通过符号来认知和把握世界""所有的文化形式都是符号形式"。①作家作为文化的生物,同时也是符号的对象和产物,其丰富复杂的艺术创造,促发了人们的激情想象。首先,文如其人。三位作家的文名本身就很耐人寻味。陈忠实,忠厚老实,大智若愚;贾平凹:既平且凹,"平地里凹起一个坑",大巧若拙;路遥,大象无形,文学路漫漫,天妒其才。中国文坛上,陈忠实是最不能讨巧也最不会偷懒的人了。在写作上,他一步一个脚印,吭吭哧哧,费了很多劲。仅有高中文化水平的他,是天道酬勤的象征,也是大智慧的象征,不争不抢,始终保持着乡下农人实诚的本色,可是该来的都来了,该得的都得到了。贾平凹这个文坛怪才、鬼才,从商州山地走出来的"狼",作为中国传统文人的一员,他浸淫中国文学几十年,文笔平中见奇,虚实相济。尤其在民生题材写作上,他充分发挥调动自己的"唤情结构",以当代作家少见的共感和共鸣进行写作,成熟的文笔、深邃的思想隐藏在字里行间,让人在大悲之后大喜,大起之后大落。路遥,作为农民精英,以偶然的机缘进入文学圈,此后一直把文学当事业干,文学如行船,涉足方知路漫漫。在路遥、陈忠实、贾平凹三个人的文学履历表中,路遥的相对简单,可是"码字儿"的活儿活活累死了这个才华横溢的文学闯将,路遥"为了礼赞平凡的世界而累死在文学的沙场"②。作为中国尤其是陕西地域出产的文化生物,路遥、陈忠实、贾平凹与中国(陕西)的一些物象符号存在着天然的同构关系,西北黄土地人民的精神及其文化氛围,浸染并影响了路遥、陈忠实、贾平凹的个性创作。

---

① 恩斯特·卡西尔:《人论》,甘阳译,上海译文出版社,2004年,第37页。
② 邢小利、李建军:《路遥评论集》,人民文学出版社,2007年,第237页。

一、旗帜·火炬·钻头

路遥的逝世是陕西文坛巨大的损失已经成为文学界的共识。然而这个文坛上的"拼命三郎",斯人虽去,精神长存。作为陕西文坛一面不倒的"旗帜",他的作品成为中国文坛重要的文学资产,也成为几代陕西人心中的寄托。他的作品始终洋溢着理想主义的诗意与激情、英雄主义的崇高与悲壮,以及人道主义的道义与信仰。路遥的文学精神主要是他"以农夫般的耕耘沉默地守护人类纯美的精神家园,在孤独寂寞的精神苦旅中高扬起人的理想、信念和追求",教人"直面苦难,积极应对苦难并从精神上超越苦难"。正如有人指出的,"路遥深爱这片黄河流经的土地和土地上的人民,他深爱火热的生活和源于生活的文学,以强烈的社会责任感和历史使命感,以生命为燃料,在黄土地上刻下了中国改革开放壮阔雄浑的生活图景和辉煌伟岸的汉字人生",而"路遥的伟岸的汉字人生是一面不老的旗帜,引爆了灵魂深处痛楚的思索"。[①]毋庸讳言,路遥这面迎风飘扬的"旗帜"业已成为我们时代重要的精神现象和文化现象。

陈忠实作为陕西文坛领军人物之一,年届古稀,却依然是一抹不褪色的晚霞,对文学保持着极大的热情。尽管他后期的作品已经无法超越《白鹿原》的成就,可是为了培养和缔造陕西文学新军,他不遗余力,就像一把熊熊燃烧的"火炬",顺利地成功地把陕西文学薪火的接力棒传给了贾平凹。巧的是,陈忠实也曾经是奥运圣火的火炬手之一。陕西作家的创作明显地呈现出两极分化的特点,一种是像红柯一样,把人的精神无限地拔高,传达仰望星空、敬畏自然、亲和自然的"向上"发展的趋势,另一种是如同路遥、陈忠实、贾平凹一样,目光向下,关注民生,紧贴土

---

① 邢小利、李建军:《路遥评论集》,人民文学出版社,2007年,235页。

地,"向下"写作。自踏入文坛以来,贾平凹就不断地在中国大地上开掘,很早就触及中国这个农业大国的根本问题——民生题材。《浮躁》只是钻取了中国地心的一块岩样,而到了《土门》《高老庄》直接钻探切入城乡一体化进程中的社会病灶改造问题,获得茅盾文学奖的《秦腔》更是把中国乡土社会无法解决的城乡矛盾,以及人们的精神和肉体相互暌违的现状解析裸裎得淋漓尽致。作家一贯的底层写作、自觉的追求和国家反映民族民生的要求奇迹般地撞出了火花,更加说明了作家创作思路的独特。贾平凹曾经说:"回想新时期文学的历史,不敢妄说取得了多大的成就,但严格讲新时期作家做了两件大事,一是文学冲破了禁区,二是文学打通了思维。文学冲破禁区不是文学上的事,而打通思想仅还是一种试验,带有一定的盲目性。"① 就创作而言,作家贾平凹就是一个"真金的钻头",方向执着,持续运力,火花四溅,一点一点震动,向地心掘进,一直引领着陕西甚或中国文学的创作,经受着各种风潮和时空的检验。

二、老西凤·软中华·苦咖啡

"老陈是一坛老西凤"这不是我的判断,这是我的商洛乡党、西北大学文学院副院长、中国西部作家研究中心主任刘炜评教授当年的戏谑之语,后来收在了冯希哲等主编的《走近陈忠实》一书②。在《老陈是一坛老西凤》这篇文章中,刘炜评把中国当代许多男作家用酒来做比,"可分为啤酒型的、米酒型的、果酒型的和白酒型的。白酒型的还可再分为酱香型、浓香型、清香型的"。他说他"感觉老陈当然是白酒型的,具体点说,老陈是一坛老西凤。饮家都知道,西凤酒入口有点糙感和土感,但一

---

① 韦建国、吴孝成等:《多元文化语境中的西北多民族文学》,中国社会科学出版社,2007年,第25页。
② 冯希哲:《走近陈忠实》,陕西人民出版社,2006年,第150页。

入喉,就立刻觉得了质地的敦实、清正和顽韧。令人想到朴厚一词,朴是张狂艳乍的反面,厚是内在力度的十足。而西凤系列中,向以15年窖藏为上品,老陈这个人,比十五年西凤还西凤",我觉得这个判断基本对味。

"喜欢喝酒是陈忠实共为人知的爱好。性格刚硬的陈忠实在喝酒方面比较挑剔,除非万不得已,'西凤酒'外对其他各种名酒洋酒毫不动心,而且喝酒的时间相对固定:每天只在晚上喝,其他时间滴酒不沾。同时,'干抿'的时间居多"。西凤酒滋养了陈忠实的性情,历练和温暖了他的肝胆。如同西凤酒一样,"陈忠实这个人几十年一贯制,为人处世都质朴深厚,大小动作都铮铮有色。谁能知道,他的内心深处是那么地悲凉和感伤,他的心里有许多浓重的隐痛,他的性格里有很多很硬的东西"。[①]可以说,陈忠实与西凤酒结下了不解之缘。

喜欢抽中华烟的贾平凹也是一盒"软中华"(陈忠实喜欢抽雪茄,路遥喜欢抽红塔山,其实他们和这些烟之间也有一定的对应关系,此处不再赘述)。撇开中华烟的"贵气"不谈,深受中华传统文化影响的作家贾平凹,喜欢抽的香烟牌子也是以"国字牌"为主。中华烟抽起来很绵软,但是余味悠长,要细品细究,如同体验贾平凹的作品一样。这一点台湾作家三毛早有体会,她在临终前写给贾平凹的信中说"读您(指贾平凹——笔者注)的书,内心寂寞尤甚。没有功力的人看您的书,要看走样的"[②]。贾平凹曾经多次在各种场合说过,一部作品的价值五十年后再看。2009年《废都》的重新开禁再版可谓耐人寻味。

生前喜欢用咖啡和高档香烟为写作助力提神的路遥,其人其作也是"一杯苦咖啡"。咖啡味道很冲,苦咖啡更是百味杂陈,酸甜错位。七岁时就因为家穷被过继给了伯父的路遥命运多舛,经历过"文革"的浮沉,命运一直起起落落。而且,从有关资料可以看到,路遥的婚姻家庭生活也不是很理想,超透支的玩命的写作以及无规律的生活彻底毁掉了他的健

---

① 冯希哲:《走近陈忠实》,陕西人民出版社,2006年,第168页。
② 冯有源:《平凹的佛手》,上海人民出版社,1997年,第185页。

康。如同"吃的是草，挤出的是奶"的鲁迅一样，路遥咀嚼的是人生的苦涩，承受的是无法言说的苦难，然而奉献给人们的却是优裕的精神食粮。正如有些论者所说："苦难之树神奇地结出了甘美的果实，并且携带着崇高迷人的光芒。"①

三、步枪·机关枪·狙击枪

如果用武器作比，在城乡交叉地带逡巡的路遥是一支"步枪"，喜欢用常规武器是他的特点。"现实主义"和"人道主义"创作观的制约，"文以载道"的基本创作认识，使得他的文学作品中规中矩，不触碰"雷区""禁区"，苦涩之中饱含温情，给人以一种温暖和有希望的感觉。"文以载道"在路遥的笔下炉火纯青。可是，这种"画地为牢式"的拘谨一定意义上影响了他作品境界的扩拓和提升。韦建国对此曾做过中肯评价："路遥沿着一条很'现实'的路子走了下来，从'浅水湾'拍起水花至90年代初在'中水线'激起巨浪，人们眼见着他的飞跃性的进步，但同时人们也看到他一直在使用'老枪法'以及'旧意象'。人们有理由怀疑这种'老枪法'与'旧意象'还能一再使用下去而创造出更新更美好的艺术景观来吗？"②贾平凹是一挺"机关枪"，创作数量大、速度快。谁也不知道他的创作潜力有多大。他的"多转移""多创新"让许多评论家疲于奔命。民生题材是他一贯关注的方向。贾平凹这个人好像天生就是为了写作而来的。"贾平凹的文学天赋是极高的。有人说他是怪才、鬼才、天才，这是有道理的。不然，同样是人，为什么他对现实有那么深的感受，对生活有那么多的写不完的故事？同样是作家，为什么他的作品源源不断？他不仅善于短篇，还善于中篇、长篇，更善于散文小

---

① 邢小利、李建军：《路遥评论集》，人民文学出版社，2007年，106页。
② 韦建国、吴孝成等：《多元文化语境中的西北多民族文学》，中国社会科学出版社，2007年，第37页。

品和杂说。他不仅精于农村题材，还善于城市题材，更是涉猎了历史题材。平凹不仅对易道佛儒等文化均有深入研究，对文论、诗歌、书法、绘画、篆刻也有独到的追求和造诣"。①平素除了基本的应酬，贾平凹几乎把自己全部交给了文学文化事业，在记者访谈时他曾这样斩钉截铁地说："放弃了写作，还叫什么作协主席？"②一部作品刚出来，另外一部又开始构思，几乎每一部都要造成相当大的震动。产量大、质量高是他创作的基本追求。多年来，贾平凹的创作手法在变，题材在变，情绪关注点在变，各种写作都有尝试，然而不变的是他的小说中国化的努力，不变的是作品中持之以恒的民族民间精神，以及作家作为"国家和社会的良心"的做人本色。

陈忠实是一杆狙击枪，瞄准时间长，杀伤精准。"十年磨一剑"、一枪制胜是他的创作风格。应该指出的是，陕西文坛这三把"神枪"，是在柳青这把"总发令枪"的感召影响下，沿着"现实主义"膛线，瞄准开枪，或者点射、跪射或者速射、连发，接连传来捷报，直至陆续将国家最权威的茅盾文学奖收入囊中。

四、枣树·梧桐树·柿子树

路遥、陈忠实、贾平凹三个人已经形成了陕西乃至中国文坛独特的文学风景，是陕西文坛三棵树。准确地说，路遥是一棵枣树，陈忠实是一棵梧桐树，贾平凹是一棵柿子树，陕北、关中、陕南迥异的水土分别养成了他们土、倔、怪的人文性格。

你若去陕北，沿延安迤逦向榆林一带游玩，沿途一路可见两种树比较醒目，一种是沙柳：粗大的树桩，上面生长着一枝枝昂扬向上的枝条或者青葱的枝丫，它们在黄土坡谷底抑或在地畔畔山梁梁上顽强地存活生长；

---

① 冯有源：《平凹的佛手》，上海人民出版社，1997年，第287页。
② 罗小燕：《放弃写作，还叫什么作协主席》，载《南都周刊》2007第164期。

另外一种是陕北特殊树种——枣树，棱角峥嵘、荆棘满布的枣树扎根在贫瘠的陕北黄土高原，"土"气十足，甚至有点可怜巴巴，却尽力地争取每一个发展自己的机会，努力伸展自己的生命，还要结出有自己"态"的果实。没有分外的雨露滋润，只是吸收了一点太阳光，吸进了几滴苦水，奉献给人的却是无比的甘甜。众所周知，路遥的出生地陕西清涧是有名的"红枣之乡"。路遥对枣子和枣树的喜爱，也是深入骨髓的。在《平凡的世界》中，就有一节专门写双水村人打枣：

> 庙坪可以说是双水村的风景区——因为在这个土坪上，有一片密密麻麻的枣树林。这枣树过去都属一些姓金的人家，合作化后就成为全村人的财产了。每到夏天，这里就会是一片可爱的翠绿色。到了古历八月十五前后，枣子就全红了。黑色的枝杈，红色的枣子，黄绿相间的树叶，五彩斑斓，迷人极了。每当打枣的时候，四五天里，简直可以说是双水村最盛大的节日。在这期间，全村所有的人都可以去打枣，所有打枣的人都可以放开肚皮去吃。在这穷乡僻壤，没什么稀罕吃的，红枣就像玛瑙一样珍贵。那季节，可把多少人的胃口撑坏了呀！有些人往往打完枣子后，拉肚子十几天不能出山……①

多么欢快和诗意！我们说，路遥不屈从命运安排，以"文字"作为"革命"的手段，为家乡人民写心、写意，枣树的象喻不仅准确，而且形象传神。

陈忠实就像灞河岸边随处可见的梧桐树一样，枝条通直，树冠庞大，枝叶浓密，尽力为路人遮阴。巧的是在他西安市灞桥东郊西蒋村老家，"大门前不过十米的街路边，有忠实亲手栽下的昂然挺立的法国梧桐。这本来只有食指粗的小树，在陈忠实决心动手写《白鹿原》的一九八八年早春栽下，四年后它便长到和大人的胳膊一般粗，终于可以让它的主人享受

---

① 路遥：《平凡的世界》，人民文学出版社，2004年，第44—45页。

到筛子般大小的一片绿荫了。它是陈忠实这几年为了写成《白鹿原》所付出的艰辛、心血,乃至他所忍受的难耐的寂寞的见证"①。陈忠实这棵茅盾当年笔下的北方白杨树的变种——梧桐树,沉沉稳稳地、"倔强"地矗立在关中大地上,桐花飘香,枝叶婆娑,尽力吐绽自己的芳馨。

商州山地常见的是核桃树,可是最有个性的树是柿子树。柿子树在商山人的心目中,长得怪马湿窝——陕西话中指待人接物过于异态的人或怪异的物。在沟沟叉叉里、山涧半坡都能生长。这种柿子树有一个特点,就是嫁接成活的技术要求相对较高,先要找野柿子树原料,然后谨慎嫁接,成活率不高。平素不引人注目,秋天果实成熟的时候,红的如玛瑙,绿的像苹果,很是惹眼。贾平凹就是一棵独特的柿子树。冯有源看到故乡商州河堤上一株古老的柳树,突然想起贾平凹为自己题写并悬挂在客厅的一幅字——"老树如卧,微波若轻"。曾经慨叹,这老柳树,不就是老树如卧,不就是平凹吗?风雨雷电不能磨灭他的意志,人为伤害也不能让他枯死(干),倔强地站立着,顽强地活着。②笔者以为,用柿子树象喻贾平凹更准确,更何况贾平凹老家丹凤县棣花村老屋的院子外就有一棵柿子树。贾平凹的《树佛》中有这样一段话:"长长的不被理解的孤独使柿树饱尝了苦难,苦难终于成熟,成熟则为佛,佛是一种和涵,和涵是执着的极致,佛是一种平静,平静是一种激烈的大限,荒寂和冷漠使佛有了一双宽容温柔的慈眉善眼,微笑永远启动在嘴边。"③树佛同一,这是作家独特的感应思维。明眼人可以看到,"怪才"贾平凹从商州远迁西安,那种阵痛、不适应早已烟消云散,经历近三十年的突围,他已经威风凛凛马步蹲桩式"站"在一个地方,用雄厚的创作业绩"居"稳了长安,而且染绿了一大片风景。他的作品琳琅满目,有的是熟透的蛋柿,挑不出一点毛病;有的是青涩的果子,让人吃了之后难于消化,柔肠百结。不管怎

---

① 冯希哲:《走近陈忠实》,陕西人民出版社,2006年,第10页。
② 冯有源:《平凹的佛手》,上海人民出版社,1997年,第264页。
③ 木南:《贾平凹书画》,花城出版社,2007年,第77页。

样,横七竖八的果实缀满了整个枝头,分外抢眼,美轮美奂。

五、毛驴车·架子车·独轮车

评论界经常以"三驾马车"来比喻路遥、陈忠实、贾平凹,仔细想想其实不很确切。读路遥的文章,你仿佛看到陕北老农(也可以说是路遥本人)正坐在毛驴车上,闲庭信步,悠然自得地行走。偶尔皱皱眉头,停车检查一下车况,又接着一路铃声一路山歌前行;读陈忠实的文章,你会像拉架子车一样,双腿蹬地,眼睛瞪圆,左试右突,在吃力地爬坡,很辛苦;读贾平凹的文章,如同坐在独轮车的车兜里,作家带你进入一个人迹罕至的乡间小道,逢沟过沟,遇险搭桥,哪儿黑了哪儿歇——你也不知道作家最后要把你拉到哪儿去。

毛驴是陕北常见的拉磨耕地的动物。有了驴子的助力,路遥的创作之车轻快了,几乎不用更换什么写作技法,直接写实、写史、写人性的挣扎,直达人心,而且充裕着浓浓的诗意。陈忠实的作品一步一个脚印,踏得实在,走得艰难。一定意义上讲,《白鹿原》就是他的《四妹子》和《蓝袍先生》的扩写,把现实人性撕裂了给人看。几十年的努力,《白鹿原》终于被他拉上了坡顶,可是作家明显元气大伤,精疲力竭,新的过硬的作品短时间无法再出现。贾平凹在中国文坛是独特的"这一个",他转益多师,不停地改变自己,沿着民族化、民间化这条道路,埋头苦干,其作品的人类意识和穿透力早已得到公认。他已有的文学艺术成就是一个一个感叹号,现在的创作是一个一个破折号,他的未来创作又是一个一个问号。这个倔强的"独轮车夫",他要把陕西文学甚至中国文学导向何方?值得每个人思忖。

仔细审视陕西这三名顶尖作家,你会发现"一方水土养一方人"用在他们身上和他们的创作上,简直是丝丝入扣。如同"五谷"一样,三个作家是秦地(西北)这块文学热土上生长出来的文化生物,他们的文学艺术创作是次生的精神产品。符号学知识告诉我们，作家本身的模糊性、复杂性、多义性，使我们对其进行象征代码、阐释代码和文化代码的深度符号解读成为可能。因为"人不再生活在一个单纯的物理宇宙之中，而是生活在符号宇宙之中"①。"镜像理论"创始人拉康认为："自我的建构离不开自身也离不开自我的对应物，即来自镜中自我的影像，自我通过与这个影像的认同而实现。"②众所周知，作家所处的西北多民族文学文化的大环境是多色的、多元的、驳杂的，是一种合成的文化，它们从各个角度影响并浸染着作家的艺术创造。"天上一颗星，地上一盏灯"，撇开迷信的观念不说，这种人与物的象征——对应的确是一个很有趣的文化现象，也是符号学或镜像理论中国化应该关注的基本问题。普莱指出"新的文学批评行为就是去探讨通过阅读和语言中介，在所读作品和我们自身之间建立起某种神秘的相互关系"③，而要找到作家和中国文化物象的对应，需要一种特殊的阅读感和艺术直觉。换句话说，只有用人类特殊的感知思维和激情想象，通过把握一个个有意味的"审美幻象"，才能最终逼近或抵达事物的"真相"和"本相"。想一想挺有意思，三个秦人后裔，身披铠甲，手执自己独特的武器，在西北文化大森林里各自寻找属于自己的领地和"猎物"，且战绩辉煌；或者三个农民精英，各自赶着自己的"爱车"，在秦直道——文学的康庄大道上，各自走出了不同凡响的人生轨迹，成为陕西乃至中国文坛无法忽视的文化风景——三个棱角峥嵘的伟大作家，三棵中国文坛常青树，仅从符号学意义上就带给我们诸多的感动和思考。我们认为，这个有意义的符号对应思维可以无限地延伸下去，比如说作家和他们作品中"动物"的对应思考。有人就认为陈忠实就是一头蹲踞在关中平原上的"巨兽"④，是一头"困"在原上的白鹿精灵；贾平凹

---

① 恩斯特·卡西尔：《人论》，甘阳译，上海译文出版社，2004年，第35页。
② 刘文：《拉康的镜像理论与自我的建构》，载《学术交流》2006年第7期。
③ 特伦斯·霍克斯：《结构主义和符号学》，上海译文出版社，1987年，第155页。
④ 冯希哲：《走近陈忠实》，陕西人民出版社，2006年，第127页。

则是一头从商州山地突围出来的"狼";而路遥,贾平凹曾经根据路遥的忘我的写作状态称他为一头"猛兽",遭到陕籍评论家李建军尖锐的批评。但不管怎么说,研究作家和地域文化的象征对应关系,必将是未来中国文学审美范畴内一个很阔大的学术话题,值得我们认真探究。

原载《当代文坛》2010年第4期

炉膛里熔炼出来的希望之光

——论《带灯》对《古炉》小说的继承和超越

实在是无法违背自己的阅读感觉,《古炉》和《带灯》是平凹先生三年之内连续创作的同样类型的两部小说,用双胞胎、姊妹花或者并蒂莲形容应该可以。《带灯》可以说是作家许多小说的集大成之作,读该部小说,可以看到《秦腔》《高兴》等小说的味道,只是其对《古炉》的延伸和发展更明显。小说写作精致唯美,内容丰富厚重,充分彰显出作家依然旺盛的创作力和卓越的文学悟性、天才的想象力。其稳中有进的创作水准、成熟优雅的文本,激活了疲软的文坛,给我们带来了又一次的审美心理撞击和惊喜。

一、意象的反复

《带灯》延续以往尤其是《秦腔》《古炉》以来的农村题材,写"大水走泥"时代小人物的尴尬境遇。二者都选的是敏感的社会热难点题材,同属于"问题小说",一个写的是人人望而却步且即将被文学界淡忘的"文革"题材;一个是"维稳"——转型中国暂时还无法彻底解决的难点问题。不同的是,《古炉》写的是影响中国社会进程的"文革"事件中人物群像,主要集中刻画三年多时间的人事倾轧、时代风云激荡;《带灯》

直接写当下社会枢纽点——中国社会政治最基层——以带灯为代表的乡镇干部的肉体挣扎和精神突围。而且每个人个性突出，樱镇书记的老谋深算、樱镇镇长的官僚做派、樱镇马副镇长的平庸无能、樱镇综合治理办公室主任带灯夹缝中行走的尴尬等如在眼前，让人心情沉重。

应该看到，自《秦腔》小说以来，作家贾平凹隐喻象征手法已经运用得相当熟练。正如作家所说："中国就是一个隐喻。"[①] 小说中的意象越用越潜在水下，婉而多讽，意味深长，不像《废都》里的"哲学牛"等相对生硬。和《秦腔》小说中七里沟、秦腔、最后一个农民夏天义、疯子引生、怪胎女婴牡丹等典型意象一样，《古炉》小说重点写活了蚕婆、狗尿苔、善人、隐身衣、青花瓷、太岁、人面猫头鹰等有意味的意象，到了《带灯》小说，继承和发展的况味更明显。

（一）"带灯"意象

源于一位乡镇女干部的短信的《带灯》小说，北京首发式上称其是"中国首部写'维稳'题材的小说"，是作家"首部女性主角小说"，也是"贾平凹唯一一部直面当下现实的长篇小说"。而作家这样强调："里面接触到一些上访内容，但实际上《带灯》讲的是乡镇政府日常工作，包括了救灾、上访、计划生育、选举……上访只是其中一方面。……给大家一些向上的积极的东西，看到一大片萤火虫的光，其实只要每个人能发一点点微光就可以了。"[②] 不管是《带灯》中的"维稳"还是《古炉》中的"文革"，都是影响了或影响着中国当下的热难点社会问题，体现出一定的社会担当意识和精警的超前思维。

"带灯"这个意象是有原型的，一个是人物原型，如作家在《带灯》后记中所说，他就有这样一个在乡镇工作的朋友；另外"带灯"也明显地

---

① 陈涛：《贾平凹：中国就是一个隐喻》，载《中国新闻周刊》2013年2月4日。
② 师文静：《贾平凹首部女性主角小说"带灯"直面乡镇基层》，载《齐鲁晚报》2013年1月11日。

与佛教有渊源,"或许,我突然想,我的命运就是佛桌边燃烧的红蜡,火焰向上,泪流向下"就是端倪。①但是,如果从文学的影响来看,我更倾向于其源自《古炉》中"守灯"之文学形象。漏划成分的地主后代守灯是封建遗留,带灯则明显比较小资。"文革"前的守灯一直是被压迫被歧视被侮辱的对象,地主家庭出身一直使他被以朱大柜等为代表的古炉村主流力量所排斥。正如狗尿苔所说:"守灯是个扫帚星托生的。"②连狗尿苔这样的小人物也不愿意沾惹他。守灯最大的愿望是,能在古炉村的窑炉里亲手烧制一个自己的青花瓷。随便的几张纸上,都写着复杂的烧瓷工序。守灯开始也是一个胆小怕事的人,但内心很阴鸷。不愿意教民兵俄语,直接咬烂了自己的舌头;造反派霸槽等带人破"四旧"时,他被迫前去上交了家里的几件古董,却不愿意上交制老青花瓷的样瓶,说要为古炉村烧青花瓷做研究③;窗台上随意飘落的两页纸上,也密密麻麻地写满了制瓷工序;全村人分吃牛肉,只有守灯一人分到了骨头;"文革"中两派都不要他,还把他发配到窑厂烧窑,然而守灯刚准备跟人学烧瓷器的手艺,刚燃起烧制青花瓷的火苗,又被兜头浇灭。小说是这样写的:"守灯每晚还在窑上睡,不是他到山顶的山神庙去找善人,便是善人从山神庙下来到窑上,牛铃和狗尿苔就要去听善人讲他说病的事,或看守灯怎样跟善人学着在麦麸子布袋里拼接瓷瓶儿。"④为用窑灰治疥疮霸槽带人封了窑。小说最后守灯带领一帮人拉起了所谓的"革命"队伍,走上了反革命的道路,直至最后被镇压。看起来很敬业的守灯到底守的是什么?看起来守的是古炉村传承的烧瓷技术,实际上守的是古炉村的传统和根。

"带灯"这个意象来源于守灯,不过带灯这里的"灯"和守灯的"灯"还是有区别的,小说这样写道:

---

① 佛经《贤愚经·贫女难陀品》中曾提及舍卫国贫女难陀点灯的故事。也可以作为"带灯"形象源于佛经的判断,转引自http://blog.sina.com.cn/s/blog_8dea84590101axfc.html.
② 贾平凹:《古炉》,人民文学出版社,2011年,第45页。
③ 同上,第227页。
④ 同上,第377页。

在一个山脚处才看到山户的屋舍门上挂着灯笼，才明白那红点全是灯笼，一个灯笼一户人家，人家分散在或高或低的山上。从此，对灯笼就有了奇妙的感觉，以为总有一盏灯笼在召唤。①

小说一直将带灯和萤火虫并提。萤火虫自带灯，"带灯"除了守好自己，还需要像冰心笔下的"小橘灯"一样，不断地向外发射光热，从而活得既阳光又纠结、既实在又诗意。

（二）"皮虱"意象

从早期《商州三录》里清油河人"白蒸馍里掰出虱子"的被人诟病之笔，到《秦腔》小说里"我以为不是虱子"等的恶谑，再到《带灯》小说中忽隐忽现的皮虱子，作家对虱子这种人体身上的寄生动物可谓感触颇深、情有独钟。明显可以看到，作家这个虱子意象和阿Q嘴中所咬的虱子异曲同工。作为人类走向文明社会的次生品，虱子代表旧习、根深蒂固的人性等多种复杂意蕴。《带灯》小说中的虱子是《古炉》小说中虱子、跳蚤、疥疮等的变异。

我们先看《古炉》小说的相关描写：

> 这时候，狗尿苔瞧见了支书大背头的谢发处趴着了一个虱，说：爷，支书爷，你头上一个虱！支书瞪了他一眼，继续走路。②

> 狗尿苔什么都可以吃的，却就是不能吃食里发现的小动物……他说：婶，婶，粑粑里有虱哩？……可面鱼儿老婆却说：面盆子在炕上捂着发酵哩，能保住被子上的虱不跑上去？③

> 婆担心迷糊会糟蹋纸花儿，她挪挪屁股，压住了炕席，却看见裤管上的带子松了，重新扎带子时，翻了一下袜子腰。腰里有一个虱，她把虱挤死了，说：迷糊你是贫农，你好好看看这四类

---

① 贾平凹：《带灯》，人民文学出版社，2013年，第171页。
② 贾平凹：《古炉》，人民文学出版社，2011年，第77页。
③ 同上，第593页。

分子的家哪些是四旧。①

水皮说：他那点文化算啥文化？！就从守灯说的月亮是古老的，中山是古老的，虱子是古老的虫子这些话是如何反动，如何对抗破四旧批判起来。②

而《带灯》小说是这样写虱子的：

元老海带领几百人阻止开凿隧道时，皮虱飞到了樱镇。

虱子是没有翅膀的，但空瘪成一张皮，像是麦麸子，被风吹着了，就是飞……这些皮虱并没有死，一落在人身上粘附了皮肤，立即由白渐红，由小变大，钻进衣裤的褶皱里交媾了还生虮子。在这种混乱中，皮虱粘附在皮肤上吮血，人是不觉得痒的，即便痒了，也是顺手在怀里或裆里抓一下，又往里挤了。③

让带灯一直紧张的还是虱子……樱镇现在是气囊上满到处的窟窿，十个指头按不住么，哪里还有精力财力去灭虱子？④

石头上已经有了许多虱子了，他们突然的发现虱子竟然有着不同的颜色，黑虱子，白虱子，还有一种灰虱子。

樱镇的虱子从来都是白色，即便是头发里的虱子，交裆里的虱子，都是白色的，而从华阳坪一带飞过来的虱子又都是黑颜色，见多了白虱子和黑虱子，怎么就又有了灰虱子？想想，他们就是肯定了这灰色的虱子是白虱子和黑虱子杂交了出现的新的虱种！⑤

可以看到，《古炉》和《带灯》都写到了虱子，而这些虱子并不是完全相同的。一个是原生态虱子，一个是混合态。《带灯》中虱子意象紧承《古炉》而来，而且有了更为复杂的象征意味。

---

① 贾平凹：《古炉》，人民文学出版社，2011年，第216页。
② 同上，第228页。
③ 贾平凹：《带灯》，人民文学出版社，2013年，第4页。
④ 同上，第16—17页。
⑤ 同上，第9页。

(三)"樱镇"意象

《古炉》小说封底有这样一段点题的话:

> 在我的意思里,古炉就是中国的内涵在里头。中国这个英语词,以前在外国人眼里叫作瓷,与其说写这个古炉的村子,实际上想的是中国的事情、写中国的事情,因为瓷暗示的就是中国。而且把那个山叫作中山,也都是从中国这个角度整体出发进行思考的。写的是古炉,其实眼光想的都是整个中国的情况。①

和《古炉》中的中山下古炉村一样,樱镇这个地方也是当下中国的缩影,给小说主人公营造了一个活动的典型场所。如同陈忠实笔下的白鹿原、路遥笔下的双水村、《秦腔》小说中的清风街、《高兴》小说中的兴隆街一样,樱镇是"新鏊子"(具体表现在元家和薛家等沙场之争)。各种力量在这里胶着、斗争,此消彼长,各种人性在这里展演。小说这样写樱镇:

> 樱镇之所以是樱镇,是樱镇的樱树多。②
>
> 樱镇废干部。③
>
> 樱镇原来是个海子,海子里有蟹子精,后海子枯山体隆,为了镇压蟹子精作乱,在其二十三个穴位上建庙。④
>
> 樱镇是苦焦地方,人穷了志气就短,也同时做事使强用狠,现在强调社会稳定,可上访者反映那么多的土地问题、山林问题、救济物资分配问题,哪一样又不都牵涉到天气呢?⑤

樱镇的历任干部不仅没在樱镇创下政绩和口碑,反而成为人们唾弃的对象,如:

---

① 贾平凹:《古炉》,人民文学出版社,2011年,封底。
② 贾平凹:《带灯》,人民文学出版社,2013年,第64页。
③ 同上,第5页。
④ 同上,第284页。
⑤ 同上,第72页。

第二天一早，大门口挂着的樱镇党委和樱镇政府的牌子被摘下来扔在巷道里，但牌子并没有遭踩断。①

院子里是五六个人还在骂：政府还是不是人民的政府，端着油篓往外泼哩，却到苍蝇屁股上拧蹭油，你不嫌寒碜？！②

社会的变化使得樱镇政府的职能已经由过去的"催粮派款，刮宫流产"，转为主要维持社会治安。正如樱镇镇长说："维稳是任何时候都要压倒一切的。"③樱镇书记所说："我也只要选举工作成功。啥叫成功？没有上访就是成功"！④基层政府的公信力在群众之间大打折扣。带灯去底下村子检查抗旱工作，村长也感叹说："以前有农业税，镇上和村上还有个缔约关系，哪停电停水，政府一个电话就解决了。现在根本没人管咱了。"——即便如此，镇政府的工作人员，仍然欺凌弱小，敲诈勒索，刑讯逼供。他们视人命如草芥，如将老上访户王后生推入厕所粪池，用水龙头喷射，逼迫王后生交出联名上访的十三个人的名单，竟然把镇政府的厕所墙冲塌了——厕所墙居然被冲倒，王后生所受的身心创伤又是多么巨大！镇政府会议室俨然变成了新时代的"渣滓洞"！就连心地善良的带灯也介入了这类事件，小说这样写道："王随风没注意到二猫，看见了带灯和竹子，拔腿就跑，二猫在巷那头一下子把她抱住，扼在了地上就打，打得王随风在地上滚蛋子。带灯和竹子赶到，扭住了王随风胳膊往巷外走，王随风不走……王随风说：这是啥政府？！带灯说：就是这政府！"⑤从小说可见，已经全面推行村民自治法的农村村级这块依然问题多多，而乡镇这一层次的改革盲区又一次提上议事日程，"樱镇"这个试验田的成败得失尚需要观察总结，改革的任务还相当艰巨。

---

① 贾平凹：《带灯》，人民文学出版社，2013年，第226页。
② 同上，第217页。
③ 同上，第144页。
④ 同上，第84页。
⑤ 同上，第254页。

（四）"人面蜘蛛"意象

《带灯》中"人面蜘蛛"是《古炉》中"人面猫头鹰"的变形。"人面猫头鹰"主要是指古炉村原队长满盆。先看《古炉》小说的相关描写：

> 人们在惊奇着这颗柿子这么早就红软了，一定是柿子里生了虫，但在看着柿子的时候突然发现了那柿子后面的树杈上卧着一只猫头鹰，一动不动。这只猫头鹰有一张像人面的脸，它的长久不动，让人产生恐惧，可几天里谁也没敢赶它，那颗红软了的柿子也就没人去摘。①

> 香气从院子里往上飘，院里院外的树上，墙头上，房顶上也落满了鸟。更多的是飞来了蜜蜂，它们以为开放了什么花，飞来却没有花，就成群在空中飞舞，最后终于挤在那棵柿树上，人们这才发现那只有着人脸模样的猫头鹰不见了。②

满盆为人倔强、古板，正是在他手上古炉村恢复了窑厂。满盆一直和霸槽是冤家对头。可是，满盆死了后，新队长磨子拍屁股走了，满盆女儿杏开连大家一顿饭也管不起，还是霸槽慷慨地献出了自己的革命本钱——太岁，让大家炖肉汤喝，才为杏开解了围（小说写这时人面猫头鹰不见了，是不是满盆的魂灵无可奈何地接受了霸槽？）。坚决反对霸槽和女儿交往的满盆，死后还得靠已经炙手可热的造反派领袖霸槽张罗丧事，如果满盆能知道，满盆能答应吗？给满盆挖墓，长宽手上的三角尺莫名其妙地掉下了墓坑，去帮忙的狗尿苔也糊里糊涂地中了邪。为村里劳作了一辈子的牛死了，村人分吃牛肉，满盆竟然被一块牛肉卡死。满盆能甘心吗？可以说，"人面猫头鹰"完全是满盆阴鸷人格的折射。

《带灯》小说中的人面蜘蛛，是象喻在外做大官的元天亮：

> 如果真是元天亮来看我，这纸烟的烟就端端往上长吧，而人

---

① 贾平凹：《古炉》，人民文学出版社，2011年，第286页。
② 同上，第293页。

面蜘蛛就爬到树上去吧。果然烟一条线抽到空中，蜘蛛也顺着树爬到枝叶里不见了。①

看了一眼蜘蛛网，蜘蛛网还在，没见那人面蜘蛛。②

以为是要下雨了，带灯快速跑到综治办的屋檐下，喘着气么，拿眼看着刘秀珍在院子里收拾晾着的被褥，又扭头寻杨树和院墙间的那张蜘蛛网，网没破，而人面蜘蛛不见了，白毛狗就站在了眼前，一把揽到怀里，再想起该抽支烟了。③

会议要求大家做记录，做着做着，带灯扭头从窗子里看见白毛狗在综治办门前一跃一跃的，担心是不是也发现了那个人面蜘蛛，会扑毁网的。④

小说中，元天亮一直是主要线索，而且大多是暗线，像幽灵一样。樱镇的一切几乎全部围绕他而展开。他如同一只黑蜘蛛，稳坐在中军帐中，围绕他结成了一张密集的人际关系大网。从小说来看，元天亮还是一个好官，他儒雅（写书写文章），他感念乡情，为家乡做了一些事，特别是为樱镇招来了大工厂（尽管是重污染的电池厂）。但是，许多事情并不是元天亮所想象的那样，别人（包括自己的亲戚们）打着他的旗号和招牌做事，他没办法预料，也控制不了。有人说元天亮意象是作家自身极度自恋的产物，我不这样看。一定意义上讲，元天亮本人是膨胀了的人格面具的受害者。人格面具亦称"顺从原型"，它是"一个人公开展示的一面，其目的在于给人一个很好的印象以便得到社会的承认"⑤。樱镇名人元天亮以他较好的口碑得到了樱镇人的赞叹，然而他也有自己孤独的一面，有他因人格面具过度膨胀而带来的与集体相疏离的孤独感和离异感，因此他接受并回复了带灯的短信在情理之中。

---

① 贾平凹：《带灯》，人民文学出版社，2013年，第58页。
② 同上，第91页。
③ 同上，第134页。
④ 同上，第217页。
⑤ 霍尔：《荣格心理学入门》，北京三联书店，1987年，第49页。

然而，不管怎么说，在元天亮的声威庇护下，元家享尽风光。所谓盛极必衰，元家兄弟开办赌场，到处寻衅滋事，引起了公愤。道路不平人铲修。薛家因沙场生意借题发挥，群体斗殴事件就是矛盾达到白热化的产物。比如小说写薛换布为严重打伤了元家老三的薛拉布这样狡辩：

> 元家兄弟横行乡里，拉布是在替群众出头哩，打了他是让他长个记性，知道天外还有天，人外有人！①

身为省政府高官的元天亮有时候连县委书记的官威也不如：

> 书记说：樱镇前就这么一片河滩，不可能再批第二个沙场。换布说：要是有人给你打电话呢？书记说：你不会说是县委书记打电话吧？换布说：是县委书记。书记嘎嘎地笑，说：换布换布，要不是我和你熟，你说这话，我扇你的嘴！你不要再说这事，要喝酒，我这儿有酒……换布说：今黑儿我不喝酒，明日晚上我在家摆酒席等你！
>
> 换布一走，书记给白仁宝说：他摆酒席等我？他摆酒席我就去啦？！
>
> 但是，第二天晚上，书记真的去了换布家，喝得一塌糊涂。是乔虎最后背着送回镇政府大院的。②

樱镇原来唯一的沙场是元家兄弟申办的，换布等是出于眼红才提出申办沙场。书记还是没有抗过直接走通了县委书记关系的换布的要求，被迫答应再在樱镇办一个新沙场，说明了县官不如现管，元天亮远在省城，下面的干部还是要挑战他的权威，利用还是要利用，但许多人根本不把他放在眼里——"人面蜘蛛"也遭遇到前所未有的影响力和权力的狙击。

（五）"梦的衣裳"意象

《带灯》中的带灯是一个喜欢做梦的女子，她把从樱镇出去的大人

---

① 贾平凹：《带灯》，人民文学出版社，2013年，第326页。
② 同上，第292页。

物元天亮作为自己的倾诉对象,为自己披上了一件痴情苦爱的"梦的衣裳"。而这个意象明显也是从《古炉》小说发展而来。《古炉》小说中的叙事主人公狗尿苔一直想找个隐身衣:

  善人说:那就好好当你狗崽子么。狗尿苔说:我—不—想—当!他从巷道跑过去,听到善人在后面说:娃呀,这世上没个隐身衣么!①

  狗尿苔便顺着巷子走……是穿了隐身衣他们看不见了吗?这塑料布是能隐身吗?狗尿苔突然觉得一定是塑料布能隐身!这塑料布怎么以前没这作用呀,是它在做了梦后才能隐身吗?②

  狗尿苔的"隐身衣"变成了带灯的"梦的衣裳"。带灯将工作之余做白日梦作为缓解自己压力的手段。她发花痴一样地热爱上了元天亮。她和元天亮之间没有世俗的肉体情爱的交流,只有精神上的沟通。从整部小说描写来看,她只见过元天亮一面——元天亮回乡为自己利用人脉为家乡修的一段公路剪彩,带灯远远地看着他,而且印象还是模糊的。他们之间的沟通方式主要是二十六条手机短信。已经有了画家丈夫的带灯长期在乡镇基层工作,和崇拜金钱一心追逐名利的丈夫之间没有共同语言,拒绝了同学——镇长性要求的她也不愿意堕落,把元天亮作为爱慕对象无可厚非,我们不能用道德尺子进行简单的否定和评判。

  和丈夫没有共同语言的带灯对元天亮的热爱到了无以复加的程度,经常发送短信给元天亮。她还经常把自己想象成花、树、鸟、苞谷,甚至想当一株有思想的野芦苇、灵芝草、等人疼惜的小兽等,还给元天亮寄去了樱镇的茵陈、地软、药方、木耳,甚至樱镇各种工作文件、资料,还把什么都说给元天亮,"越来越认作他是知己,是家人",而她的热情执着最终打动了元天亮,从来不回复陌生人短信的元天亮也默许接受了她。小说这样写带灯的爱之幻梦:

---

① 贾平凹:《古炉》,人民文学出版社,2011年,第116页。
② 同上,第118页。

我睁开眼就很喜悦地想起你。我像棠棣花一样只顾开放……所以我想为自己活一回。①

曾经梦见你和我走在梯田畔沿上，我拿个印章，印章没有刻，还是个章坯子，你手里边给我写行小字。至今想我从来没有过印章的概念和用途呀，然而这梦里的事实让我知道了我还有印章是你给我造就的。我的命运像有一顶黄格伞行运也许别人看不见。梦和现实总是天壤之别，像我和你的情感越来越亲近而脚步应该越来越背离。我是万万不能也不会走进你的生活，而冥冥之中也许狐在山的深处龙在水的深处，我们都在云的深处就云蒸霞蔚亦苦亦乐地思念。②

小说最后，对乡镇工作完全绝望、被残酷的现实打击得崩溃几要发疯的带灯竟然患上了严重的夜游症，从另外一重意义上实现了自己的梦境。

（六）书记和镇长意象

《古炉》小说主要写了两派人物，写了以无业游民出身的霸槽为代表的夜家和以民兵连长天布为代表的朱家两派人物的争斗。在"文革"中这两个大家族分别形成了榔头队和红大刀队两派武斗势力，为了争夺古炉村的村政大权，他们将古炉村搞得乌烟瘴气，鸡飞狗跳。而在《带灯》小说中也有两派长期胶着、此消彼长的势力。一个是县委书记秘书出身、文化水平不高的樱镇党委书记，一个是尚有文化水平自诩为"正规军"出身的樱镇镇长（从小说来看，还有元、薛两家地方势力：书记相对和薛换布熟络；镇长和元家熟。但书记和镇长都要依靠元天亮）。他们两个人为了在樱镇镇务活动中抢夺话语权而明争暗斗。

《带灯》中的书记实际是《古炉》中政治投机者霸槽形象的发展。

---

① 贾平凹：《带灯》，人民文学出版社，2013年，第81页。
② 同上，第202页。

《带灯》中的书记和霸槽一样是个"麂客"①。霸槽爱夸口："古炉村支书让我当，还能穷成这样？要让我当上村长，村村都有丈母娘。"可见他一开始做事的动机就不纯，全为了自己。经常爱戴墨镜装腔作势，"文革"期间更是头戴军帽腰扎皮带，手中经常拿着毛主席语录。和接受大工厂相关人员购买的西装的、喜欢显摆的《带灯》中的书记何其相似乃尔！霸槽用人只用自己本姓人，自己信得过的人。而《带灯》中书记的用人原则更是有趣：

> 选干部就是把和咱们一心的人提上来，把和咱们不一心的人撸下去，再具体地说吧，要能听招呼，就像换布，换布听招呼！②

霸槽的口才好，他为人刁钻刻薄但很有思想，还会背县志。和古炉村大多数人不一样的他以自己的小聪明和扎势做派取得了一部分盲从的村民的拥护。比如霸槽和情人杏开在小木屋里情急幽会，导致杏开吆来的猪被过路司机碾死，小说是这样写霸槽的应变力的：

> 司机说：谁的责任，我的责任？公路上有猪圈吗？！霸槽说：公路上是没有猪圈，可是，我问你，猪身上有公路吗？唉？！这话说得好么，这话也只有霸槽能说得出来，狗尿苔啪啪地鼓掌。③

正如樱镇书记所说："泥里水里过来的人，我啥事没经过？！"④书记老谋深算，是老官油子，行政工作经验丰富，脑子反应快，这一点搭档樱镇镇长也不得不佩服。大工厂仓库保管员宋飞偷走了十根雷管这个明显的报复行为，而且是必然连带镇干部负相关管理责任的重大事故，却被书记说成了拿雷管去炸鱼轻描淡写地予以化解；洪灾死了十二个人被书记七说八说，将一个严重的管理责任事故平稳地给以消解；樱镇发生重大恶

---

① 陕西话指生性生猛的人，也称二杆子。也指人用非常手段做事。
② 贾平凹：《带灯》，人民文学出版社，2013年，第222页。
③ 贾平凹：《古炉》，人民文学出版社，2011年，第15页。
④ 贾平凹：《带灯》，人民文学出版社，2013年，第24页。

性群体斗殴事件，最后竟然只有主持工作的马副镇长承担了全部领导责任。每次遇到大事书记都会劝镇长："坐下坐下，别声音那么大！你静一静，越是来了大事越要静。"[1]霸槽动不动就去县里请示，他经常能带来所谓的"革命"的新消息，成为古炉村的消息树和风向标。有了县里的指示，他做事腰板也硬气了。而《带灯》中书记做事的原则也是：只对上司负责，无心真理政，一心求仕进。正如小说所写："书记说了，谁都可以失控，镇东街村的上访者不能失控，因为镇东街村是市组织部对口扶贫村"[2]，"书记每季度都让采购些土特产要给县上一些领导和部门送，他送礼公开，说：这不是行贿，是联络感情，一份土特产值不了几百元钱，却给樱镇换回的是几万元几十万元"[3]。正在县上开党代会，而樱镇发生重大群体斗殴死人事故，急匆匆赶回来的书记先踢了当事人一脚，然后说："一群狗东西要死就死么。还坏我的事！"[4]可见，书记主要关注的是他个人升迁问题，并不是真心为群众办事的干部。如果说书记以前想往上晋升主要靠和人联络感情的话，到樱镇结识了元天亮以后，书记就像抓住了救命稻草，想方设法通过元天亮把有重度污染嫌疑的大工厂延揽到樱镇作为自己向上晋升的跳板。

镇长以前是樱镇的副镇长，在外乡镇兜了一圈后又回到樱镇担任镇长。他一直以正派人自居。总体来说，如同《古炉》中费尽周折才当上队长、当选后立即带领大家务正——去采摘莲蓬的磨子一样，《带灯》小说里的这个镇长还是想要有一番作为的，他一直希望通过自己的政声获得升迁。经常一个人微服私访，泥一身水一身，看到群众因为生活苦焦哭他也跟着哭就是证明。可是晋升缓慢和官场各种规则也让他逐渐消磨去了做事的热情。《古炉》中的民兵连长天布和队长磨子，看到不务正业的霸槽不

---

[1] 贾平凹：《带灯》，人民文学出版社，2013年，第189页。
[2] 同上，第205页。
[3] 同上，第195页。
[4] 同上，第333页。

下田做工竟然吃香喝辣，而且势头压倒了自己，很不服气，也从田里出来，去镇上找关系，最后找到商镇武装部部长。在部长支持下，天布和磨子拉起了古炉村第二支造反的队伍。《带灯》小说中的镇长不像书记那样，有县委书记撑腰，只好苦苦等待书记赶快升迁后，自己再取而代之。

樱镇书记和镇长面和心不和。镇长骨子里瞧不起书记，书记也经常找机会压制镇长。小说分别用元斜眼和曹老八的一段话形象地写出了他们之间的矛盾：

> 镇长说：书记有文化，他是秘书出身。元斜眼说：他没学历呀！就凭个胆大，喜欢把事情煽起弄圆，煽起弄圆了就怂管了。镇长说：这话不要信，千万不要再传。赶紧走开，走开几步了，回头还双手往下按了按，说：不要传啊！却掏出纸烟，给元斜眼扔去一根。①

> 书记说：镇长也是能干人么。曹老八说：他太软！在乡镇当领导么，光凭学历那毬不顶，就得要工农出身的领导来插杆举旗！书记嘎嘎嘎地笑，拍着曹老八的肩，说：你这个曹老八！大嘴曹老八！②

多次挑战书记的权威，却被书记轻松化解，"拳头打在棉花上"，镇长不得不感叹：

> 咱这书记是有水平的书记，跟他搭班子这么久，我也是明白了什么是政治家。中国有多少大领导不是从乡镇干部一步步干上去的……政治家就是在大事上要谋划、要琢磨，会谋划，会琢磨，也能谋划成、琢磨成。③

镇长也曾想改变被压制状况，曾经一段时间，他纵容自己的司机提前强占书记的车位。而书记的司机金铭和镇长的司机龚全因为互相不服

---

① 贾平凹：《带灯》，人民文学出版社，2013年，第223页。
② 同上，第225页。
③ 同上，第61页。

气,比赛超车,开意气车,结果发生事故,最后以镇长的司机被撤换而告终——不仅巩固了书记在樱镇的官威,而且坚定了书记的绝对领导地位。

樱镇的马副镇长和《古炉》小说中朱大柜支书如出一辙。马副镇长常年有抑郁症还要靠吃打下的新鲜胎儿来养病,蒸吃一次胎儿他要用慢火蒸很长时间。而《古炉》中的朱大柜早上爱喝浓茶,是超过二十年的习惯……喝茶讲究个熬……直熬到盒子里仅能倒出两三口的汁儿,筷子一蘸都能掉线儿了,才算熬成。①熬一次茶也要用好几个小时。当书记和镇长双方离开去县上开党代会时,马副镇长一下子精神焕发,官威十足,完全不像有病的样子。可见,他的病,其实是长期得不到提拔、被压抑而形成的心病。主持工作期间,下属感叹:"爷呀,他主持工作比书记还严哟!"②自己偷偷去松云寺系红带子,更是将其渴望早日扶正当镇长的心情展现无遗;而更改书记将钱慢慢补在伙食费里的决定,擅自动用接待市委书记虚报冒领的钱,带领镇干部去胡吃海喝,也让人猜度,这个马副镇长以后会不会是真正的公仆。朱大柜在霸槽和天布还没有形成气候时,绝对是古炉村一号人物,所以朱大柜才会说:"谁给古炉村抹黑,我朱大柜饶不过他。"霸槽气焰正盛的时候,朱大柜却也突然"病"了。磨子等一筹莫展,到他家去讨主意他却只招呼大家喝茶。而在"文革"中他也被打倒了,腿也被打瘸了,自己申请去看牛。《带灯》中的马副镇长,在樱镇发生的恶性群体性斗殴事件中,充当了书记和镇长的替罪羊,被组织处理后,晋升无望的他从此一蹶不振。

《带灯》的其他人物也很有味道。如刁蛮、心狠手辣的元黑眼就是《古炉》中的麻子黑。《古炉》中杏开让人看自己的眉毛是否开了线纹,以表明自己被霸槽"破处",而《带灯》中带灯看自己手下竹子和对象郭老师关系亲密程度,也是用眉毛是否开线判断。《古炉》小说中的反对霸槽和杏开婚姻的古板的队长满盆因为吃牛肉卡住喉咙被噎死,《带灯》中

---

① 贾平凹:《古炉》,人民文学出版社,2011年,第221页。
② 贾平凹:《带灯》,人民文学出版社,2013年,第301页。

的张膏药对自己儿媳妇不好为人不地道，最后让火烧死，都是横死。《带灯》小说中的集奸猾与实在为一体的低保户二猫，时不时地用野味笼络镇干部，作为樱镇综治办主任带灯的主要依靠力量和换布新开的沙场的保安，他身上明显有《古炉》小说中身上常带火绳给人点烟的狗尿苔、跟在霸槽屁股后铲屎的跟后等的影子。《古炉》小说中支书提醒经常拈花惹草的民兵队长天布："我可提醒你，你是支部培养的对象，把自己的老二管好。"①《带灯》小说中，面对将要侵犯自己、即将犯错误的镇长，带灯正色相告："你还年轻，如果你仕途无望了，你可以胡来。如果你还想再往上上，希望你管好自己的下半身。"

还有，《带灯》小说中的很多情节和细节都直接来自《古炉》。如《古炉》小说中写到了"过狼"的惊悚场面，而到了《带灯》小说中把亲戚之间的往来叫"过云"②；《古炉》中写过去的古炉村世风很好，进山打柴或帮人割漆、拉煤，谁的一只草鞋烂了，就将一只没烂的草鞋放在路边，为的是过往的人谁的草鞋烂了还可以换上另一只③，《带灯》中的樱镇镇长下乡时，鞋烂了，就将路边不知谁留下的鞋子换了一只穿。古炉村全村吃牛肉，却不同程度地患了病；樱镇马副镇长带领镇干部吃大餐，吃得横七竖八，天昏地暗。《古炉》中队长磨子是斜眼，《带灯》中直接写活了另外一个元斜眼；《古炉》中霸槽听说苏联和美国都要对中国发动制裁或战争，急忙说"打么，打，我就能当将军"，一副幸灾乐祸的架势；《带灯》中樱镇书记听大工厂老唐的话，"姓元的姓薛的都是一座山上的老虎……他们两个矛盾了才都听你的，如果没矛盾你还得寻着让他们矛盾呢"，一下子茅塞顿开。《古炉》中明堂为了警告对自己老婆要流氓的迷糊，竟然将迷糊的毬咬伤了。众人问，明堂说"有毬才有势，我看不惯狗

---

① 贾平凹：《古炉》，人民文学出版社，2011年，第66页。
② 贾平凹：《带灯》，人民文学出版社，2013年，第227页。
③ 贾平凹：《古炉》，人民文学出版社，2011年，第89页。

日的在榔头队里张狂,想去了他的势"①;《带灯》中马副镇长代替外出开会的书记镇长主持视频工作会议,翟干事迟到,"刘秀珍说:'那你等着挨马副镇长训吧'!翟干事说:他算个毬!……马副镇长脸色一变,我是毬,你是啥?……翟干事一时慌乱……啊,啊我毬毛!"。"毬"仍然和"势"连在一起,让人忍俊不禁。

可以说,《带灯》小说中的很多意象元素都是直接来源于贾平凹以前的创作,其中尤以《古炉》对其影响最大。其实,书记、镇长的矛盾也是小说《浮躁》中田、巩两派和小说《秦腔》中君亭和夏天义等的矛盾纠葛。我们已经发现,这些意象并不是简单的重复,而是反复地出现,已经具备了更为丰富的审美意蕴。它们互相支撑,互为因果,共同建构起了贾平凹近三年的饶有兴味的文学创作风景。

二、意义的递进

贾平凹在《带灯》后记中说:"《秦腔》《古炉》是那一种写法,《带灯》我却不想再那样写了,《带灯》是不适那种写法,我也得变变,不能在一棵树上吊死。"他还说:"突破那么一点点提高那么一点点也不行吗?"②那么这种突破到底在哪儿?

(一)立意上更加明确集中

相比较小说《古炉》选择即将远去变冷的"文革"记忆为题材,小说《带灯》选择当下较热的社会问题"维稳",其直面现实,写作的针对性和时代价值不言而喻。无论是"文革"还是"维稳",很少有作家涉及,因为题材敏感,所以贾平凹勇闯禁区的精神值得肯定。

二者都反映中国社会转型期人们对现状的焦灼和对光明的追寻。《古

---

① 贾平凹:《古炉》,人民文学出版社,2011年,第378页。
② 贾平凹:《带灯》,人民文学出版社,2013年,第359—361页。

炉》其实是人性的大熔炉，是人间炼狱。各色人等在古炉村张扬个性、人性。《古炉》是动乱社会中国的又一张清明上河图，人们最后争夺的结果两败俱伤。一心革命的霸槽和天布两派力量最后被解放军消灭，直到死他们也没有觉悟。《古炉》小说以血的事实启示我们反思。究竟是谁制造了这场人类罕见的大浩劫？谁在用无形之手在操纵着底层人民的命运？

两派力量已经被彻底消灭，白茫茫一片大地真干净。被打瘸了腿的支书朱大柜和霸槽的遗孀杏开抱着霸槽的遗腹子，连同乡里能人蚕婆等还在路上走着，杏开怀里的孩子在哇哇地哭着……古炉村能否获得新生？其未来将向何处去？希望到底在哪里？如同守灯一直没有烧成自己梦寐以求的青花瓷一样，《古炉》小说苍凉中充满着绝望。

小说《古炉》将古炉村作为中国动荡社会的一个标本，来反思小人物在大变革时代的命运。如前所述，小说《带灯》目光已经由村子切入乡镇——这个陕西作家较少涉及的文学创作领域。这是和作家早期小说《浮躁》的州域小说一脉相承的，也是对小说《秦腔》中清风街、小说《高兴》中的兴隆街的发展，显示了作家对农村社会各个领域全面的开拓意识和比较前卫的创作思维。

小说《带灯》选择了乡镇"维稳"题材。樱镇上影响维稳的主要有两家，一个是元家一个是薛家。因为有在省上担任高官的元天亮撑腰，元家兄弟横行乡里，无恶不作，而薛家也一直想挑战元家的权威。为了沙厂他们明争暗斗，互有胜负，最后以两败俱伤为代价结束了纷争。热情、聪明、善良、美丽的樱镇综治办主任带灯介入了，她以自己的努力维持住了樱镇较长时间段的稳定局面。在长期的基层维稳工作中，她体会到了乡镇干部的飞扬跋扈和鱼肉乡里的不应该，甚至狠骂："烂工作！综治办就是黑暗问题的集中营！"由开始预防上访到直接协助王随风、王后生、朱招财等长期上访人员，到最后同情上访者，帮助受矽肺病影响、生活无着落的农村姐妹们讨说法，不惜阳奉阴违抗拒书记和镇长的命令直接替上访户说话，直到最后患了重病，精神分裂得了夜游症。她和她的女手下办事员竹子由开始担心身上长上樱镇的虱子，到长上虱子的惊恐不安，再到后来的坦然接受，说明带灯对基层群众的态度有了巨大的变化，她也以自己的善良和爱心赢得了人们的敬重。在带灯的影响下，竹子也开始写起了告状信，向国家有关部门反映乡镇干部的胡作非为。小说结尾这样写道：

> 她们才一到河湾，二猫就知道了，撑了排子吱呀吱呀划过来，让她们坐好，悠悠向芦苇和蒲草深处荡了过去，而顿时成群成阵的萤火虫上下飞舞，明灭不已。看着这些萤火虫，一只一只并不那么光明，但成千的成万的十几万几十万的萤火虫在一起，场面十分壮观，甚至令人震撼……竹子看着，带灯如佛一样，全身都放了晕光……①

这段话写得比较唯美而且诗意盎然。尽管上访者一个一个被镇政府"收拾"了，甚至有些人不等政府"收拾"自己就死去了，但是问题依然存在，还是有那么多的人前仆后继，为了公平和正义在抗争。你看，老上访户王后生多次被刑讯，被折磨，仍然没有失去上访的念头；你看吧，连政府内部也出现了开始为民请命的干部，尽管路程曲折，但至少还有希望。

当然，小说也体现出一些值得商榷的治国思想。比如带灯对政府阻止恢复修建神庙的不解。带灯有个疑惑："为什么要阻止它的恢复修建呢，村民能去了庙里也就少来综治办了，庙可能是另一个综治办，这不是好事吗？"②樱镇各地暴发洪水，有二十三个有庙的村子安然无恙，镇干部刘秀珍说"信不信由你，马副镇长说这次洪灾，凡是有庙的二十三个村寨都没出大事"③，其余全部遭灾。带灯患夜游症之后变得怪诞、神秘而且亢奋，竹子看带灯，"带灯如佛一样，全身都放了晕光"④——作家在这

---

① 贾平凹：《带灯》，人民文学出版社，2013年，第352页。
② 同上，第140页。
③ 同上，第284页。
④ 同上，第352页。

里是否想告诉我们光凭行政的力量是暂时无法彻底解决中国农村农民基本问题的,在这个转型期,宗教或许是一种有效的可以暂时抚慰人们心灵、消解现实生活痛苦的思路?尽管带灯这个萤火虫它的光芒很微弱,但若干束这样的光芒集合起来也会形成强大的力量。只有真正重视民意民生,权为民所系,情为民所想,转型之中的中国才会从泥淖中爬出来,才会继续充满活力与希望!还应该指出的是,小说《古炉》始终在一种惊恐不安、人人自危的氛围中叙事,这是与当时"文革"中那种大环境相合拍的;而《带灯》中的叙事有张有弛,尤其是主人公带灯的非凡的想象,使得文本充满着诗情画意,文笔优雅从容,与我们当下中国整体社会人心思进但仍然出现了诸多社会不和谐音的状况相吻合。

在《古炉》中,叙事主人公狗尿苔备受欺凌,经常遭人欺负,由于出身不好,每一次重大的社会运动都是被波及和揪斗的对象,所以他希望能有一件隐身衣隐藏住自己,是一种"非暴力不合作"的姿态;经常在乡镇工作的带灯被平庸忙碌的行政事务拖得焦头烂额,哀叹"镇干部是门轴的命"①。竹子也这样说:"天天咱都忙着,可一年到头到底忙了个啥,啥也没干成过,工作永远是压下这葫芦浮起那个瓢,没主动,没激情,没成效,有首歌唱青春的小鸟一去不回来,咱的鸟是飞不出去就在笼子里死掉了……带灯说:是飞不了,咱到了镇政府就是一群鸡么,长着翅膀只能飞院墙,一天到黑都是爪子拨拉着寻食,头捣着吃食,尽吃些菜叶子草根还有石子,但还得下蛋呀,不让下蛋却不行,自己憋得慌呀!"②综治办是社会矛盾最集中的地方。如果不缓解压力,人会整个崩溃。正因为这样,作家说:"我才觉得带灯可爱可敬,她是高贵的,智慧的,环境的逼仄才使她的想象无涯啊!"③带灯的想象力的确是超凡的。古人说"感时花溅泪,恨别鸟惊心",带灯眼中的山水已经不单纯是自然的山水,已经是经

---

① 贾平凹:《带灯》,人民文学出版社,2013年,第264页。
② 同上,第288—289页。
③ 同上,第358页。

过她自己心意过滤之后充满着个性体温的山水万物。她说："鸟儿无法不飞向蓝天，虽然天上没有它栖身之处。蜻蜓不能不伏向河水，虽然河水没有它立足之地……心中苦成甜，花儿也长出了蜜。花有心有蜜就能有蜂来的一天。"[1]她还说："好女人当然知道自己心爱的是谁……我愿化作雨滴，默默浸泽你身下泥土，嘭嘭滋升你的元气。"[2]明明知道没有结果没有希望却还要痴情地去追寻和表达，她为自己披上了一件华美的梦的衣裳。她把对元天亮的爱和思念作为精神突围的主要手段。根本没有指望得到元天亮回信的带灯收到元的信息后欣喜若狂，元天亮的回信鼓舞了他，她确认了元天亮就是自己要找的知音，于是接二连三地发送短信。想一想我们也能理解带灯，书记和镇长一心忙自己的事，镇政府办公室主任和男干事们游手好闲、敲诈勒索，他们的行径带灯非常讨厌，但作为他们的同事她也无可奈何。手下只有一个干事竹子，还需要带灯的提携和指导，下农村结识的姐妹们又不能时常在身边，丈夫一心追名逐利。"最高的有丈夫境界是无丈夫"[3]，表面豪放的带灯之孤独根本无人能懂，这样元天亮自然进入她孤寂的心灵。从小说描写来看，带灯对元天亮的直接印象只有两个，一个是元天亮回乡时被人前呼后拥，带灯远远地见过他一面，一个是当丈夫带了一个艺术家高调回乡，不在家里住，要住高档宾馆，带灯说："那一年元天亮回来，就一身黑衣裳，小车到樱镇街口就停了，步行着进来的。"[4]她看到了元天亮作为名人的无奈和骨子里的朴实。和书记镇长不同，带灯对元天亮的爱和尊重是超越功利性的。书记镇长对元天亮是纯粹的利用，而带灯是敬惜。比如在买了四窝兰花祭奠了元天亮的祖坟之后，带灯自言自语地说："用心祭了，元天亮就会有感觉。"[5]看到元天亮的巨幅照片，尽管薄成一张纸，她也能感应到他的气息。仿佛元天亮

---

[1] 贾平凹：《带灯》，人民文学出版社，2013年，第236页。
[2] 同上，第216页。
[3] 同上，第167页。
[4] 同上，第196页。
[5] 同上，第97页。

就在身边听着自己说话，她完全被这份感情所疯魔，痛苦却又幸福着。

带灯对元天亮这份感情当然是一种偶像崇拜。"偶像崇拜始于初民的原始信仰。原始时代，洪荒蛮野，猛兽成群，生存条件十分恶劣，思维与认知能力低下的人类祖先对客观对象无知与不理解，并采取行动，用一定形式去表示这种由恐惧而生的崇拜，去讨好想象中的自然神力和其他自然物，祈望能把'异己'力量通过信仰的形式和手段化成'顺己'、'助己'的力量。"[1]偶像崇拜从古到今都是人类社会不可缺少的文化心理现象。樱镇人对元天亮的崇拜已经到了无以复加的地步，小说这样写：

> 元天亮离开了樱镇一个月，樱镇人还在津津乐道元天亮，说元天亮瘦是瘦，鼻子下的两条法令特别长，这是当大官的相。说元天亮个头矮，不紧不慢地走内八字步，这是贵人气质，熊猫就走内八字，熊猫是国宝。说元天亮爱吃纸烟，手里啥时都冒烟缕，他属龙相呀，云从龙么，烟缕就是云。[2]

与樱镇人对元天亮的敬畏感不同，带灯一直希望理解、接近元天亮，试图了解元天亮并做彼此的知音，尽管她很清楚她和元天亮之间没有未来，却还是执意地去做。小说写道："带灯对元天亮的迷恋实质上是一种偶像崇拜，由内心投射出来的形象是神，这个偶像就会给人力量，因此人心是空虚的又是恐惧的。"[3]元天亮在她的心目中既是有血有肉的人，也是值得敬重的神。这种偶像崇拜缓解了她的精神痛苦，但现实的残酷和不如意又一次让她深深堕入了痛苦之中，直至精神分裂，患上了夜游症。

可以看到，小说《古炉》中，人们开始对朱大柜的服膺是对政权的服从，对"脸长长的，有棱有角"的霸槽和民兵连长天布的追随只是一种无意识的盲从。《古炉》小说中的偶像崇拜是混乱的、多元的。《带灯》小说中的偶像崇拜比较集中，集中在元天亮一人身上，所有的事情几乎都围

---

[1] 赵凡：《青春偶像崇拜的文化思考》，载《榆林学院学报》2012年第1期。
[2] 贾平凹：《带灯》，人民文学出版社，2013年，第9页。
[3] 同上，第243页。

绕元天亮而展开。虽然偶像少了，社会打击力却更强烈了。

（二）人物形象继承中又有丰富和发展

《古炉》中的主角霸槽是村子中的无业游民，他思想活跃。霸槽名如其人，比较霸道，个性强。因为不服从民间权威村支书的领导，在村中处处受到刁难，被打压；因为日子过得艰难不务正业，处处遭村人白眼。想做生意不被批准，无奈自己就在路边的小木屋里开了一个补胎的摊子，靠微薄的收入养活自己。霸槽不是平地里卧的人。他用睡了队长满盆女儿杏开的方式来报复村民。穷则思变，他革命的本钱是从牛棚里挖出的"太岁"，他用卖太岁水、分吃太岁肉笼络村民，身后聚拢了一大帮对村政不满和游手好闲的人。《带灯》中的镇党委书记，他最开始利用的是县委书记秘书的资源，后来是直接用公款公开行贿，购买土鸡蛋、木耳等土特产，送给相关的人，名曰联络感情。到后来，他大作樱镇名人元天亮的文章，利用他引来大工厂，将大工厂作为自己捞取政治资本的本钱。有意思的是《古炉》小说中造反派揪斗村支书朱大柜，朱大柜交代了镇上张书记他娘过寿他送了五架子车古炉村瓷货，还给县三干会送去了盘子和碗，从而得以连任村支书。可见樱镇党委书记和《古炉》村支书其实是一路货色。古炉村支书给全村人分吃了身上长有牛黄的为全村耕耘了一辈子的牛的牛肉，结果全村人都不同程度地得了怪病，前队长满盆竟然被一块牛肉卡住喉咙活活噎死；《带灯》中的书记强行引进有污染的大工厂，搞得全镇民怨沸腾，元、薛两家为了争夺大工厂供沙的利益发生火拼，最终酿成重大的责任事故。

可以说，《带灯》中的书记兼有《古炉》中的霸槽、村支书朱大柜的相应特征，他是一个复合起来的人物。如前所述，作为樱镇"正派"人物的代表，镇长身上有《古炉》中民兵连长天布的精明，一个人偷偷地去偏远山村微服私访，动员村民务必要相信政府，其勤政的性质也具有一心号召村民种莲不要学霸槽等胡乱"革命"的古炉村新队长磨子的意味。樱镇镇长的形象也是一个复合起来的人物。

另外《带灯》中的风流女性也写得颇具特色，尤以马连翘等为代表。可以看到《古炉》中的这类问题女性整体上比较收敛。秃子金的老婆半香和民兵队长天布偷情，被人发现后村规伺候；戴花和来生相好，来生去看戴花却被长宽带走，戴花无奈地对来生说"不要紧，馍不吃了，给你在笼里留着呢"——多么的风骚！到了来回，因为州河洪涝而被老顺救起，为了报恩不得不嫁给老顺，年轻的来回每晚被老顺折腾得像"杀猪一样叫唤"；女人们在一块说悄悄话，面鱼儿老婆说面鱼儿，"是个饿死鬼托生的，要个没完没了，可他一上来就完了，我只是尽女人的份哩。三婶就对面鱼儿老婆说你要多经管他呢"。《带灯》中的马连翘，她的性取向已经相当开放，甚至到了寡廉鲜耻的程度。已是有夫之妇的她却勾搭上了元黑眼，而且她的目的很直接，为了钱。她不惜自荐枕席而且漫天要价，要好色的元黑眼拿硬货——五千元睡一次，没钱就别想。因为和元黑眼有了这样一层关系，所以经常得到元家兄弟的庇护，也经常到元黑眼的肉店里蹭拿猪下水。后来元黑眼勾搭上了别的女人对她不友好，马连翘破口大骂，旁边看热闹的人说："马连翘脾气恁大的？有的说：把情人当老婆用哩，当然脾气就大了。"[1]马连翘其实就是《古炉》中半香、戴花等性情女人形象的发展。《古炉》中写了说"女人都是咱的马""将来我要村村都有丈母娘"的二流子霸槽，也写了民兵连长天布的好色，在《带灯》小说中，重点只写了元黑眼。这个元黑眼不仅色胆包天，而且睡了女人后立马翻脸，还整得自己的老婆无奈地说："让他折腾去吧！他折腾倒给我省了事。"[2]元黑眼偷女人已经由偷偷摸摸到明目张胆，可见，比霸槽和天布厉害多了。

《古炉》中的叙事主线——狗尿苔之所以还能够被其他人接受，是因为他勤快，能跑小脚路，会为抽烟的男人们找火，而带灯不仅自己抽烟

---

[1] 贾平凹：《带灯》，人民文学出版社，2013年，第277页。
[2] 同上，第196页。

还带着火（本身就是一只萤火虫，自身有光）。《带灯》中的带灯集合了《古炉》中蚕婆的经验老成、眼里都是佛和菩萨的善人的智慧善良、杏开的痴情，狗尿苔的敏感、特异功能等于一身，也是一个复合起来的典型人物。

（三）虱子、多足虫等意象反映了作家由保存农村小传统到革新的矛盾心理

《古炉》中的虱子，主要保留的即其原初的意义，是人体上寄生的小生物，这些虱子如影随形，时不时地暴露了古炉村中人物生存的尴尬和窘迫。当然《古炉》中这种虱子是有变化的，蚕婆身上的虱子，到了被揪斗的、安置在柴草棚里村支书朱大柜身上变成了虼蚤，[①]其后又变成了一心闹革命的霸槽交裆里的怎么也治不好的疥疮，而这种疥疮用肥皂硫黄水都治不好，最后用窑灰混了浆涂，竟然好了。众所周知，古炉村是以烧瓷货远近闻名的，因为无休止的武斗，窑厂被封，而正是废弃的窑厂遗留的窑灰解除了霸槽等的肉身痛苦。是不是只有回归本源重操旧业辛勤劳作才是古炉村未来的希望？

《古炉》和《带灯》都反映了"人一贫困，性格就凶残"这么一种现象，《古炉》写造反派另一灵魂人物黄生生，竟然活活打死一只麻雀直接将铁丝插进麻雀的屁股里、放到火上烤吃的残忍，还写到了麻子黑将刀插进磨子肚子里的冷酷无情，同时也写了动物之间的弱肉强食，如《古炉》这样写道："支书家的院门在开着，门槛上卧着那只公鸡，一群母鸡在门道底觅着了一条蚯蚓，便有两只鸡各叼着蚯蚓的一头拉扯，扯成着一条线。"[②]《带灯》也写到了元家兄弟对乡邻的剥削，写到了在元薛两家恶性斗殴事件中不讲情分、狠下杀手的情况。拉布一钢管竟然把正在拉屎的元老三打倒在沙墩里，"元老三窝在了那里。拉布又是一阵钢管乱抡。

---

① 贾平凹：《带灯》，人民文学出版社，2013年，第313页。
② 贾平凹：《古炉》，人民文学出版社，2011年，第307页。

元老三再没有动。拉布拉起元老三的一只脚要把他倒提了往沙壕里蹾,元老三已是断了线的提偶,胳膊是胳膊,腿是腿,把它放成什么样就是什么样,两眼眶崩出了眼珠子。眼珠子像玻璃球,拉布只说玻璃球要掉下来了他就踩响个泡儿,眼珠子却还连着肉系儿,在脸上吊着。拉布转身提着钢管走了"①。耐人寻味的是,作家在不同的两部小说中都写到了动物的残忍,如小说这样详细写蚰蜒吃瓢虫和蜂吃青虫的情态:

可这只虫子已经爬到了瓢虫的身后,瓢虫竟然浑然不知……在眨眼瞬间,那多足虫子一下子扑过去把瓢虫抱住了,于是她看到多足虫子并不是向瓢虫亲热,瓢虫在剧烈地反抗,多足虫越抱越紧,同时发出唑唑的声音。它们就在地上翻滚,像一颗小球球,瓢虫的一扇小翅就脱落了,还有多足虫的两条足。后来瓢虫翻出了腹部,翻出了腹部再难以翻过去,腹部是粉红色的软肉,而多足虫突然伸出来一根针一样的管子,还没分清这管子是多足虫的嘴巴在拉长了,还是在它的尾部本来就长着这东西,管子便插进了瓢虫的腹部,瓢虫不动了。管子静静地插着并不急抽走,好像在吸吮,这如同人用塑料管儿吸瓶子里的酸梅汤,常常就吸噎住了,多足虫抖动了几下,然后要离去的时候,并没有把瓢虫翻过身去,瓢虫仍仰面朝上,四肢僵硬孥着,死相难看。

……

竹子低头一看,这才发现那里躺着了一条小青虫,小青虫颜色还青翠鲜嫩,却仅个身子。竹子以为那是条死青虫了,没想蜂一趴在了它的身上,它又扭动了,还活着。便见那蜂在小青虫身上来回移动,恐怖的是它不是在抚摸,而用前边举起的长爪如刀锯一样在割肉,很快就割下来一点,叼着端直直地起飞,到了院墙头上,一拐,飘然而去了隔壁院子不见了。小青虫又扭曲了一

---

① 贾平凹:《带灯》,人民文学出版社,2013年,第322页。

下,彻底不动了,半个身子往外淌血,小青虫的血是青色的……蚰蜒怎么有针一样管子就吸食了瓢虫呢,蜂怎么前爪如刀锯一样能切割呢,自己又怎么会目睹着而没去及时制止呢?①

上述例子可以看出,无论是在《古炉》小说还是在《带灯》小说中,作家在深入思考建构和谐健康的人际关系的同时,用动物之间的生态链环关系告诉我们,人作为高级动物,在本性凶残和恶的这方面与昆虫等动物毫无二致。甚至人不如动物。虱子对于底层群众只是增加了肉体的不舒服,只是"里子"问题,对于带灯这些乡镇干部来说涉及面子问题。而蚰蜒和蜂等多足虫残忍地杀害同类,也有深刻的寓意。乡镇干部之于底层群众,就相当于蚰蜒吃瓢虫、蜂吃小青虫,有些乡镇干部多么类似于多足虫,他们不"拔萝卜",只是"割韭菜",不是为民解忧,而是不作为甚或为民添乱。他们完全没有尽到国家所期望的桥梁纽带连心绳的作用。

《带灯》小说最后写道:"河滩里所有的淘沙都停止了,大工厂工地一时没有了沙料施工,就暂停下来……直等到尘土团慢慢散去,仍有着白色的粉末在飞,当这白色粉末落在了树上,草上,猪鸡猫狗身上,也落在人的头上肩上,才发现那已不是尘土也不是什么植物花粉,竟都是虱子。虱子干瘪得如同麦麸皮,发白发暗,仔细看了才能看出脑袋上的嘴,和嘴上的一根像针一样的小吸管。这些虱子吸吮了人畜血饱满起来,认出了这是樱镇的老虱子,不同于大矿区那边过来的黑虱子,也不同于大矿区过来的黑虱子和当地白虱交配后的不黑不白的灰虱子……牙所曹九九的老爹九十多了,身上也有了一只白虱子,就嗨嗨地笑,突然才发觉很久以来,原来心里仍还有着一种怀念老虱子的感觉。"②

无独有偶,怀念老虱子并不只是曹九九老爹一个人的感觉。带灯跟镇中街村村长建议,用药料或硫黄皂、洗衣粉等杀死虱子时,竹子却说:"洗衣粉是化学物质,它如果能杀死虱子,那以后大工厂建成,樱镇的虱

---

① 贾平凹:《带灯》,人民文学出版社,2013年,第113页。
② 同上,第343页。

子恐怕就彻底消灭了……竹子说：这话我没说呀，我只是想，真要到没有虱子的时候了，樱镇人倒还怀念虱子的。带灯就没言语，她第一次面对着竹子的话她不知道了怎么个回答。"①而在带灯和竹子身上同时生了虱子之后，她们开始用滚水烫，用药粉硫黄皂洗，换新衣裤，还是有虱子。后来习惯了，也不觉得身上发痒了，释然了。连特别爱干净的带灯也笑着说"有虱子总比有病着好"②。带灯也无奈于现代化进程对个人生活的消解："如今再也不能在夜里静静地想心事了，机器的轰鸣如同石头丢进了玻璃般的水面，玻璃全是锐角的碎片。"③《带灯》一开始就写"皮虱飞来"，还告诉我们这个皮虱和樱镇原来的虱子是不一样的，是黑虱子和当地白虱交配后的不黑不白的灰虱子。从小说可以看到，带灯前往的樱镇正经历着新与旧、传统与现代、守旧与革新的矛盾和挑战，"当年元老海带着人阻止高速路修进樱镇，是为樱镇保全了风水，出了个元天亮，却也让樱镇沦落到了秦岭里第一穷镇。"④随后大工厂顺利引进结果却导致了上访斗殴等群体事件接连不断，社会治安混乱，严重影响到樱镇事业的发展。元、薛两家血拼事件爆发，使得大工厂被迫暂时停下了生产。"怀念老虱子"的感觉，是不是怀念樱镇原初的那种社会状态？经济不发达，但社会治安平稳，人际关系和谐。现代文明的挺进在促进一个地方经济发展的同时，所带来的一些社会负面问题该怎么处理？"对于樱镇，不开发是不是最大的开发呢？"⑤小说提出的这个问题没有答案，也反映了作家在面对当下飞速发展的改革进程的一种矛盾困惑心理。总之，《带灯》是《古炉》相关主题意蕴的深度延伸，寄托了作家对中国农村农民命运的深切关注和思考，意义上比《古炉》小说前进了一步是显而易见的。

---

① 贾平凹：《带灯》，人民文学出版社，2013年，第135页。
② 同上，第342页。
③ 同上，第174页。
④ 同上，第62页。
⑤ 同上，第316页。

三、意境的嬗变

　　作家是社会的良心。贾平凹尤其如此。与时代同行的作家之所以现在依然挺立在中国文学的最前沿，主要因为其身上的文人气质和一如既往的社会担当意识。他把自己对这个时代的认识和体验，全部凝成心血，变成文字输送出来。他以自己的努力告诉我们，文人同样可以参与国家精神文明进程，文人同样是国家和民族走向复兴的重要组成部分。作家的胸怀是博大的，也是有独特的社会担当意识的。他如同鲸鱼一样，吸纳着周围的一切，然后经过过滤、加工、改造，借助有意味的形式，虚实结合，艺术地却相当准确地把自己的思想裸裎出来。虽然不能用篇幅和数量衡量作家的价值，但是六十七万字的《古炉》和三十六万字的《带灯》还是让我振奋和激动，无论从内容还是从形式来看，作家还是保持着一定的高度和深度。中国文学还有希望，我们的作家还是那么出色，他用自己的心血又为我们奉献出了绝佳的精神盛宴。

　　如果说《古炉》小说主要在怀旧鉴今的话，那么《带灯》小说重在伤今。我们可以看到变革前的古炉村，民风淳朴，一把钥匙可以开全村人的锁，谁家有个花椒籽等的吃货便挨家送去分享，人们在莲花池里种莲摘藕，在窑厂里烧瓷，日子虽清贫但和乐。"文革"开始了，不务正业的二流子霸槽当了造反派的领袖，霸槽的"成功"影响了周围的一群人，连民兵连长天布和队长磨子也开始举旗造反，人们开始不上工了，开始破"四旧"闹革命，开始了无休止的内斗。搞得人人自危，人性恶的一面全面呈现出来。那真是个可怕的可诅咒的年代！就连一直高喊"革命"的文化人水皮因为一句口号喊错，立即被打成反革命，成为阶下囚；人们吃饭睡觉上厕所都得小心翼翼，生怕被人揪辫子、定为反革命——这种恐怖、压抑的气氛一直贯穿小说始终。古炉村的善人也对此无可奈何，只能自焚并留下自己的善心警示世人。而一直在小说中若隐若现的"风"之意象，也是引人思忖的。霸槽等造反时，古炉村刮起了地旋风；而霸槽等被枪毙时，古炉村又从天上刮来了一股风。小说结尾写道：

> 狗尿苔正要说什么，一股子风从一棵树后走近了，呼地封住了他的嘴，他就不再说了。而风却自此刮大了。风是跑遍了整个古炉村，又跑到了河滩和芦苇园，芦苇还是半人高的茎和叶子，而那些蒲草早早开了小花。花小得像小米粒大，很快形成了粉红色的雾带，浮到了村子上空。①

这个风在以前就曾经出现过：

> 有了风，巷道里的树叶子全吹到了门口，然后在那里旋着，叶子就像一排人，齐刷刷排列着转圆圈，圆圈转着转着从地上浮起来，悠悠忽忽缩成一股往天上升，成一条绳子。②

而在《古炉》后记中，作家依然这样写道：

> 那天的太阳很暖和，村子里极其安静，我目睹着风在巷道里旋起了一股，竟然像一根绳子在那里游走。当年这里曾经多么惨烈的一场武斗呀，现在，却没有了血迹，没有了尸体，没有了一地的大字报的纸屑和棍棒砖头，一切都没有了，往事就如这风，一旋而悠悠远去。③

古炉村的人物的悲剧，是社会的悲剧，也是时代的悲剧，不是天灾而是人祸，是人凭一己之力量强行从上往下推动整个社会变革而失败的一个象征。所有的人事倾轧最终都会消散成灰，逆时代潮流而动只会落人笑柄，并让卷入其中的人付出灵与肉的惨痛代价。风可以带走一切，但磨灭不了一代人的心痛和记忆。《古炉》是对曾经参与其中的社会群体的集体告慰，是对他们曾经的疼痛的一次抚慰。可以说《古炉》整个基调是灰色的，作家的态度是感伤的甚至绝望的，和作品主人公一样，作家心中也是

---

① 贾平凹：《古炉》，人民文学出版社，2011年，第601页。
② 同上，第160页。
③ 同上，第603页。

悲苦和凄凉的。掩卷而思，被人歧视的国民党的后裔狗尿苔；地主后代、备尝屈辱的最后不得不走上反叛道路的人民公敌守灯；为当小小的队长不惜投毒杀人，在"文革"混乱期间又欠下许多人命债的杀人魔王麻子黑；一味盲从、没有自己思想的迷糊和灶火；挑起古炉村内乱的外来人、下场可悲的反派人物黄生生；等等，一个个缓缓走来。可以看到作家对底层人物的情感是复杂的，一方面忧愤，另一方面哀其不幸，怒其不争，整体倾向是充满悲悯的。通过对历史的回望让经历过"文革"的人检讨自己，让未经历过"文革"的人修正自己。作家把自己对社会的责任、对国家前途的忧思灌注在字里行间，如同《古炉》村石狮子口中镇邪的药丸一样，整部小说洋溢着一种浓浓的药味。小说最后枪毙霸槽等时，周围持各种心态的看客和手持馒头准备抢蘸造反者脑浆的情节，是鲁迅《药》的翻版，直接交代出小说催人惊醒的主题。

与贯穿《古炉》全书的"风"不同，《带灯》的意境关键词是"光"。故事的主人公带灯也感受到一个人抗争力量的微小。樱镇的现状正是当下中国城乡一体化进程的缩影。小说告诉我们，"社会基层问题很多，动哪都落灰尘"[1]。尤其是基层干部中许多人麻木不仁，已经丢掉了民本思想、民生意识和服务意识，他们潦草行政，违法行政，与党和群众的要求格格不入，而且这种状况还将在一定时段内持续下去。但是在带灯和竹子身上，我们可以看到还有那么一批人，他们与底层有觉悟的人民一起，坚守道义和良知为民请命，他们是中国基层社会变革的主要依靠力量之一。正如老上访户刘贵田受到带灯救济后感叹地说"政府里还有好人"[2]。尽管这种正能量还很微弱，闪着萤火虫般微亮的光芒，但作为当政者需要倾听他们的故事，凝聚他们的力量，应民心、顺民意，我们转型中才会有希望。可以说《带灯》总体基调也是写盛世背后的危机、繁华之后的苍凉，虽然也有感伤但更多的是温暖和希望。作家无疑热切地关注着社会现实，

---

[1] 贾平凹：《带灯》，人民文学出版社，2013年，第357页。
[2] 同上，第109页。

无时无刻不在用自己如橡巨笔,传递着自己对一味发展经济却忽略了人们精神建构的一种焦虑,体现出了真正的人民作家的本色。

应该指出的是,《古炉》的叙事主线狗尿苔和《带灯》中的主角身上都有一种浓浓的神秘的艺术况味。狗尿苔能通灵,能闻味,还能预兆事情的发展。作家毫不掩饰自己对狗尿苔这个艺术形象的喜爱:

> 我喜欢着这个小人物,他实在是太丑陋、太精怪、太委屈,他前无来处,后无落脚,如星外之客,当他被抱养在了古炉村,因人境逼仄,所以导致想象无涯,与动物植物交流,构成了童话一般的世界。①

与狗尿苔形象相似,带灯也是想象能力超凡,几乎所有的东西都能进入她的想象世界。其实,这是与作家的交感思维有关的。所谓交感思维,"指继承了原始神秘互渗思维的现代民间信众,对'人—物—灵'三维关系的心理认同及其相互沟通转换的思维现象。中国民间信仰是普通民众的信仰,它与宗教组织的宗教信仰有着明显区别,具有多神信仰及多层复合的特征。从思维的角度看,民间信仰是'人—物—灵'三维关系的心理反应。三维关系之中,'物'是巫教信仰思维的对象维(客体维),它为信仰思维提供了一个物理的、实在的、客观的世界。'人'是信仰思维的主体维,它为信仰思维提供了一个活生生的心理人格世界。'灵'是信仰思维中的观念维,它为信仰思维提供了一个虚幻而又神秘的神灵世界"②。贾平凹是万物有灵论思想的实践者,他吸收了中国民间宗教思想中积极有益的因素,并把它写进了自己的作品,附着在人物的行动上。这种阔大的文学视野,也使得作家将审美对象人格化之后,作品中的人物体现出不同的精神境界,展现出不同的人生轨迹。

正如有人指出的,贾平凹的艺术根性在于个体体验。这种体验既非

---

① 贾平凹:《古炉》,人民文学出版社,2011年,第606页。
② 赵德利:《20世纪民间信仰思维审美建构的功能》,载《新疆大学学报》2002年第4期。

一般经验，也非观察所见，而是创作主体移情写作对象所获得的心理感受，即"不仅意味着正在体验的现在，而且同时意味着对过去体验的'回忆'，以及对未来的期待"①。这是一种自身生命的充盈丰满状态，一种人类生命的狂喜和享受。在复杂的情感的支配下，想象与知觉便生发了超常的情绪认知，在对审美对象的知觉中，主题情感的移入，调动了情绪记忆，凸显了对象迎合主体知觉、想象的特征及内容，使主体沉醉于缘于客体、根情于主体的审美情境，美也便在笔下生发了。

无疑，这种独特的感应思维与作家幼年生活经验颇有渊源。"童年和少年时期的贾平凹，无论是聆听祖母讲故事，还是与山石、明月为伴，深山的寂静与空谷的回音，在他的心里一次次激起超常认知：人与神、人与物、过去与未来的沟通转换，渴望成人渴望超越现实的心理一次次激励他生发信仰性感应思维去编织（创作）美好的憧憬，逐渐积淀形成他的审美心理结构。"②这样的话，狗尿苔的特异功能、带灯的超凡想象力之产生就迎刃而解。长期处于饥饿状态，狗尿苔的这种敏感是生活环境逼出来的。他和《古炉》小说中的其他人物一样，被时代裹挟着朝前走，惴惴不安又无可奈何。狗尿苔身上有作家早年生活的影子，有类似生活经验的作家深入地洞悉了底层小人物生存和生活的艰辛，把主人公同时也把自己放在古炉的大熔炉里冶炼、考量，在伤感的记忆的大海里打捞。文笔是凝重的，但叙事节奏比较快，因为那是一个不需要思考的年代，人人都很浮躁，作家把这种时代情绪准确地活化了出来，所以《古炉》小说整体意境是旷远的但又是很逼仄的，是苍凉的又是令人惊怵的。

《带灯》中的带灯身上明显也有作家的影子，喜欢抽烟、吹埙、读书的女子，竟然被任命为综治办主任。镇长口口声声说维稳压倒一切，却把这样的重担交给了带灯，说明樱镇的治安危机还没到严重的程度。从小

---

① 王一川：《意义的瞬间生成》，山东文艺出版社，1988年，第235页。
② 赵德利：《体验：贾平凹散文的独特情致》，载《宝鸡文理学院学报》2002年第3期。

说中可以看到，常年上访的就那么几个钉子户，重大的恶性治安事故和天灾也就那么几次，其余时间基本是平稳的。正因为这样，某某村的村长故意或者有意喊出了"啥时候能不防旱防洪防综治办呀"的恶谑之语。和狗尿苔相比，带灯的生活环境相对优越，所以她才能在工作之余发挥她的想象力，用短信的形式敞开她的内心世界，所以她才有时间反思自己工作的价值和意义。作家敏锐地把握住了当下社会发展的核心：国家的主流是政治清明、民心安定，像元、薛两家那样的人事只是较少的一部分，任何的夸大或者自我紧张都是不科学的，所以《带灯》的叙事节奏是舒缓中有紧张，紧张中又有舒缓，笔锋细腻，却不乏诗意。

读了《古炉》小说，读者在感到沉重之余，充满绝望但也应该庆幸，这样的时代毕竟已经过去了，这样的人事已经成为历史，我们只需要经常性地反思它，这样的悲剧便不会重演；读了《带灯》小说，我们除了同情小人物（包括基层乡镇干部和底层群众），应该对眼前的改革充满希望，虽然带灯这只萤火虫自身携带着极为微弱的光芒，但是若干个带灯、若干个像王后生一样有觉悟的上访者等，他们的力量汇集起来，将是一股相当可贵的改革力量。

天意不可违，民心不可欺，得民心者得天下，从中国当下改革试验田里生长出来的《古炉》和《带灯》小说，再一次证明了这个颠扑不破的人类真理。

原载《宝鸡文理学院学报》（社会科学版）2014年第5期

"带灯"等"天亮"

——论《带灯》小说中的人物形象

《带灯》①是著名作家贾平凹新出的三十六万字长篇小说,小说以当下中国改革试验田——樱镇为载体,以长期担任樱镇综合治理办公室主任的女干部带灯为主角,写出了社会转型期乡镇基层干部肉体的挣扎和精神的焦虑。小说选题新锐,人物形象丰满有质感,写出了生活的深度和人性的温度。尤其是对小说主人公元天亮和带灯的形象塑造独具匠心,让人思忖。

小说中的元天亮一直是以暗线形式贯穿在文本中间。小说主要以樱镇干部带灯的维稳工作为明线,展开故事。从樱镇走出去的名人政要元天亮,是小说主人公带灯的等待和崇拜对象,也是樱镇党政巴结和依靠的力量,同时更是樱镇人心目中的英雄、能人。整部小说中他直接出场不到三次,但是樱镇几乎所有的事情都与他相关。小说中多次以"人面蜘蛛"等的意象暗喻他,其中不乏深意。而原名叫"萤"的带灯,如同萤火虫一样,由开始的"防民治民"(堵截上访者)到最后的"亲民恤民",甚至成为上访人群(萤火虫阵)中的一分子。她本真实在,尽力伸张自己的个性生命。有人说,"带灯等天亮有等待戈多的况味",元天亮形象是作家极度自恋情结的产物,情形真的如此吗?

---

① 贾平凹:《带灯》,人民文学出版社,2013年。

一、蒙着面具的元天亮

（一）元天亮：樱镇人心目中的英雄

如同小说中曹九九所说："人要把人活成人物。"元天亮就是这样一个传奇性的人物。元天亮是元老海的本族侄子。元老海是原镇西街村村长。正是他极力阻止高速路穿过樱镇，"保全了樱镇的风水"，才使得元天亮得了山水清气，极了风云大关。元天亮是樱镇第一个大学生，毕业后在省文史馆工作，后来当了馆长，著作等身，再后来当了省政府副秘书长，是樱镇有史以来出的第一个大官。

元天亮比较讲乡情。学问做得好，官做得高，说话却还是樱镇的口音，最爱吃的是家乡饭，特别是热心为家乡办事。他不仅动用自己的行政资源为樱镇小学筹来三十万元捐款，而且利用关系通过省扶贫办拨了十万元加固镇前的河堤，同时通融省公路厅将路经樱镇的二级公路建成一级公路，特别是还为樱镇引来了大工厂。他为樱镇带来了"革命"和"翻身"的希望。樱镇沙场经济利益纷争，矛盾激化，元家和薛家两家血拼，造成了震动全县的恶性事件。马副镇长感叹"这天不是个正常的天了，带灯，这天不是天了"，可谓意味深长。小说结尾，带灯喜欢吹的埙不见了，而"元天亮是走了，他真是一位锦云君子呀，一疙瘩的云，沿山峦飘荡"[①]。带灯也无奈地对自己说："亲爱的，你自在地云游去吧！"说明带灯已经接受了元天亮已经不会再回樱镇的事实，自己的痴情苦盼苦恋只是竹篮打水一场空！

许多人已经看到，小说中的带灯对樱镇名人元天亮的崇拜已经到了无以复加的程度。她以现代化交际工具——手机为载体，热烈地、持久地对他表达了爱慕等多种复杂的感情。毋庸讳言，这是作家病态心理的折射。

---

① 贾平凹：《带灯》，人民文学出版社，2013年，第349页。

我们说，文学艺术家的创造绝大多数是在异态乃至病态情形下完成的。文学艺术家都或轻或重地患有精神焦虑症或者精神分裂症。正是在这个意义层面上，韩鲁华指出："在我看来，贾平凹也如同其他人一样，存在着一定程度的心理病症。"①但他也强调，从病态心理角度分析贾平凹的精神心理现象，并不是以贾平凹患有神经病或者精神分裂症为前提的。因为至今作家并没有精神病诊断或治疗的记录。因此，这里用病态理论分析贾平凹作品，还是建立在荣格关于"精神分裂"的相关界定上的。"精神分裂一词并不是对作为一种精神疾病的精神分裂的诊断，而仅仅指代一种气质或者倾向。"②影响近年贾平凹创作的文学病患，主要是中国大部分文学艺术家都患有的名人病。这种共通名人病的精神心理症状表现为：与人交往的中心意识，同行的相轻和嫉妒心理，自我感觉优越，天下第一，心情浮躁的自我表现意识，还有许多阿Q式的忌讳心理，等等。贾平凹虽然相对来看，还是比较达观和超然的，但是，作为处于平面化、世俗化、实用化，拒绝深刻、消解意义、心态浮躁这么一个时代的作家，他无法避免地受到这种名人病毒的感染。中国的历史文化土壤适宜于官僚的生存，也极易产生名人的病态心理。官员也好，名人也罢，开始他们也许并不想如此，但是，被人们围着，捧着，久而久之，也就习以为常，见怪不怪了。为人低调的贾平凹并不想得这种名人病，甚至还进行过自我医治，但是，不论他怎样努力，名人的病菌还是不断地侵入他的肌体，最终使他成为一个名人心理病菌的携带者。

我们可以看到，《带灯》小说中的带灯，很苦，很苦，她喜欢崇拜欣赏着迷的只是一个虚幻的影子。对，元天亮是回复短信了，但是这和带灯的付出多么地不对等呀！高处不胜寒的实际，使得作家不能清醒地认识

---

① 韩鲁华：《精神的映像——贾平凹文学创作论》，中国社会科学出版社，2003年，第404页。
② 荣格：《心理学与文学》，冯川、苏克译，生活·读书·新知三联书店，1987年，第177—178页。

自己，他以自己的一厢情愿刻画出了资深元天亮迷（凹迷）带灯的形象，享受着她的爱情，消费着她的情感。元天亮始终显得很被动，很无奈，好像所有的情感主要归咎于带灯。不仅作家贾平凹一人这样，王广东在论述《林海雪原》中的小白鸽白茹和少剑波之间类似的爱情时也曾这样说："《林海雪原》中的爱情故事大部分是通过白茹的自我想象完成的，但这仅仅是表面现象。白茹的角色反映着男权社会中男性对女性角色的复杂心理需求，一方面渴望被当作孩子一样爱护，让她扮演母性悲天悯人的拯救者的角色；另一方面又必须刻意贬抑女性的位置，实现对女性的占有欲支配。"①这个判断可以准确解释作家的相应创作心理。小说中的带灯最后患上了梦游症，而元天亮就像没事人一样，在城里继续着他的行政历程，还如同一个"符号"，在樱镇人心中闪光。

（二）"人面蜘蛛"元天亮：作家人格面具膨胀的象征

"人面蜘蛛"是《古炉》小说中"人面猫头鹰"的变形。"人面猫头鹰"主要喻指古炉村原队长、性格阴鸷的满盆。《带灯》小说中的人面蜘蛛，是象喻在外做大官的元天亮，如：

> 如果真是元天亮来看我，这纸烟的烟就端端往上长吧，而人面蜘蛛就爬到树上去吧。果然烟一条线抽到空中，蜘蛛也顺着树爬到枝叶里不见了。②

> 看了一眼蜘蛛网，蜘蛛网还在，没见那人面蜘蛛。③

> 以为是要下雨了，带灯快速跑到综治办的屋檐下，喘着气么，拿眼看着刘秀珍在院子里收拾晾着的被褥，又扭头寻杨树和院墙间的那张蜘蛛网，网没破，而人面蜘蛛不见了，白毛狗就站

---

① 王广东：《20世纪中国文学与民间文化》，复旦大学出版社，2007年，第185页。
② 贾平凹：《带灯》，人民文学出版社，2013年，第58页。
③ 同上，第91页。

在了眼前，一把揽到怀里，再想起该抽支烟了。①

会议要求大家做记录，做着做着，带灯扭头从窗子里看见白毛狗在综治办门前一跃一跃的，担心是不是也发现了那个人面蜘蛛，会扑毁网的。②

小说中，元天亮一直是以主要线索的形式出现，而且大多是暗线，像幽灵一样。樱镇的一切几乎全部围绕他而展开。他如同一只黑蜘蛛，稳坐在中军帐中，围绕他结成了一张密集的人际关系大网。从小说来看，元天亮还是一个好官，他儒雅（写书写文章），他感念乡情，为家乡做了一些事，特别是为樱镇招来了大工厂（尽管是重污染的电池厂）。但是，许多事情并不是元天亮所想象的那样，别人（包括自己的亲戚们）打着他的旗号和招牌做事，他没办法预料，也控制不了。有人说元天亮意象是作家自身极度自恋的产物，我不这样看。一定意义上讲，元天亮本人是膨胀了的人格面具的受害者。人格面具亦称"顺从原型"，它是"一个人公开展示的一面，其目的在于给人一个很好的印象以便得到社会的承认"③。樱镇名人元天亮以他较好的口碑得到了樱镇人的赞叹，然而他也有自己孤独的一面。有他因人格面具过度膨胀而与集体相疏离的孤独感和离异感，因此接受并回复了带灯的短信在情理之中。

然而，不管怎么说，在元天亮的声威庇护下，元家享尽风光。所谓盛极必衰，元家兄弟开办赌场，到处寻衅滋事，引起了公愤。道路不平人铲修。薛家因沙场生意借题发挥，群体斗殴事件就是矛盾达到白热化的产物。比如小说写薛换布为严重打伤了元家老三的薛拉布这样狡辩：

元家兄弟横行乡里，拉布是在替群众出头哩，打了他是让他长个记性，知道天外还有天，人外有人！④

---

① 贾平凹：《带灯》，人民文学出版社，2013年，第134页。
② 同上，第217页。
③ 霍尔等：《荣格心理学入门》，冯川译，生活·读书·新知三联书店，1987年，第49页。
④ 贾平凹：《带灯》，人民文学出版社，2013年，第326页。

身为省政府高官的元天亮有时候连县委书记的官威也不如。樱镇原来唯一的沙场是元家兄弟申办的,薛家换布等是出于眼红才提出申办沙场。书记还是没有抗过直接走通了县委书记关系的换布的要求,被迫答应再在樱镇办一个新沙场,说明了县官不如现管。元天亮远在省城,下面的干部还是要挑战他的权威,利用还是要利用,但许多人根本不把他放在眼里——"人面蜘蛛"也遭遇到前所未有的影响力和权力的狙击。

可以看到,小说中的元天亮,一直是被当作强人、神人、伟人去敬的,也是被当作有用的人在被人(主要是樱镇干部们)所用。没有人关心元天亮心里想什么,他在省城过得怎样。无独有偶,生活中的作家也面临着各种人事的烦恼。文坛大佬"贾平凹"三个字也是被人骂着、用着。可谁又能去谁又去主动关心作家需要什么?他在想什么?高处不胜寒,大人物和名人也有自己的烦恼。《小说》中只有带灯,从元天亮低调进村、为樱镇发展前后奔忙等中看出了他的善良和孤独。她希望走近他,用自己的微小的力量慰藉他,用自己女子的温情为他做一些力所能及的事情。带灯对元天亮的迷恋,还是有分寸感和底线的。元天亮对带灯,也是有所保留的。他们不即不离,若即若离,保持着暧昧又真切的情感,使得枯燥的日常乡镇生活、工作叙事多了一层金黄的亮色,增添了文本唯美的意绪。

二、"幻梦天使"带灯

梦幻心理可以说是文艺家普遍存在的一种心理状态。弗洛伊德也将作家的创作称为白日梦。人有许多源于生命本能的欲望和理念,却在道德的重压之下无法宣泄,只能在梦中变为现实。无疑,这也是一种补偿心理。作家拙于言谈,长于写作,心中孤独,喜欢幻想成为必然,《带灯》小说中的带灯,完全是作家梦境的代言人,是梦的精灵儿,是"幻梦天使"。她温暖着自己,也温暖着读者。

（一）带灯：元天亮的蓝颜知己

红颜知己是什么？一般认为，红颜知己就是用爱的最大限度来懂你、疼你，聆听而不依附的、有共同语言的男女称谓。"蓝颜知己"是一种游离于亲情、爱情、友情之外的第四类感情，比朋友近一点，比恋人远一点，比情人纯一点……的知己。小说中，"带灯"和"元天亮"之间的关系是暧昧的。高于红颜，止于蓝颜。他们之间只有纯粹的精神沟通和交流，但是其态度是大胆的，感情是热烈的，而且是彼此深深理解、心照不宣的。所以，笔者以为用蓝颜比较恰切。

带灯和元天亮之间暧昧的情愫通过二十六条短信表现了出来。已为人妻的带灯因为和丈夫没有共同语言，加上为了缓解工作压力，同时出于各种复杂心理，给元天亮发送了手机短信。而向来不回陌生人短信的元天亮为何接受了这份感情，回复了手机短信？主要原因在于：

首先，在带灯身上，元天亮找到了故乡和家的感觉。

众所周知，恋乡情结是人最基本的人性情结之一，尤其是对于已经有所成就的元天亮来说，人事的倾轧、权力的竞斗，让他身心疲惫是当然的。他想念故乡，却因公务不能随时回到故乡。作为樱镇走出来的一分子，他也想了解家乡的发展变化。而带灯不停地给他带去家乡的消息，甚至将家乡的茵陈、木耳、地软，包括镇上公务资料等寄给他。女人就是家。元天亮也不拒绝带灯，分享着她的快乐和忧伤。"元天亮肯定是这里的魂灵，他就是火化了，骨灰肯定要埋回来的，我有这预感"[1]，说明了带灯对自己了解元天亮的自信。正如小说所说："故乡也叫血地。"[2] 元天亮就是樱镇走出的魂灵，他最终会叶落归根的。

小说中有很多与归乡有关的叙写，特别是带灯指导元天亮补养身体，给元天亮邮寄药方的时候，第一味药就是"当归"，"当归能使气血各有

---

[1] 贾平凹：《带灯》，人民文学出版社，2013年，第228页。
[2] 同上，第235页。

所归""女人要当归,有思夫之意"。①鲜明地把带灯希望元天亮回乡的心情心境活画了出来。

其次,带灯精灵、聪慧,富于奉献精神,具有女人味和山地真气,能理解男人的艰辛。

"在这个世上人人都不容易,为什么都不想对方特别是男人安身立命的艰苦辛劳和本身的光芒?"②可以说,和带灯交流元天亮很轻松。再加上带灯从一开始就知道这份感情是无法结果的,只能是随缘。我们已经发现,作家贾平凹的女性观一直很清晰。在1981年的一份《贾平凹性格心理调查表》中,作家坦言:"事业和爱情是我的两大支柱,缺了哪一样或许我就自杀了。"但是在贾平凹的作品中,总体呈现的是男性视角。如同作家所说"我虽孱弱,但却固执。我想怎么就怎么,我不受外界干扰……如今的爱人(指前妻韩俊芳——笔者注),虽然在事业上未能给我直接协助,但从她身上我获得了写女人的神和韵。她永远是我文学中的模特儿。"③早年的《满月儿》等小说,直接来自己的前妻韩俊芳,写得浪漫诗意又飘逸,虽以女性为主角,处于社会环境主导地位的仍然是男性。小月追求的并不是自我,而是将自己的人生理想寄托在可以闯天下的才才身上;《浮躁》里的小水理想的男人是"金狗"式的,女人只处于附庸地位。而到了《废都》小说中以庄之蝶为中心,所有女人围他转。而且,唐婉儿等女性形象引起了众多学者的诟病,"女子投世就是贡献美的",暴露了作家不平衡的女性观。在他的文化心理、文化人格中,存在着女性就是为男性而活的意念。《秦腔》小说中的白雪,没有脱离韩俊芳的影子,是秦腔演员,是传统文化的承续者。小说集中笔墨写了白雪和丈夫夏风的绝望的婚姻,也写出了阉割了男性之根的疯子张引生对白雪的疯狂的迷恋,进而凸显出了白雪身体和心灵的光辉——她是值得敬重的女主人公。

---

① 贾平凹:《带灯》,人民文学出版社,2013年,第100—101页。
② 同上,第208页。
③ 贾平凹:《平凹文论集》,青海人民出版社,1985年,第126页。

但她被夏风抛弃了。《高兴》小说中的孟夷纯是底层妓女，但她身上洋溢着佛性的光辉，祭奠佛妓的"锁骨菩萨塔"意象的反复出现，展现出了作家复杂的民生女性观，但孟夷纯也是藤蔓性依附人格，她傍韦达即可以说明。《古炉》小说中的主人公杏开，是原古炉村队长满盆的女儿。她聪明、漂亮，却被村子里的二流子霸槽诱惑，不能自拔。由开始的偷偷摸摸，到公开和霸槽的同居关系，以至于最后怀了霸槽的遗腹子，杏开的隐忍和专一，尤其是缺乏自觉意识，给读者留下了深刻的印象。而到了《带灯》，有丈夫的带灯，她疯狂地迷恋上了樱镇名人元天亮，在短信中，她敢于为元天亮做一切事情，但绝对不想给元天亮添麻烦，不要什么世俗的名分。带灯的这份无望无根的爱更让人心痛。但是只知奉献、丢掉了自己的带灯，又返回《废都》中唐宛儿之类女性形象。尽管自始至终元天亮没有出面，没有表态，但是从他的暧昧和不拒绝我们可以发现，作家骨子里还是认为女人就是女人，女人天生就应该理解男人，无疑，这也是作家不平衡的女性观的表现。

带灯如狐一样机敏，如麝一样多情，充满着山野真气，聪慧善良，纯粹不做作，自然符合作家一贯对女性的审美要求。"我是小鸟儿，你是我的云天""我放牧着羔羊，你放牧着我的幻想""你是我在城里的神，我是你在山里的庙"，多么赤裸裸的表白，又是多么地让人忧伤！而且，读元天亮的书，带灯的"心里竟能汪出水来"[①]，活脱脱不是作家心目中标准的蓝颜知己又是什么！

另外，带灯能帮元天亮尽孝。如果说樱镇党委书记和镇长为元天亮的祖坟上坟是为了给自己谋求升迁本钱的话，带灯买兰花上坟是为了敬惜。笔者恰好曾有过与作家一块前往贾父墓地的经历，每次回丹凤，作家都要去父亲坟上烧纸祭奠。虽然说元天亮不能与作家画等号，但是作家分明将自己的生活经历投注在了主人公身上。和带灯的交往，使得元天亮有了底

---

① 贾平凹：《带灯》，人民文学出版社，2013年，第66页。

气和地气。他不用再分心祖坟事宜,能够安心地在省城做官,同时能够更多地惠及回报乡里。

最后,带灯的丰沛想象力和勃发的才情、诗思也是元天亮比较欣赏她的原因之一。

从二十六条短信内容来看,带灯的想象力的确非同一般,作为一个乡镇干部,她长期和底层群众打交道,汲取了各种语言营养和资源。再加上她本身也是一个喜欢读书、喜欢思考的人,这在乡镇干部中并不多见。而且和人交往,带灯主要用真心诚心,所以元天亮见到带灯,首先被她的文采打动,然后就在心里认同了这个知己朋友。

(二)带灯:作家自身的影像投射

有心的读者已经发现,带灯身上有着作家的个性体温,作家的影子随处可见。最开始带灯是无忧无虑的,她很想有一番作为。她发现樱镇人包括樱镇干部身上都有虱子,便请示领导开展全镇灭虱子行动。可是领导只是敷衍她,下面的村干部也把红头文件擦了屁股——出师不利的带灯自信心严重受挫。"第一次做梦梦见元天亮,带灯开始抽起了纸烟。"[①]想元天亮想得多了,"纸烟也就勤了"[②]。我没有和作家交流过,不知这个带灯的真实原型是否抽烟。尽管作家说"樱镇上许多女人都抽纸烟,这并不稀罕"[③],而且带灯还告诉竹子,吃纸烟能把人的神收回来,但是以我的理解,乡镇干部中抽烟的女人并不多见,虽然带灯说上香是敬神,抽烟是自敬。人烦恼时才抽烟,带灯也不例外。但大家应该还记得《高兴》中的刘高兴,他的抽烟习惯、姿势几乎完全是作家真实烟生活的翻版!

放下带灯抽烟不论,带灯还喜欢吹埙。人们又一次想到了《废都》中低沉地弥漫在整部小说中的埙声。一个女子,女干部,长相标致的女干

---

① 贾平凹:《带灯》,人民文学出版社,2013年,第30页。
② 同上,第161页。
③ 同上,第30页。

部，不吹笛子不吹箫，却去吹瘆人的埙，作家给带灯赋予的角色、寄予的责任可谓重大，也不知带灯是否能够承受得起。

还有带灯喜欢读书，经常读的是元天亮的书和诗歌，带灯还看县志，这些几乎完全是作家的行为。带灯喜欢喝糊汤，这种所谓的懒饭，商州人的州饭，也具有作家一辈子改不了的饮食嗜好。所以我们说带灯完全是镜像化人物应该没有问题。

这里所谓的镜像有别于拉康从心理分析角度提出的趋于完美的想象性的镜像概念，而具有基于物理学上镜中成像平面直观的特点，是直接反映未加提炼的形象。

在带灯身上，我们不难看到作家的影子。邵燕君曾这样批评贾平凹在塑造《高兴》小说中的"镜像化"人物刘高兴："他一方面从刘高兴'原型人物'身上拿来一个张大民式的性格，同时又投射给他一个贾平凹式的灵魂，让这个以捡拾垃圾为生的农民工，一会儿像附庸风雅的士大夫，一会儿像游走在现代都市的游手好闲者。"[①]更有论者指出："这种第一人称叙述没有为作家创造饱满有力的形象，相反，倒为他制造了一个陷阱。作家把自己的思想无意识地镜像投射到了他笔下人物的灵魂中，造成了刘高兴的暧昧身份和分裂形象。使他成为作家和人物重叠的两层皮的香蕉人。"[②] 我们说，总览《带灯》小说，带灯形象还是塑造得丰满可感。小说里有一段带灯训手下竹子的话，很值得玩味：

你咋狠呀，披张镇政府的皮，张口就骂，动手打人，是人见人怕的马王爷，无常鬼，老虎的屁股还是蝎子尾？！[③]

虽然是骂竹子，但是从另外一个角度表明，带灯已经认识到权力带给包括自己在内的基层干部的副作用。权力是为民服务的，却变成了干部们

---

① 邵燕君等：《当"乡土"进入"底层"——由贾平凹〈高兴〉谈"底层"与"乡土"写作的当下困境》，载《上海文学》2008年第2期。
② 褚又君：《刘高兴形象与当代小说的人物塑造问题》，载《当代文坛》2009年第3期。
③ 贾平凹：《带灯》，人民文学出版社，2013年，第208页。

中饱私囊、鱼肉乡里的工具,这是带灯不愿意看到的,也是她经常显得不合群、落落寡合的原因之一。她给元天亮的短信更是把这种痛苦心情表达了出来:

> 我从小被庇护,长大后又有了镇政府干部的外衣,我到底是没有真正走进佛界的熔炉染缸,没有完成心的转化,蛹没有成蝶,籽没有成树。①

可以说,带灯已经意识到乡镇干部就是自己的面具,她已经发现,披着镇干部的外衣,让她和底层人民对立起来,正因为是干部,带灯可以用小职权威胁二猫给她送来野雉,为了阻拦上访户,她软硬兼施,特别是为了迎接市委黄书记视察,她还让陈代夫给老上访户王后生配药,让他上不了访——可是,从小说来看,本质善良的带灯做这些事情的时候,是违心的,却是没有办法的。带灯是在意自己的身份的,每次竹子的言语戳到她的痛处或者痒处,她立即提醒竹子不能叫姐,叫主任。但她也认识到自己的无力。在同学镇长面前,她这样说:"你何时真正把我当姐,还不是想让我给你干活呢。"一方面认识到干部身份是实现自己人生价值的重要方面,为能为老伙计等群众办些小事而欣慰,另一方面又为同僚的胡作非为而痛心。她用元天亮书里的话"改变自己不能适应的,适应自己不能改变的"安慰竹子,其实也是为了麻木自己。

作为乡镇基层干部的带灯,她有着自己的女人味。比如随处可见的小资情调,比较清高和孤傲。虽然骑摩托,但是乡镇山路多,经常下乡,没有专车的带灯你让她坐政府车不大可能。喜欢洗澡爱干净,生气了去商场给自己买衣服……现在的女人和男人的界限不很分明,作为综治办主任的带灯,其很多做派像男人完全可以理解。她敢爱敢恨,自己过得不开心,就去寻求心灵的抚慰,在给元天亮发短信的同时,也抚慰了自己孤寂的内心,再集中精力投入永远干不完的工作之中。如果连人的基本的想象力都

---

① 贾平凹:《带灯》,人民文学出版社,2013年,第264页。

不能接受，我不知道我们还怎么解读这部小说。

小说就是作家的白日梦。带灯是个喜欢做梦的女子，她的梦旖旎动人，但是又残酷冷寂。小说最后，带灯患上了"梦游症"，而当竹子追出去时，发现灵魂出窍的带灯竟然和镇上的疯子如影随形，捉鬼撵鬼。小说这样写的：

> 疯子是从七拐子巷里过来的，与其说是过来的，不如说是飘来的。他……贴在了巷口的电线杆上，看着带灯。带灯也看见了疯子。他们没有相互看着，没有说话，却嗤嗤地笑，似乎约定好了在这里相见，各自对着对方的准时到来感到满意。后来，疯子突然看见了什么就扑向了街斜对面店铺门口，带灯也跟着扑向店铺门口。疯子在四处寻找什么，带灯也在寻找什么，甚至有点生气，转身到了另一家店铺门口弯腰瞅下水道，疯子也跟过来。是什么都没有寻找到吧，都垂头丧气地甩着手。①

这是一段非常惊怵的捉鬼场面！不是闲笔。在这里，作家并没有直说患梦游症的带灯疯掉了，但我们完全可以看到，带灯疯了，她被逼疯了，和疯子一样。"在女性主义批评中，疯女形象被视为一种复杂微妙的文学策略，是女性自我的化身或复写。这显示疯女意象含有作家本人的焦虑与疯狂意涵。"②可以说，作家把自己对社会转型期的忧思全部寄托在带灯形象的塑造上。"带灯"疯了，作品活了；如同"庄之蝶死了，作品活了"一样，作家就这样给我们奉献了一场绝佳的文字盛宴的同时，又把深沉的时代忧思抛给了我们！

---

① 贾平凹：《带灯》，人民文学出版社，2013年，第344页。
② 林幸谦：《女性主体的祭奠——张爱玲女性主义批评》，广西师范大学出版社，2003年，第302页。

三、带灯："天亮"的向往

小说中，带灯一直在等元天亮回来，她走也等，坐也等，白天也等，晚上也等，只要心中有空，她都痴痴地等。直到精神分裂，她也不改变对元天亮的敬爱。其情真切，感人至深，不由让人想起了当下《陪你等天亮》的类似歌词：

> 我陪你等天亮，拥抱着一起分享。能放心的哭一场，是再微笑的力量。只有你明白我的疯狂，不管故事有多长。世界对我太善良，这一路上有你，我变得坚强。

仅从"带灯"等"天亮"的表层文本意义上看，作家的思想是超拔的。男女之间的爱，有多种形式，有只是欣赏而采取柏拉图式精神恋爱的，有贪图艳色而寻求肉欲快感的，也有希求灵与肉结合却浅尝辄止的。《带灯》明显属于后者。元天亮说："好的爱情应该是绿色的。"[①]已经有了丈夫的带灯对元天亮的迷恋是一种单恋（小说中元天亮婚否一直未提及，只是提及元天亮在城里有生活。但笔者以为能做到省政府秘书长的高官无论从年龄还是人伦上应该已婚），被动的元天亮没有拒绝带灯的短信，说明他接受了这份敬意（爱意）。带灯自己说自己是"木本植物，不是情人料，不会温润柔软甜腻贪图"，但她也说"我也许永远没有自己名词的界定，也许无界的定位是真正的位置"。[②]但是不论怎么，从带灯一面讲，这份感情逃不脱"婚外恋"（精神小三）的嫌疑。陕西评论家邢小利指出："婚外恋的归宿是一个问题。婚外恋往往是对自身婚姻的庸常性和缺乏激情不满，不甘平庸，渴望浪漫，而逸出了正常的生活轨道。这种激情性的恋情往往不见容于周围环境和社会，其结局，要么是浅尝而止，

---

① 贾平凹：《带灯》，人民文学出版社，2013年，第264页。
② 同上，第349页。

要么突破既定的婚姻而另结连理。"①带灯最后疯掉，应该是一种反实用性的艺术化的归宿。"艺术化的归宿大概有两种模式，一个是《廊桥遗梦》式的，唤起，燃烧，复归现实，回忆，升华；另外一种是《失乐园》式的，燃烧，然后在燃烧中毁灭。"②带灯对元天亮的痴迷随着带灯患上夜游症而告一段落。其实想想，如同《秦腔》中不得不阉割了自己的疯子张引生，作家这样安排挺无奈的。带灯自己说过："尽管所有女人都可能是妻子，但只有极少数幸运的妻子才能做真正的女人。"③估计这句话能引起"围城"里更多人的共鸣！肉体在泥潭，灵魂在高处。究竟什么是健康正常的两性关系，值得每个人思考。但是，在当下语境下，只有疯子才会见天给人发短信，只有疯子才能对自己过去的阵营开火，甚至当了叛徒。带灯一声慨叹："我突然想，我的命运就是佛桌边燃烧的红烛，火焰向上，泪流向下。"④大水走泥的时代，每个人被裹挟着向前走，很少有独立思考的时候。谁越清醒越过得纠结，多少人在半梦半醒中走进了坟墓！《带灯》小说在给我们明确地展示基层干部困窘生活现实的同时，也对他们的精神困顿做了深度揭示，其文本意义辽阔而深远。

我们已经知道，这部小说主要是写当下"维稳"题材的，撇开"带灯"等"天亮"的情节和细节不谈，我们要探讨的是，带灯到底在等什么？要搞清这个问题，首先看带灯。带灯原名叫萤，萤火虫的萤。这个命名本身就很有意味。果然，小说许多地方写萤火虫，而且写了一群群的萤火虫。萤火虫自带灯的。这种灯就是光明和温暖，尽管很小，像"小橘灯"，但它在作家心目中就是希望，就是未来。如果说《古炉》小说中的封建地主后裔守灯，守的是古炉村烧制瓷器的技术、古炉村的根本的话，《带灯》中的带灯，明显比较小资，她带的"灯"是中国基层改革的希

---

① 邢小利：《绝对的爱：奇亮若星凛冽如冰》，见《种豆南山》，长江文艺出版社，2003年，第184页。
② 同上。
③ 贾平凹：《带灯》，人民文学出版社，2013年，第348页。
④ 同上，第350页。

望、中国基层改革的正能量。

元天亮,是小说主人公,也是一个颇富象征意味的意象。小说写到元天亮时,一直将他和太阳、光明相伴。比如:

> 镇街上有三块宣传栏,邮局对面的那块永远挂着你的大幅照片。你是名片和招牌,你是每天都要升起的太阳。看着街市。也看着每日在街市上来回多少次的我。①

> 现在也一样看见天上疙疙瘩瘩的花梢云,就是云的底部是瓦黑厚重,顶部是亮丽活泼,心里便激动我是那云,一定要尽心让自己光亮成晴天,可不敢让乌黑占了上风。我要在好的心境下像太阳的万物一样经营自己对天空的爱情。②

> 我去松云寺,因为听说老松在风雨里折断了一枝,果然是折断了,许多人在那里哭。太阳快出来了啊,就在山头的云雾中。像被摸索的扑克牌经仔细的揣测,半早晨了被哗然翻开,那耀眼的风光还是光风使我后退了两步。③

> 骄阳落下,白云从四面山后尽兴涌起,像任性的花瓣,月亮是幽幽的花心。我想用风的飘带束起云儿成一捧鲜花给你。太阳的余晖给花瓣染上鲜美的橘红色,你不要用手摸它染手的。④

> 早上看着太阳,觉得像稳势的空中的一个出路小洞,老天那忍受不住的热情往外泄漏。⑤

> 我看见你坐在金字塔顶上,你更加闪亮,你几时能回樱镇呢?闲暇时来野地看向日葵,它拙朴的心里也藏有太阳。⑥

> 我昨下午靠在镇西街石桥栏上看望溜溜风里雪亮的夕阳吃力

---

① 贾平凹:《带灯》,人民文学出版社,2013年,第265页。
② 同上,第183页。
③ 同上,第275页。
④ 同上,第295页。
⑤ 同上,第316页。
⑥ 同上,第336页。

地不想落下，我在想去抱它入怀成就一个永恒。①

一会儿是元天亮，一会儿是太阳，在带灯心目中，两者完全融为一体。自然之光和人性之光和谐地统一。太阳代表着力量和希望。"正在长长地吁一口气时仰脸见太阳赫然山头，我便知道是你了，就对你笑，心中泛淡淡的感觉"②，多么直白，而又是多么让人神伤和苦涩！

"女人们一生则完全像是整个盖房筑家的过程，一直是过程，一直在建造，建造了房子做什么呢？等人。"③那么，"带灯"到底在等什么？

第一，等樱镇的元天亮回来，也就是等樱镇的主要革新力量，等离开樱镇却做成了大事的游子们。带灯希望元天亮一类人能够真正关心家乡的经济建设，发挥他们的影响力尤其是行政执行力，帮助樱镇人伸张正义。那么多的上访户，樱镇积累的社会问题该有多少？樱镇的脱贫之路究竟在哪里？我们已经知道，社会历史是人民群众创造的，而不是个别精英创造的。把一个地方的现状改革寄托在个别精英人物身上，是极度可笑的。但是，面对现实，某个地域出了重要人物，这个地域或多或少都要受到相应的照顾，其改革脱贫的进程相对较快，这是中国的国情，我们不能对作家求全责备。

第二，等上级领导的关怀和重视。评论家段建军指出，看完了《带灯》，他只思考一个问题，"小说通篇是带灯单向度地向元天亮发送短信，而几乎看不到元天亮的真实心情。小说提出了一个问题，就是作为一个有能力的领导，不能只等下级关心，而应该主动关心下级，倾听民意，了解民情，为下级解决问题。应该构建和谐的上下级关系"④。斯言信矣！人和人之间是相互的，上下级之间也是相互的，只有上下沟通，才能把问题和矛盾解决在萌芽状态，而不会酿成那么重大的恶性事故！

---

① 贾平凹：《带灯》，人民文学出版社，2013年，第209页。
② 同上，第244页。
③ 同上，第147页。
④ 陕西省作家协会、西安建筑科技大学等主办《带灯》小说研讨会，西安，2013年4月25日。

第三，等真正的力量，革新的力量。小说一直写太阳，目标直接指向高层。带灯一有闲暇，就抬头看天。如"我总静静地看着天上，想那佛的妙手在云雾中播撒拯救生灵的圣水，却还是没有一丝雨的迹象，红云流动，似乎其中有你的身影"[1]。实际上，"天意就是天气"[2]。人在做，天在看。与其让民众自下而上艰辛地寻求公平公正，还不如从上往下进行顶层设计改革推动。许多事情从下往上很艰难，从上往下就很容易。当然，作家不是政治家，他也认识到从上往下的局限性。如带灯也思考过如何解决支书和村长的矛盾："实际上村民自治是化解矛盾的有效方式，上级往往把问题搞大搞虚搞复杂，像人有病多数是可以自愈的。"[3]可是我们发现，要真正靠民众自救，目前国内各种条件还不具备。带灯曾经挪移着自己的老伙计范库荣的小床让他晒太阳，希望太阳能够驱走老伙计身上的寒气[4]，而基层那么多的人事，正如带灯所说，社会是"陈年蜘蛛网，动哪都落灰尘"[5]。那些阴影、那些问题如何能够得到关心或彻底解决？工业文明进程中，农村到底要向何处去？领袖人物思路清晰了，国家清醒了，基层改革就有希望了。

樱镇有重大污染嫌疑的大电池厂还在继续开工建设，上访的人们依然此伏彼起。正如韩鲁华所说："贾平凹从其生存状态和生存环境的生命体验出发，以中国当代人，主要是中国当代农民和知识分子的生存状态为基础，来思考这些具有世界意义的人类生存问题，其精神中充满了忧虑意识。贾平凹敏锐地发现了中国现代化历史进程与当代人文化精神的不相适应，感知到了中国加速现代化历史进程要求与发展过程对生态环境破坏的矛盾，看到了现代文化发展对传统文化的破坏。他自然思考问题是

---

[1] 贾平凹：《带灯》，人民文学出版社，2013年，第160页。
[2] 同上，第72页。
[3] 同上，第347页。
[4] 同上，第139页。
[5] 同上，第132页。

立足于现实,但是,他更着眼于未来。"①作家是社会的良心,除了展现生活、裸裎矛盾和问题,我们只能像带灯一样等待,带着自己的小荧灯等待。

  我们知道,这种"等"是消极的,是被动的。也许会等来希望,也许是等待戈多,但是无论如何,这毕竟是一种长期的、坚硬的现实存在。

原载《商洛学院学报》2014年第1期

---

① 韩鲁华:《精神的映像——贾平凹文学创作论》,中国社会科学出版社,2003年,第294—295页。

《老生》：通过小说重述历史

贾平凹的新作《老生》[①]试图从小说进入历史。小说截取了革命、土改、"文革"、改革四个时期的横断面，从小处着眼，以小见大，通过四个既独立又相互联系的篇章，试图重述中国近百年来波澜壮阔的历史。《老生》延续了80年代以来重述历史的风潮，采取民间立场，杂以象征、反讽、互文等创作手法，以"怀古"为表，以"谕今"为里，是感时伤世之作。

一、四个故事，展示了百年历史

四个故事分别讲了革命年代、土改时期、"文化大革命"、改革开放四个时期的四个故事，看似独立，但又连接在一起。唱师贯穿始终，既是当事人，也是小说视点所在，他既是这四个时代的见证人，也是言说者。他像一根绳子将这四个看似分离实则精神相通的故事联成一个整体。

第一个故事可概括为正阳镇游击队革命的故事，我们体会到的是人性"残忍"。主人公之一老黑，不仅人生得黑，而且命硬，克母克父。老黑被正阳镇公所的党部书记王世贞鼓动参加了保安团，后来在表哥李德胜（延安进步青年）的怂恿下想脱离保安团拉杆子造反，却被王世贞发现。

---

① 贾平凹：《老生》，载《当代》2014年第5期，文中引用《老生》内容均出自此刊。

老黑杀死王世贞后，跟随李德胜闹革命。这个老黑下手狠，保安团造反计划泄露，为求自保，残忍地对待答应跟他一块起事却被王世贞逮住的两个兄弟：一个直接被他活活撞死在墙上，一个被他逼着咬烂了自己的舌头。匡三在老黑影响下参加了游击队。在遇到老黑之前，匡三是一个只知道吃、连鸡也不敢杀的人，在老黑的指导下，学会了杀人、绑票、敲诈、勒索，成为游击队员。游击队战斗失败，李德胜的尸体被保安团挖出来示众，老黑眼珠被打烂，尘根被砸烂，死得惨烈，老黑的未婚妻四凤也被轮奸而后发疯，许多游击队员被活埋。

革命的最初期，往往充满着血雨腥风和变数，许多人付出了生命的代价，只有很少一部分人如匡三等凭机遇活了下来。革命就是你死我活，革命就是胜者为王。曾经的波澜壮阔、你死我活，已经变得风平浪静。过去的劣迹或者说英雄行为，还有谁能清晰地记起？

第二个故事可概括为老城村马生土改的故事，我们体会到的是"无耻"。因缘际会，孤儿、混混、村子里最穷的马生当上了老城村农会副主任。先是土改分地，后是胡乱定成分，大权在握的马生无恶不作，害苦了村民。马生凭借手中权力鱼肉村民，借国家名义干损公肥私的勾当。马生强给张高桂定地主成分，抢分其辛苦整理的土地，逼死了张高桂；金圆券失效，却还拥有一些薄田的王财东也没能逃脱马生的迫害。因为觊觎庙里的二十亩良田，垂涎白菜的美色，他盯梢经常去庙里进香的白菜，结果发现了白菜等村中妇女与和尚的奸情，没能占上白菜的便宜，就用耙子将白菜的相好——已经死了埋在庙地的和尚头盖骨耙开，直接吓疯了白菜。本身品行就不好喜欢听人墙角的他，掌权后更是变本加厉，特别是趁火打劫糟蹋了地主婆玉镯，甚至在玉镯嫁给其他人之后也不收手，直到逼得失去了土地的白土带着玉镯离开老城村，到更偏远的首阳山开挖山地活命。马生利用桃色事件，搞掉了对手——农会主任拴劳，还卑鄙地占有了拴劳的妻子。

第三个故事，可概括为"文革"时期棋盘村刘学仁的故事，我们体会到的是"荒诞"。镇书记老皮的手下刘学仁是"文革"狂热分子。包扶棋盘村工作的他,不折不扣地落实老皮的指示,每天逼人们写标语、唱革命歌曲。棋盘村的村长冯蟹就是老皮书记和刘学仁的棋子和傀儡。这个冯蟹,就像螃蟹一样在村子里横行。早年能用非人道的方法管住正吃奶的小牛嘴巴、还能把鹅训练得像人一样步伐整齐的他,当了村长后更是将自己的聪明才智发挥到极致,不仅让棋盘村人统一发型,而且在刘学仁的帮助下,让村民统一服装、吃大锅饭,让棋盘村很早进入了"共产主义",成为全镇的样板村。为抓资本主义尾巴典型,刘学仁把房东马春立活活逼疯。他鼓励人们检举揭发,弄得人人自危,如履薄冰。嫌村民如竹节虫一样狡猾,他就骗人们吃真话药(其实是驱虫药),让他们说真话,结果却拉出了很多蛔虫——真是办法使尽,无所不用其极。

学习班的教育更是骇人听闻。负责人阎立本用充气管给那些牛鬼蛇神肛门里打气,对破坏军婚的小学教师张收成的惩罚方法是:给他的生殖器上绑上秤砣让他转圈,直到最后张自己把自己阉割了。对有写"万言敌对书"嫌疑的苗天义,阎立本们更是严刑拷打,办法用尽,让人不寒而栗!

不仅棋盘村如此,周边的琉璃瓦村也是这样。琉璃瓦村新任支书黄忠,也对老皮言听计从,无限效忠,凡事必请示汇报。风声鹤唳的时代人也发生变异,因为镇书记老皮身体有病,黄忠还专门做了个酷似老皮的稻草人放在村子醒目处,让全村时时刻刻沐浴"草人"恩泽,将权威崇拜演绎到了极致。

第四个故事是新时期当归村戏生的故事,我们感到的是"悲观"。这个故事主要写改革开放后地方的发展冲动,这种冲动既有基层官员政绩的考量,也有村民致富的驱动。当归村的戏生被镇干部老余提拔为村长,便展开了一场发展大戏,村民用普通的柿饼冒充帽盔柿饼,为了柿饼好看好吃,用糖水浸泡,拌白面冒充柿饼上的霜(实际是糖分)。发生了食品安全事故——孕妇吃柿饼致胎儿流产,孕妇差点死去,提到了社会关注的食品安全问题。这就拉开了当归村食品问题的序幕,"有人反映当归村的豆芽吃了拉肚子,西红柿、黄瓜、韭菜吃了头晕,这类事情反映多了,县药监局和工商局就派人暗中来到当归村调查,发现鸡场里的鸡有四个翅膀的,有三条腿的,多出来的那条腿在屁股上吊着。猪养到八个月就二百多斤,肥得站不起来,饲料里除了激素,还拌避孕药和安眠药。各类蔬菜里更是残留的农药超标三十倍。"[1]戏生被撤职。戏生被老余介绍到矿区,但是开矿导致生态被破坏,后来矿洞坍塌,死了二十几个人。接着是拍老虎事件,实际也是地方政府放任发展冲动所致,要发展,要资金,就要发现老虎。合谋的谎言被戳穿,老余再次提出发展药材经济重新振兴当归村,戏生再次被推到历史前台。戏生重新变成有思想有抱负的乡里能人。其当归生意越做越大,戏生成了回龙湾的首富,县城也被誉为"当归之都"。然而,盛极必衰,当归村却突然发生了瘟疫。这时,戏生在别人帮助下,见到了匡三司令。然而在和匡三见面时,心情激动的戏生准备掏出剪刀来给匡三表演时,却被警卫误以为行刺,一脚将其踢飞——关于匡三的爷爷摆摆的身份,匡三再也不会出具什么证明了,梦境破碎了。从省城归来的戏生尽管捐献出了三吨板蓝根,却还是被村人当成瘟疫去防——不让进村。后来村人同意戏生回村,条件是必须隔离。当归村有了瘟疫,政府封锁了当归村。为防止瘟疫蔓延,许多当归村人把自己的房子烧掉,把亲人的遗体深深掩埋掉,还是没有起到大的作用。当归村成了瘟疫中秦岭里死亡人数最多的村寨。戏生也在救援村人的过程中累死在自己家中。

这四个故事中的人物,他们的人生际遇与中国社会革命历史进程基本同步。《老生》通过四个故事基本反映近百年来的大事件和历史概况,可以说是作家重述历史的大作。

---

[1] 贾平凹:《老生》,载《当代》2014年第5期。

二、民间立场，寻求历史的真实

　　作家采取了和主流疏离的策略，采用了民间立场。民间对应的是官方，对应的是主流，民间体现的是个人化、戏谑化。80年代末中国文坛兴起了一场重述历史的风潮，发轫于莫言的抗日题材小说《红高粱》，其呈现了不同于官方立场的抗日故事。在陕西，杨争光的长篇《从两个蛋开始》就是站在民间立场重述历史的佳作。《老生》延续了这一立场。曹文轩说："历史在这里被处理成世俗化的历史。一切正史中的重大政治事件以及重大问题，不再是小说家所依赖的唯一资料。小说面对的是趣闻轶事、民间传说和带有传奇色彩的故事——甚至这一切也不采摘，而仅凭借作家个人生活经验去虚拟历史——民间色彩的历史。无论是采摘于民间的，还是虚拟成为民间的，所有这些故事，都远离了'上层'和'中心'，而走向'下层'和'边缘'。"①优秀的作家往往把历史和民间很好地结合在一起，《老生》就是这样一个小说。

　　革命本身是具有崇高意义的行为，在革命语境下，革命者都是视死如归的，都是大义凛然的，都是智慧超群的，都是有血泪仇恨的，也是具有崇高理想和坚定信念的，但是在《老生》中完全不是这么回事。第一个故事中的老黑，他的革命很随意，就是因为延安来的表哥李德胜的怂恿才参加革命的，对革命目的很盲目。老黑自己说："前头路都是黑的""刀子让杀谁我听刀子的"。老黑被正阳镇公所党部书记王世贞鼓动参加了保安团，后来在表哥李德胜的策动下想脱离保安团拉杆子造反，却被王世贞发现。杀死王世贞后，他又跟随李德胜闹革命。这个老黑下手狠，保安团造反计划泄露，为求自保，他杀人灭口，把和自己一起起事的战友杀死。

　　后来成为大官的匡三，其实是一个乡间的游民，为了吃饱肚子，参加

---

① 曹文轩：《二十世纪末中国文学现象研究》，人民文学出版社，2010年，第282页。

了革命，"游击队干的是革命，但匡三不晓得，只知道革命了就可以吃饱饭，有事没事便往队里的伙房里钻，打问早晨的馍还剩下没有，晌午又做啥饭呀"①。他胆小怕事，不敢担当，老黑要求他保护自己的妻子，匡三只是把她藏到窖里面，后来四凤被抓住，被强奸，发疯，被老黑杀死。匡三因为没有死和二十五军去了延安，成长成一位将军。他成为将军完全是一种巧合。小说中游击队负责人雷布在墙上刷写的标语是"打出秦岭进省城，一人领个女学生"②。当下留存下来的革命标语也能说明一些问题，比如，洋县华阳镇红二十五军司令部墙上的标语就是"只有参加红军，穷人才有饱饭吃"。比这个更实际的标语还有："你想吃粮不交租吗？你想分地主的东西吗？你想睡地主的小老婆吗？跟着红军走！"这也是一种真实。

1949年以后，在农村开展轰轰烈烈的"土改"，也就是"打土豪分田地"。马生是一个混混，他借土改工作，打击别人，满足自己私欲，特别是为了占有白菜，将和尚处死，分掉土地。地主对象也是几个人商定。农会主任栓牢家有二十一亩五分地，栓牢就把中农条件从五亩到二十亩的标准改成五亩到二十二亩。在小说中成分评定的标准是可以随意变化的，没有一丝的严肃性。在这里，作家用了反讽的手法，把"土改"的重大意义消解掉了。这就是民间立场。

"文革"中也是如此。墓生父母莫名其妙地被处决时，他娘一头窝在沙坑里生出了他——所以叫墓生。因为会学牛叫，所以被书记老皮留用。墓生每天的主要职责就是往高高的婆椤树上插红旗。有趣的是，在他以前，这个工作是由一只猴子完成的。

历史是什么？是任人打扮的小姑娘还是胜利者的赞歌？《老生》就是作家站在民间立场对历史的反思。《老生》可以说是作家深度反思历史之作。小说中说秦岭地委组织革命后代编写秦岭游击队革命斗争史："但李

---

① 贾平凹：《老生》，载《当代》2014年第5期。
② 同上。

德胜的侄子，老黑的堂弟，以及三海和雷布的亲戚族人都是只写他们各自前辈的英雄事迹而不提或者少提别人，张冠李戴，将别人干的事变成了他们前辈干的事，甚至篇幅极小地提及匡三司令"①，这说明亲人的口述史也是不真实的。匡三司令阅读后非常生气，要求重写，历史再次受到权力的干扰，匡三指定唱师再写，这就是历史。唱师叙述，当年匡三正在偷吃杏，战斗打响，在逃跑途中，把口里面杏核吐进岩石缝，很多年后，杏树长大，就有人专门把杏树保护起来，竖上牌子，杏树周围成了革命历史教育点。这是一个戏谑的故事，但这就是历史，作家在叙述中也鲜明地体现出来。

从这个角度来说，《老生》是一部反思历史之作，是我们了解当年中国历史的一条通道，显示了作家的立场，也展示了他的批判锋芒。

三、反讽修辞，深化了作品主题

《老生》可能是作家最具有批判锋芒的作品之一。在小说修辞上，作家运用了反讽的手法，使作品既含蓄又深刻。李建军这样界定反讽："它是作者由于洞察了表现对象在内容和形式、现象与本质等方面复杂因素的悖立状态，并为了维持这些复杂的对立因素的平衡，而选择的一种暗含嘲讽、否定意味和揭弊性质的委婉幽隐的修辞策略。它通常采取对照性的描写或叙述、戏拟、独特的结构、叙述角度的调整、过度陈述、克制陈述、叙述人评价性声音的介入等具体手法。"②如果说民间立场是《老生》的基本立场的话，反讽修辞就是《老生》的基本叙述策略。

开篇，作家就暗含嘲讽，主要方式是对照性叙述，上元镇的棒槌山，山下有一个石洞，凡有大人物经过，就要流水，当年冯玉祥经过时，流过水，李先念经过时流过水，梅兰芳、虚云和尚经过时流过水，匡三去西北

---

① 贾平凹：《老生》，载《当代》2014年第5期。
② 李建军：《小说修辞研究》，中国人民大学出版社，2003年，第217页。

大军区当司令经过这里，流过一次水，但是七年前，省长来检查抗旱，没有流水，唱师说，省长不是大贵人，石洞里流不了水的。这里包含着对省长的嘲讽，理由是省长不是大贵人，和冯玉祥赶溥仪出宫、李先念后来当国家副主席没有办法比，和梅兰芳和虚云和尚这些德高者也没有办法比。

墓生在那个时期负责往树上插红旗，每天早晨从书记办公室里面拿出一面红旗，挂到婆椤树上，"插红旗是老皮来到过风楼后决定的，他学习北京天安门广场上每日升红旗的做法，要镇上的人一抬头能看到红旗，激发一种革命激情……（以前）插旗的就是一只红屁股的猴子"。插旗本来是一件严肃的事情，但是（以前）却是红屁股猴子来完成的，同时墓生和猴子并列对照，委婉道出了那个年代的荒诞。

反讽修辞，更多来自作家的戏拟手法，也可以称为仿拟或者戏仿。陈望道认为："为了讽刺嘲弄而故意仿拟特种既成形式的，名叫仿拟格。"[①]仿拟必须有仿拟的对象，通过仿拟对象和本身叙述形成对比，在对比中达到讽刺或者揭露，达到批判的效果。鲁迅的《我的失恋》就是仿拟张衡《四愁诗》的作品。《老生》中也多次出现仿拟的修辞。

第一个故事中的革命叙述，就是仿拟旧时代农民起义寻找祥瑞的做法。陈胜、吴广把写有"陈胜王"的绸子藏在鱼肚子里，然后打出来，制造舆论，假扮狐狸说"大楚兴，陈胜王"。刘邦在大泽杀死白蛇，自称赤帝子，为他出身草根当皇帝寻找合法性。《老生》中李德胜在革命时，也寻找祥瑞，"虎山在当月出了件灵异事，有人放牛，忽然雷电四起，云雾把山谷都罩了，就有龙从天上下来与牛交配。李德胜得知灵异还特意去见了那牛，说是祥瑞，这牛要生麒麟呀。放牛人高兴，自告奋勇到山下村镇里散布消息：鲤鱼跳龙门那是秀才要中举呀的，龙从天降与牛交配，这是英雄要行世呀，果然山里有了游击队啦！"这一段就仿拟了祥瑞的说辞，让革命变得滑稽。

---

① 陈望道：《修辞学发凡》，上海教育出版社，2001年，第109页。

第三个故事其实整体上是对"文革"的仿拟，棋盘村是"文革"的缩影，统一穿帆布劳动服，统一吃饭，免费理发，直奔共产主义，但是却发生了吃观音土、剥树皮，甚至吃死孩子的事情，本身就是一场闹剧。特别戏仿了宣传。刘学仁天天让群众唱革命歌曲，灌输观点，要把人的心魂控制住。冯蟹不相信能够控制人的思想，刘学仁就以老村长做试验，挑选十几个人见到老村长，都说他瘦了，硬朗的老村长真的瘦了。纳粹德国宣传部部长戈培尔说："重复是一种力量，谎言重复一百次就会成为真理。"这是专制舆论工具的秘诀。琉璃瓦村支书黄忠，扎个草人老皮书记，镇牛鬼蛇神。老皮考察冯蟹时，冯蟹揣摩老皮书记的意图，指着乌鸦说是喜鹊，仿拟了赵高指鹿为马的故事。冯蟹和寡妇相好，当了村长后，把自己的尿毛剃了，做个了断，戏仿《三国演义》中曹操断发代替杀头的情节。

仿拟是表，反讽是里，作用是批判，把悬殊的两件事物放在一起，通过比照，让读者对作家的立场态度了然于心，使作品更加含蓄，意义更加深远，也体现了作家的知识分子立场和批判锋芒。

四、"互文性"写作，丰富了作品内涵

众所周知，"互文性"这一概念是由法国符号学家、女权主义批评家朱丽姬·克里斯蒂娃提出的，她说："任何作品的文本都是像许多行文的镶嵌品那样构成的，任何文本都是其他文本的吸收和转化。其基本内涵是，每个文本都是其他文本的镜子，每一个文本都是对其他文本的吸收和转化，它们相互参照，彼此牵连，形成一个潜力无限的开放的网络，以此构成文本过去、现在、将来的巨大的开放体系和文学符号的演变过程。"[①]朱丽姬的互文性理论直接受到巴赫金的复调理论等的启发。德里达也指出"文本应该被看作一股川流不息的能指""每一个文本被利用后

---

① 朱丽姬·克里斯蒂娃《符号学：意义分析研究》，转引自朱立元《现代西方文学史》，上海文艺出版社，1993年，第947页。

就与'元文本'形成互文关系，每一个文本、每一种话语都是能指的'交织物'或'纺织品'"。①"互文性文本是不同文本间的组合……任何一个文本置于一个庞大的网络中，构成一个文本对另一个文本的引证参照体系。这样，'互文性'呈现了一种非线性的、开放的、多向的特征，呈辐射状展开。"②我们说，《老生》小说明显具有互文性特征，它如同一个巨大的网状结构，其中的每一个节点都与文本中四个故事相关节点相互诠释、相互关联。我们可以看到，《老生》小说中的四个故事，每个故事之前（或者中间）都引用了一定篇幅的《山海经》内容，这些内容看起来是碎片式的，其实集中了作家的阅读智慧，是后面故事的引子。加之老师的阐释，更加清晰地把作家的写作思想彰显了出来，后边的故事就是印证、展开《山海经》中的相关描写和主要思想的。

小说在整体上采用了"互文式"讲故事的手法，三个人直接介入故事现场，一个是给孩子讲故事的老师，一个是听故事也讲故事的老唱师，一个是听故事也问故事的小孩子。这种三人角色齐头并进的叙事结构在作家以往的小说中没有出现过，可以说完全是一种创新和冒险。从小说来看，讲故事的老师的主要作用是，给受众解读《山海经》，并以之引起小说中的四个衔接紧密的故事。唱师的作用是四个故事的见证者、亲历者。我们读者就像小孩子一样，被他们和作家引入故事的胜境。

第二个故事引用《山海经》内容写得很清楚，人与兽的关系，现在就是人与人的关系。马生就是兽，祸害乡村的无耻的兽。人们生活在兽的魔爪下，备受煎熬。

正如作家所说，一解放，这世上啥没转化呢？"马生是小鸡成了大鹏，王财东是老虎成了病猫，而药铺瞎眼的徐老板也沾革命的光，当上了

---

① 转引自沙家强：《后现代主义的互文性美学特征探析》，载《黄河科技大学学报》2005年第3期。
② 沙家强：《后现代主义的互文性美学特征探析》，载《黄泙科技大学学报》2005年第3期。

副师,唱师也进入了文工团,做了公家人。"①作家在这里提出问题:革命成功了,如何保卫政权、建设政权?如果本质尚好的人,拥有了权力,可能给国家带来安宁,如果是别有用心者如马生一类混入新政权,那我们的行政效力、政权亲和力就会大打折扣。

第三个故事引用《山海经》所讲,泾渭流域奇木怪兽少,矿藏多,金克木,草木就少。人一发达,怪兽肯定就远避了。革命虽然是人事,但人事一定意义上也阻碍了社会的超前发展,甚至对人文环境、生态环境也形成了影响。在"文革"过程中,每个人都很亢奋,呈现出一种集体精神狂欢。从小说来看,老皮和刘学仁们抓工作不是真心的,都是为了自己的名分、前途、政绩,千方百计去攀高枝、求晋升。刘学仁偶然从唱师口中得知当年在棋盘村打过游击的匡三司令曾经在某处留下过一枚杏核、这个杏核已经变成了大树的消息后,如获至宝。在老皮的直接支持下,棋盘村成功进行了革命文化遗址开发,原本很普通的杏树被人为制造成了"神树"。而且在老皮的授意下,人们还非常隆重地大张旗鼓给杏树过了生日。为了让书记老皮重视自己的问题,一个村民故意砍掉了杏树的树枝,结果老皮第一时间赶到了。看到棋盘村革命遗址申报成功,周边的几个村也纷纷效仿,弄虚作假也要争取游击革命老区的名分,演绎出了更多的笑话。

第四个故事中老师对《山海经》的阐释,黄河是大水,凡是大水,必然泥沙俱下。转型社会,市场经济导向下,改革进入深水区,各色人等都像演员一样开始了自己的表演。

这四个故事中的四个人物,他们的人生际遇与中国社会革命历史进程基本同步。正如《山海经》的相关内容:长在山里的人多有兽相,长在海边的人多有鱼相。环境可以改变一切,一切都得适应环境。什么样的社会就呈现出什么样的人性,不管是早期夺取政权之争还是后面的土改巩固

---

① 贾平凹:《老生》,载《当代》2014年第5期。

政权，甚或时代异化政权，到当下的社会改革进入深水区。可以发现初期的社会往往是混沌的，模糊的。老黑代表着初期的革命势力，我们早期的革命也是目标不明，且充满了血腥。反而是匡三这个糊里糊涂闯进革命队伍、被革命启蒙的"后起之秀"，坚持到了最后，享受到了革命的果实，被人敬仰。马生是土改时期农会干部的代表，这个浑身缺点的人竟然掌握了农会大权，整人是必须的，分地、划成分以个人好恶为出发点，抢占别人的财产时脸上不青不红。我们可以发现，四个故事中，人性和兽性的争斗一直是焦点。人性和兽性就像跷跷板的两端，被时代这个轴心子忽悠得忽上忽下。之所以人性和兽性一直呈胶着状态，主要是因为人们的欲望，无穷无尽的欲望，想把别人踩在脚下的欲望。只有相对的旁观者——唱师因为无所求，所以保持了自己相对独立、淡定的人生姿态。与作家其他类似小说相关的是，作家仍然只是展现生活，他没办法解决生活难题，把更多的问题留给了读者。值得提及的是，四个故事中老黑、墓生、戏生都死得很惨，而马生没死。——说明像马生一样无耻贪婪的人在当下这个社会依然存在，马生就是镜鉴，让当年参与过这些运动的和当下还在鱼肉乡里的人们羞愧。墓生的遭际也很深刻，"文革"时期，个人崇拜无以复加，整人运动和造神运动此伏彼起，那些竹节虫样的人们啊，谁还记得起我们亢奋的神情、极端狂热的面孔？全民唱红歌、理统一发型、穿同样色彩衣服、吃大锅饭、跳忠字舞的时代一去不返了，现在想起来为什么心情还是如此沉重？戏生的故事告诉我们，进入20世纪，鱼龙混杂、泥沙俱下、尔虞我诈、坑蒙拐骗的事情不断发生，人格扭曲、变异成为潮流。如金矿、当归等的过度开发（利用）导致了瘟疫的发生——这只是自然一个小小的警告，以后经济发展的道路何去何从？

　　正如作家所说，小说始终在关注生命，许多人物命名都和"生"有关。无论是老而不死的唱师（最后死了），还是马生、墓生、戏生，都充斥着一种感时伤生惜生意识。从第一个故事人心的残忍，到第二个故事人心的无耻，再到第三个故事人心的滑稽和荒诞，以至于第四个故事人心的悲观，小说完整呈现了人心的溃败史。读这部小说，你完全能感觉到作家内心的深深的悲凉，对过去运动至上、民不聊生社会情状的叹惋，以及对当下人文精神失落、伦理关系失调的焦灼。如同写"文革"题材的《古炉》小说一样，作家用如椽之笔，为我们重现了社会转型期人与人之间的相互倾轧、争斗，以及社会正反两种势力的此消彼长。我们可以发现，不管在任何时代、任何运动中，始终有一个无形之手在操控着人们的心脑，人们就像棋子一样被拨来拨去，真是让人"长太息以掩涕兮，哀民生之多艰"！

原载《延河》2015年第10期

在迷惘与焦灼中突围

——陕西当代中青年作家印象

当下陕西文坛经过较长一段时间的韬光养晦，已经达到深度挺进的良性局面。借助莫言获"诺奖"的文学效应，以及路遥、陈忠实、贾平凹分获"茅奖"之陕西效应，以"签约作家"为代表，陕西从官员到民间、从上到下史无前例地开始热切关注作家创作，采取各种举措促进作家创作精品，积极酝酿"文学陕军再出发"，希望能继续二十年前"陕军东征"之辉煌，再一次在全国文坛发出陕西自己的强音——真是众志成城。然而，仔细审视，"迷惘"和"焦灼"仍然是陕西文学当下最主要的特征，"突围"成为主要任务。全媒体时代，陕西文学正面临着诸多深层次的问题与挑战。现代性写作转型已经成为必然，但我们从整体上而言却刚刚抵达了它的起点。

小说：传统和现代挤对下的坚持

毋庸讳言，当下小说写作生态环境极不理想。小说数量多，质量却参差不齐。据有关资料统计，全国每年大约出版小说一千五百多部，陕西年均出版小说至少在一百部左右，还不算非正规出版的。柳青等老一辈开创的现实主义写作路线与经验仍然被奉为圭臬，从西方小说中汲取的写作资源水土不服，夹生的现代主义或后现代主义作品不断出现，小说中国化问题依然很严峻。小说为谁写、写什么、怎么写依然烦恼着作家们，"什么是好的小说"仍然让作家很痛苦和纠结！

在陕西文坛，存在着两类作家。一类是真正为文学而文学的人。比如省作协主席贾平凹，他天生就是弄文学的。"写不了东西，还当什么作协主席！"是其斩钉截铁的高调告白。对他来说，写作如同呼吸。贾平凹的勤奋、高产、优质的做派已经成为陕西作家不断攻克文学高地的现实精神动力。统观诸如柳青、路遥、陈忠实、贾平凹等，一旦有大作品要写，就直接走出城市，走向田野，回老家或下基层。中青年作家中，红柯和寇挥很典型。红柯当年为了寻找真正的文学，一声不吭远走新疆十余年，重回陕西后他的文字元气淋漓，写出了这个时代难得的纯文学；寇挥，为了文学，不去工作，埋头书斋，一心一意经营，彻底"嫁"给了文学。别人看他们很辛苦，而作家却乐在其中。在陕西作家中，柳青以降，路遥有着崇高的影响力。路遥"像牛一样劳动，像土地一样奉献"的文学信念，已经成为陕西文学精神的重要组成部分。许多作家骨子里有着对文学的敬畏，他们认为文学是通灵的，指向遥远的未来，所以尽力地写出文学的诗性和神圣感，超越自己也超越前人。第二类是"玩"文学的人。这一类亦可分为两种。其一是"伪玩"。他们这种"玩"是一种表象，其实外松内紧，或者他们只跟陕西以外的作家"玩"，在全国"玩"，不屑于在陕西"玩"，如阎安、李小洛等。他们一般都有着一份相对满意的工作，解决了生存问题，把文学作为业余爱好来做，好像漫不经心，却成了有影响的作家。好多作家在作协读书班学习时，给别人的印象是主要关心自己书画作品的版税、手头生意的好坏，而不是小说的品质，然而不断出产的佳作和因熬夜发黑的眼圈出卖了他们。他们骨子里是喜欢文学的，也是文学传承和革新的主要力量，但他们不愿意和别人分享自己摸索出来的写作经验，给别人的印象好像不务正业，其实心系文学，低调务实，也是一群真正懂文学的人。另一种是"真玩"了，把文学作为"革命"的工具。身在文坛，心在别处。文学并不是他们的全部。这些主要表现在一些早年成名的作家身上。由于成名较早，作品首先得到编辑、读者、编剧、翻译等的青睐，本钱充足的他们作品不愁发表、改编。他们从事文学心态很轻松，已经开始享受文学。典型的如高建群，这个当年"陕军东征五虎将"之一，近年来在继续推出《大平原》《统万城》等大作的同时，开始进军影视界，完成了从文人到文化人的转型。居高声自远，他已经成为成功作家的代表，开始给新锐作家传经送宝。所以陕西中青年作家，身份复杂，性情各异，但他们依然能够集结在文学的大旗下，陕西文学光荣久远的传统和魅力不得不说是其主因。

　　我们已经发现，传统纸媒仍然是很多陕西作家看重的，《人民文学》《当代》《收获》等仍然是主攻目标。而《人民文学》主编施占军的话让许多作家泄气。《人民文学》最反对的就是情节的胡编乱造和重复，他们是国家品牌刊物，要有国家的视野和国际眼光！多年来，《当代》《收获》的大门也一直为知名作家打开，无名作家很难引起注意。曾经有人认为《当代作家评论》杂志变味了，已经变成了著名作家专场表扬刊物，而陕西本土的《小说评论》杂志，也很少关注陕西一般作家（甚至陕西著名作家研究文章也很少发表），除非你足够冒尖。纸媒对陕西中青年作家不很公平。许多作家为自己生在陕西而沮丧，如果在浙江、江苏等地，许多作家早就脱颖而出。陈忠实曾说："我决心彻底摆脱作为老师的柳青的阴影，彻底到连语言形式也必须摆脱，努力建立自己的语言结构形式。"[①]这句话当下中青年作家体会更深。许多曾在"鲁院"学习过的作家，他们身上自然多了一种优越感使命感，志向不小，目标直指全国，摆脱大作家的阴影。但是无论再怎么努力，也改变不了人们对陕西的刻板印象。在我看来，很多陕西中青年作家的创作弦一直绷得很紧，他们知道只有作品是硬通货，所以一个晚上写一两个短篇是经常的事。与外省作家相比，他们

---

① 陈忠实：《陈忠实回忆录》，广东人民出版社，2020年，第271页。

的作品多了些苦涩，少了些优雅与从容。许多陕西作家的代表作都有多部，他们深知，只有作品上了公认的大刊，或者作品在权威出版社出版，或者在省外有了一定影响，才能引起体制内的注意——用作家自己的话说，才能被作协"收编"。

现实主义和现代主义仍是陕西文学两条主线。卡夫卡、福克纳、马尔克斯、博尔赫斯等依然是陕西中青年作家心目中的偶像。在现代主义写作或曰眺望式写作方面，作家红柯势头依然强劲，独领风骚。红柯大量使用象征隐喻等手法，用写诗的感觉写小说，其新疆题材《西去的骑手》《乌尔禾》《生命树》等元气淋漓，写出了边域的人性、诗性、神性，三度入围茅盾文学奖终评名单。2012年出版的《好人难做》集中了其在小城宝鸡挂职期间的所有生活体验，更是写得风生水起，"陕味"十足。几乎和红柯同时亮相陕西文坛的实力作家寇挥，其《北京传说》《灵魂自述》延续了以往现代主义写作路径。他曾用二十年时间遍读世界各国小说，是一位努力学习的作家。他的许多小说尽管视角不一，但其实是传统的"自叙传"。作为一个内心世界丰富的青年作家，他的写作已经迈向了灵魂写作的层面。丁小村则属少年成名型，他文学精神师承全面而广博，既有中国司马迁、蒲松龄等古典大师，又有外国世界级的大师，诸如博尔赫斯、卡夫卡、约翰·契佛、艾萨克·辛格等。其纪实性质的中篇小说《纪念我的朋友周迅》，用纪实笔法写了一位他的诗人朋友短暂的生命轨迹。作家笔下诗人的命运就是我们这个时代的命运，这篇小说就是为我们这个时代画像留影。"怎么把小说写得像小说""怎么吸收西方经验，写出作品的大境界，大格局""怎么与国际文学对接"是陕西中青年作家共同思考希望解决的普遍问题。

现实主义小说写作在陕西稳中有进。更多作家继承了柳青道路、路遥现象、陈忠实视角、贾平凹笔墨，立足于中国文化传统，写有中国味的作品。他们牢记文学教父柳青的作家一定要进生活的学校、政治的学校、艺术的学校等"三个学校"的教导，在现实主义写作道路上探寻。他们热爱陕西，把根深深扎进黄土地中，写人情人性。陕西近年涌现出许多写作高手，据笔者目力所及，有下面五人值得重点言说：

李春平，1962年生，陕西省紫阳县人。现为安康学院教授，著名作家，系中国作协会员，陕西省签约作家，陕西省第二批"四个一批"人才。李春平是我国当代新生代作家中非常重要的一员，他的作品横跨都市和乡土两个领域，前期主要以《上海是个滩》名噪文坛，现在主要以《步步高》等官场题材小说为主体。著有长中篇小说《上海夜色秀》等五十余部，其中二十余部作品被《中篇小说选刊》《新华文摘》等转载。长篇小说《步步高》获陕西省首届柳青文学奖。《上海是个滩》进入《上海文学史》，电影《玻璃是透明的》进入北京大学艺术系教材。2009年、2011年入选陕西省最有影响力文化人物候选人。无论是写大都市肉体精神挣扎，还是写官场风云变幻，李春平都能贴近生活，把握住写作分寸和尺度，文风清朗阳光，不灰败消极，总给人希望和正能量。李春平与同样在上海打拼过、以写上海题材获得上海和陕西文坛同时认可的安康女作家王晓云一样，已经成为文学陕军的新鲜血液和骨干力量。

周瑄璞，1970年生，女，祖籍河南省临颍县，现居西安，民进成员。陕西文学院签约作家，中国作家协会会员，鲁迅文学院第十三届中青年作家高研班学员。著有长篇小说《人丁》《夏日残梦》《我的黑夜比白天多》《疑似爱情》等。获第三届"中国女性文学奖"和陕西文学院"文学创作奖"。与陕西大多数乡村写作不同，其作品以描写都市女性情感生活为主，折射当代都市人群的生存状态，反映人与时代命运的关系，被评论家誉为西部实力派青年女性作家的新锐代表之一。她认为真正的写作是指向心灵的。李星高度评价周瑄璞小说，认为她将男女的情色关系人性化、正常化的性质，比当今大量的同类题材小说更为通透、直率，表现出作者精神的自由和思想的智慧，显示出从对人情物理的理解到文学理解的成熟和大气。

咸阳作家向岛自2006年杀入文坛以来，先后出版了《沉浮》《抛锚》，在《当代》《中国作家》《天涯》发表了《声名飞扬》《两个人的圣诞》等小说。丰富的官场、商场阅历，使得他的小说更像小说，根骨挺拔，卓尔不群。许多作家是把小说写不成小说，而向岛是把小说写得特别像小说，很有些拨乱反正的意识。李星也指出，向岛小说的现实眼界或批判精神、批判锋芒，具有某种直指体制病灶、正面攻坚的整体意义。

杨则纬，女，1986年生，西安人，陕西师范大学新闻传播学院学生。现为中国作家协会会员，鲁迅文学院第13届高研班学员，鲁迅文学院青年作家英语高研班学员。2013年参加了"全国青创会"。曾获"柳青文学奖新人奖"。现为陕西文学院签约作家、《华商报》签约专栏作家。已出版长篇小说《春发生》《末路荼蘼》《我只有北方和你》《躲在星巴克的猫》等。著名评论家雷达指出，杨则纬之所以从同代的青春写作者中脱颖而出，靠的是清新、自然、灵慧、纯真的格调，靠一颗希望着并给别人以希望、快乐着并给别人以快乐的爱心，还有敏锐的感受和不做作、少雕饰的清纯姿态。陈忠实也说："在我有限接触的青少年写作者中，颇为欣喜地发现了杨则纬。她视野开阔，知识面宽泛，文字表述里泛滥着才情、才华，尤其是作为一个少女，看取社会历史和现实以及生活事象的独特视角，令人惊诧。情感表达的方式，竟是如此的坦诚、自然、健康、落落大方，呈现着与她的年龄似乎不相对应的大气和壮气。"杨则纬已经成为陕西校园生活青春写作的实力派重要作家之一。

在陕西青年一代作家中，宁可的中短篇小说在全国文学期刊上频频亮相，佳作不断。宁可是一个很注重小说艺术性的作家，他的许多小说很新潮，有些偏现代主义的感觉。许多小说如《生存实验》《我和你》《墙》《祸》等，不仅触及人物的欲望和情感，还大面积表现了人的潜意识，表现出了以往陕西小说少见的先锋性。

应该指出的是，陕西作家李喜林、高远、宋小云等的世情世相类小说也写得颇有兴味。作家李喜林是一个极具悟性的作家，早年在太白山当过药农，虽然小说产量不高，但其《映山红》系列小说已经逼近灵魂写作层次，文笔优雅纯正，入围鲁迅文学奖已经说明了其小说达到了一定的艺术水准。高远，又名白丁，1969年出生于陕西乾县，省作协签约作家。中短篇小说散见于《青年文学》《延河》《短篇小说（原创版）》《小说精选》等国内数十家文学期刊。代表作品有中短篇小说集《西部的周末》，曾获第四届"青海湖"文学奖。宋小云系《延河》编辑，陕西省作家协会签约作家，兼编辑和作家于一身，其小说和评论作品都写得很地道。

能够看到的是，小小说文体写作目前在陕西属于软肋。早年京夫、喊雷等的小说写作在全国颇有影响，而现在只有芦芙荭、刘公、陈毓、陈敏、秋子红、张格娟等少数人在苦苦支撑，陕西作家有一个共识，作家靠短篇打天下，靠长篇坐天下，在浮躁的学风浸染下，小小说写作之艰难情状可以想见。

我们还不无欣喜地看到，陕西中青年作家的评论文章也写出了一定的深度和高度。陕西作家写评论或者创作谈已经成为传统，路遥的《早晨从中午开始》、贾平凹的《平凹文论集》、陈忠实的《寻找属于自己的句子》、红柯的《敬畏苍天》等已经成为陕西文学研究不动资产。

以上主要是体制内的小说创作情况，至于体制外的创作潜流、创作力量在陕西也是很巨大的。由于全媒体多模态文学的现实存在，以及日益宽松的写作氛围影响，一些网络小说写手、博客作家应运而生。如80后网络作家柳育龙、一支润笔、石少利等，他们用自己的辛勤笔耕，共同构筑起了陕西文学雄厚的艺术大厦，成为陕西文学美誉度和创作竞争力的重要组成部分。

尽管过去路遥《平凡的世界》在中央人民广播电台播出时万人空巷的情景已经不再，但广播电视仍然具有强大的传媒影响力，一部电视剧捧红一个作家或引发一场新文学热况屡见不鲜。广播电视或者新媒体很少关注中青年作家，但陕西的中青年作家一直坚持写着。许多中青年作家身处底层，他们对文学相当虔诚，很多作家为自己开辟了专门的工作室。他们笔耕不辍，却为了作品的发表、出版焦头烂额，也得不到评论家的足够注意。

可以说，当前陕西小说家需要做的是：立足陕西丰富的新乡土文化资源，克制浮躁心态，在中西合璧基础上找到自己的用力点，走出自己的路子来。步子再大一点，态度再坚决一点。山高不碍白云飞，面对复杂的传媒和写作生态环境，我们只能祝福陕西中青年作家好运。

诗歌：迷茫之中的寻找

作为中华民族"人文初祖"的肇始地、盛唐诗歌璀璨的故乡，陕西理应成为诗歌的大省。20世纪90年代以后，诗人成长的路径与传统作家成长路径形成了一种鲜明逆转。一个诗人的成长路径跟小说家是完全相反的。作为诗人，你首先要参与到全国格局中去，才能回到地方上来；而小说家往往是先在地方突破，然后走向全国。这就形成了一种悖论：往往当地最好的最优秀的诗人，在全国很响亮，但地方上却认识不到。《新诗三百首》里，陕西有沈奇、小宛、李汉荣、赵琼、李岩、仝晓峰、南嫫七位中青年诗人入选，占到全书入选诗人的4%；由谢冕先生主编的《百年中国文学经典》，陕西有伊沙、李汉荣两位青年诗人入选，占新时期青年诗人入选人数的8%；素有新时期中国诗歌"黄埔军校"之称的《诗刊》社"青春诗会"，陕西先后有梅绍静、杨争光、阎安、耿翔、刘亚丽、伊沙、秦巴子、李岩、成路、宗霆锋、李小洛、王琪等十七位诗人参加，比例远远高出全国大多省份。先后有伊沙、沈奇应邀出席在瑞典、日本、拉脱维亚等举行的在国际上享有盛誉的世界诗人大会。可以说，无论从不断涌现的有影响力的代表诗人，还是从总体创作的质与量，以及在现代诗学方面的贡献等层面上说，陕西当代诗歌的总体成就，已经成为举足轻重的一方重镇，在全国名列前茅。当年胡征等的"七月诗派"之影响自不待言，魏钢焰、李若冰等的诗歌也曾引起了巨大的全国性影响。历史上，还有霍松林、沙陵、峭石、刘成章、晓雷、肖云儒、赵熙、闻频等名作家、文化名人均有诗歌出产。其中，50后作家中，贾平凹、沈奇、耿翔、孙晓杰诗性不减：60后作家阎安、伊沙、秦巴子、李岩、成路、宗霆锋等实力犹在；70后作家李小洛、梦野、马召平等正当盛年。耿翔的《长安书》、成路的《雪·火焰以外》《母水》入围第四届、第五届鲁迅文学奖终评作品名单。可以说，陕西诗歌一派繁荣景象。诗人成路指出："陕西中青年诗人的写作特征是在继承陕西诗歌传统的同时自我个性的写作不断彰显。从地域来看，陕北诗人的作品充满了神秘性和古文化元素，陕南诗人灵秀的自我凸显，关中诗人在历史中回望，关中的西安诗人开创先锋实践。"斯言信矣！过去陕北诗人主要书写爱的痛苦和活的艰难，而现在随着国内民族文化热的兴起，原生态的东西越来越受到人们的青睐。"赶牲灵""兰花花"等文化资源是陕北作家取之不尽的创作资源；与之相应，关中诗人开始缅怀大唐传统，回归风雅，他们的诗歌写得越来越文艺，具有一种强烈的文化皈依意识。尤其是西安的诗人，已经把诗歌作为生活的一部分，各种题材样式的诗歌不断出现，长安雅集、关中诗会等此伏彼起；陕南山水气质，涵养了诗人诗歌品质，他们的诗风婉约、清丽、自然。可以说，陕西三个文化版块诗歌总体走向我们能够把握，但对陕西诗歌总体以及未来的发展方向尚无法做出准确判断。

盘点一下陕西中青年诗人，最近几年，有七个人比较活跃，且有全国性影响，值得重点关注：

秦巴子，职业办刊人，诗人，1960年生。1985年开始发表文学作品，迄今已在中国、美国、菲律宾、澳大利亚等海内外报刊发表诗歌、小说、散文随笔、评论等数百万字。曾被《亚细亚诗》《女友》《当代青年》评为"十佳诗歌作家""十佳青年诗人"。1993年出席《诗刊》社第十一届"青春诗会"。中央电视台曾播出其专访。出版有诗集《立体交叉》《理智之年》等，长篇小说《身体课》。2010年与诗人严力、伊沙等发起并创办"长安诗歌节"并担任2010和2011年度轮值主席。

阎安，原名阎延安，1965年生于陕西延安，有着极其丰富传奇的文学阅历，写作范围广泛，涉及诗歌、随笔、小说等各种文体，手稿札记超过一千万字。先后出版作品《与蜘蛛同在的大地》《乌鸦掠过老城上空》《境况》《鱼王》《玩具城》等。现为《延河》杂志执行主编、陕西省作家协会副主席、中国作协诗歌委员会委员、中国诗歌学会常务理事。2013年与余光中、郑敏等共同荣获"第三届两岸诗会桂冠诗人奖"（共奖四人）。因其作品广阔而纵深，被评论家誉为"中国文坛最隐秘的精神贵族""卡夫卡式的写作者""文学圣地守夜人"，是体制内为数不多获得民间及文学界广泛赞誉的作家。贾平凹《空白》诗集成为绝响后，阎安已经当仁不让地成为当下陕西诗坛领军人物。

宗霆锋，1968年生于陕北吴起县白豹乡，1991年开始诗歌写作。创作有诗集《食桑集》《激情和恐惧》等多部。2006年出席《诗刊》社第22届"青年诗会"。2007年通过东芝SD卡发行全球首部电子诗集《袖珍迷宫》。当代著名文化批评学者朱大可教授高度评价宗霆锋的创作，以为"宗霆锋是海子之后中国最重要的诗人之一"。

成路，1968年生，著诗集五部。荣获第二届"柳青文学奖"、第十九届"文化杯"全国鲁藜诗歌奖、"中国首届地域诗歌创作奖"等。成路对诗歌有自己独到的学养和见解，对当下陕西诗歌了然于胸。每次诗歌研讨总能听到他精深的思考和点评。

伊沙，原名吴文健，1966年生，四川成都人。当代著名诗人、作家。现居西安，任教于西安外国语大学。出版诗集《一行乘三》《饿死诗人》《伊沙这个鬼》等十余种。曾获《诗参考》"十年成就奖"暨"经典作品奖"、《山花》2000年度诗歌奖、首届"明天额尔古纳"中国诗歌双年展"双年诗人奖"等多种奖项。曾当选为《文友》《女友》评选的"读者最喜爱的十佳诗人"（1993），《世界汉语诗刊》评选的"当代十大青年诗人"（1998），《羊城晚报》《诗歌月刊》等多家媒体评选的"中国当代十大新锐诗人"（2007）。曾应邀出席第16届瑞典奈舍国际诗歌节、第38届荷兰鹿特丹国际诗歌节、第8届至第10届亚洲诗人大会、首届昆明"中国—北欧诗歌周"等国际交流活动。自上世纪80年代末迄今，一直活跃在中国诗坛上，引人瞩目也饱受争议，是非官方反学院的"民间写作"的代表诗人。曾获"蒙特利尔"诗歌节提名奖。

李小洛，1971年生，陕西安康人。2004年开始发表诗歌作品，著有诗集《偏爱》《我的三姐妹》等。获第三届华语文学传媒大奖提名、第四届华文青年诗人奖、郭沫若诗歌奖、柳青文学奖，被评为新世纪十佳青年女诗人、中国当代十大杰出青年诗人。她的诗歌特点是结尾点题，看似不经意的叙事，到最后境界全出，有欧·亨利小说结尾的风格。而且，与其他女诗人不同，她的诗有一种难得的家国情怀，这点集中体现在其代表作《省下我》。

梦野，1974年生，陕北神木人，中国作家协会会员。在《人民日报》《人民文学》等多家报刊多次发表组诗。曾获柳青文学奖，其作品入选多部中国年度诗选。出版诗集《情在高处》《矮下去的村庄》《在北京醒来》《梦野诗选》，散文集《和梦想一起长大》。梦野的诗歌清醒、质朴、飘逸、凝重，充满深情，没有概念化的表述，直接进入生命的本质，将生存和隐痛写得独特而深刻，体现出来自陕北诗人的社会责任感和使命感。

此外，现陕西省艺术研究所研究员尚飞鹏，著有诗集《情王》《情后》等。诗集《情王》获陕西省第八届文学奖、论文《陕西诗人群像及其论述与批评》获陕西省第二届文艺评论奖。论文《21世纪中国诗坛事件与新西部诗群的崛起》发表后在全国产生广泛影响。早年以《渴望飞翔》蜚声校园的诗人马召平近年成绩也很优秀，接连出版了《敏感的生活》《月亮光光》等诗集，引起了诗坛的广泛关注，成为陕西70后实力诗人之一。陕南诗人慧玮是"商洛作家群"的代表性人物之一，也是80年代后在全国诗坛较早产生影响并仍在持续产生影响的代表性诗人。西安诗人路男，始终以温情和暖意注目常态的生活，总想在常态中寻找诗意的存在。而生长在陕北高原上的80后诗人破破，特立独行，也很有才情。

阎安先生一言以蔽之："陕西诗坛目前整体和整个当代汉诗一个状

态，比较迷茫。我们都不知道人为什么总是陷入迷茫而不知，走出迷茫还会依然迷茫……诗人就该不断地追问，摒弃浮躁，穿越迷茫，听从文学和我们内心的召唤，在自己的语境里寻求文学的创造之路。"身为陕西省作协副主席、著名诗人，阎安还指出："陕西缺乏对当下诗歌现场有敏锐判断力的诗评家。陕西诗歌已经进入跨领域现代化写作的深度和新高度，我们的评论家却完全没有跟上，甚至说落伍了。很多陕西评论家的文学思想和观念建设没有跟上诗歌写作进程，最起码跟不上诗歌文体本身的创造性推进进程。他们不知道第一流的诗人在写什么，为什么那样写，导致了第一流的诗人及其写作只是他同样优秀的少数同行的秘密。评论家还在用看小说的眼光看待诗歌，用理解小说的方法理解诗歌，这从常识上都是完全错误的。我们说，诗歌这种文体是一种比较绝对的文体，脱离了大众阅读和审美同步认知是这一文体的历史本性。相对于小说这个大众文化或者说与时代相对应的文体，诗歌跟大众文化之功能、价值观甚至精神指向都有很大的距离。上世纪90年代，中国文学发生了一次根本性的调整，各个文体都存在一个问题就是由革命文学向新文学的转型。我们陕西个别尖端的作家成功完成了这个转型，但全社会整体写作风尚、大的新文学写作风气未能形成。在这方面，散文、小说文体问题最突出，但诗歌文体转型却是最成功、最彻底和大规模的。陕西诗歌研究的薄弱甚至缺位，是文坛有目共睹的。"[①]

那么阎安所说的"迷茫"是什么意思？我的理解之一是诗歌当下尴尬的境地：居高而不能临下。诗歌和散文刚好是两个极端，散文门槛较低，情动于中而形于言，只要唤情结构良好，有言说的本钱和欲望，都可以率尔为之；而诗歌被誉为文学王冠上的珍珠，需要悟性、乐感、超拔的想象、凝练的语言，还有相对严格的格律知识，弄不好就写成了四不像，一般人敬而远之。种种原因，使得诗歌在一定意义上成了贵族文学。过去提

[①] 孙新峰：《在迷惘与焦灼中突围——陕西当代中青年作家印象》，载《延河》2014年第2期。

到诗人，大家都很敬重、崇拜，而现在谁说自己是诗人，一定会遭人白眼或者讥讽。我一直有个认识，"诗"是必须配合"歌"进行朗诵、表演、歌吟的，诗歌一旦固定成文字，丢掉了出产时的氛围、气场，就"死"了！诗言志，诗实际根本不可能完全地呈现"志"，只是相对逼近"志"而已！当下一部分现实主义诗歌缺乏飞扬的诗性，更无神性可言，题材和诗境逼仄，把诗歌写成了"僵尸"；许多仰望星空式的浪漫主义诗歌写得太雅，晦涩难懂，完全是圈内人的文字游戏，直接被读者抛弃。远离人民只会自掘坟墓，写得太俗又会消解诗歌本身的品位，武汉官员诗人车延高"羊羔体"获鲁迅文学奖引发争议可资证明。我的理解之二是陕西诗歌面对的是很不理想的生态环境，尤其是批评环境，使诗人感到迷茫。陕西评论家几乎都由小说评论家组成，每个人的诗性学养不尽相同。像沈奇那样既能写诗又能从理论上研究诗的诗人并不多。对诗歌文体来说，由小说、散文研究家主导的评论界是极其不利的，甚至是毁灭性的。小说、散文理论家是不能切实指导诗歌写作的。陕西亟须培养自己的本土专业诗歌评论家。

可以看到，当下陕西诗坛万象峥嵘，各人在按照自己的理解和探索写诗，诗歌在陕西处于空前繁荣状态。那么，摆在陕西诗人面前的现实问题有哪些呢？陕西诗歌一直是参照全国标准的，那么《诗刊》《星星》《诗选刊》等的标准能否代表中国诗歌的路向？《延河》标准或者说陕西标准又是什么？可以说，陕西诗人一直在寻找自己，寻找属于自己的句子。陕北、陕南、关中究竟哪一派能代表陕西风格，现在还未可知。其实，这未尝不是好事。正所谓诗无达诂，这种模糊和多义正好为陕西诗人提供了广阔的写作空间。陕西诗人已经意识到，陕西诗歌不可能再回到盛唐去，我们也不可能在《诗刊》和《星星》等的光辉下止步不前，陕西诗人有自己丰厚的历史文化资源，也有自己独特的心灵和生活体验。陕西诗歌向何处去，值得我们每个人思考和探究。

散文：建设性文本的相对缺席

按理来说，陕西散文写作历史文化资源以及独特的乡土资源在全中国是无人匹敌的，但我们的作家在写作的现代性转型上仍是无所作为，基本还停留在贩卖"土特产"、吃老本的低级层面。在散文写作方面，我们没有哪位作家能够进行现代性文本写作的建设性贡献，基本都是小打小闹式，更多是应景式的写作——仅仅停留在简单地写那种抒情写意的小散文，而不是写当下跨文体写作时代的大境界大格局的大散文。在陕西当代各文学文体内，散文可以说是最不景气的，甚至可以说是"缺席"的。犹记得当年读李若冰散文《柴达木手记》时那种大气热烈直入心扉的快感；读贾平凹《神思美文》时那种空灵悠远；读刘成章《安塞腰鼓》《关中味》的豪迈激情感；读李天芳《打碗碗花》、李佩芝的《小巷风流》的细腻婉约感。而这些年，令人心动的散文越来越少了，甚至如《广陵散》一样消失不见了。

我完全知道说这些话的后果，但是我不能违背自己的真实感受和内心想法。是的，当下散文这种门槛极低的文学形式，的确是太过繁荣了。我知道有人会拿陕西散文获得多少冰心散文奖来反驳我。的确，陕西获得冰心散文奖者众多，可近些年冰心散文奖不断注水，已经沦为少数圈内人的游戏，为业界所诟病。排排坐，吃果果，你一个，我一个。试问，陕西获得冰心散文奖的作家有多少人是够格的写作者？老实说，除了贾平凹不断出产的小美文外，当下陕西作家散文写作的确乏善可陈。

无可否认，陕西一些作家散文创作还保持着一定的实力和标准，此处仅列能进入言说视野的七人：

朱鸿，1960年生，陕西长安人。著名作家，陕西省作家协会副主席，首届冰心散文奖和第二届老舍散文奖获得者。出版散文集二十余种，具代表性的有《西楼红叶》《关中踏梦》《药叫黄连》等。陈忠实曾评价说朱鸿用思辨的声音撞击读者心灵。2013年朱鸿入选北京师范大学文学院组织编写、安徽教育出版社出版的12卷本大型学术通史著作《中国散文通史》（当代卷）（其他入选的陕西作家还有贾平凹及已故的柳青、李若冰、魏钢焰等）。

梁向阳，笔名厚夫，1965年生，陕西延川人。现为延安大学文学研究所所长、教授，中国作家协会会员、中国当代文学研究会理事，陕西省作协副主席。论文《"大散文"：意象阔远的散文天地》获第二届"冰心散文奖"。学术专著《当代散文流变研究》曾获柳青文学评论奖。评论《高原生命的火烈颂歌，民族魂魄的诗性礼赞》入选中学语文教材。

第广龙，1963年生，甘肃宁县人，现居西安。中国作家协会会员。著有诗集《第广龙石油诗选》《水边妹子》等。其作品曾获全国文学大赛《飞天》一等奖，《作品》杂志全国新诗征文大赛优秀奖，《人民日报》全国诗歌大赛三等奖，中国石油化工学会征文一等奖及全国石油第一届、第二届职工文化大赛二等奖，《诗刊》诗歌大赛三等奖，《星星》诗刊与《四川文学》全国征文二等奖。《第广龙石油诗精选》获首届"中华铁人文学奖"。

王潇然，1964年生，陕西西安人，在场主义散文作家，陕西省作协签约作家。出版有《风流长安》《望未央》等。作品曾入选《中国散文精选》《中国精短美文精选》《中国年度散文》《最适合中学生阅读散文年选》《在场主义散文年选》等散文年选选集，所著散文集《望未央》被中国现代文学馆收藏，曾获《十月》《延安文学》联合征文散文奖、《西安晚报》全球征文奖和《小品文选刊》年度散文奖等多个奖项。贾平凹认为其散文集《望未央》延续了"文学陕军"的一个重要特色——"正"。

马召平，1973年生，陕西岐山人。中国作家协会会员，陕西文学院第二届签约作家。陕西电视台评论部主任。曾创办主编《阵地》诗歌报。著有散文集《在钟楼左右》《月亮光光》，获得过鲁藜诗歌奖等十多种文学奖项。在2009年中国当代文学最新作品排行榜中，马召平的散文《金子》

竟然排在了著名作家贾平凹的前面，引起了省内外文学圈的普遍关注。在该散文随笔类作品排名中，排在第一的是余秋雨的《门孔》，随后是马召平的《金子》，贾平凹的《从棣花到西安》排第三。散文《金子》原载《作品》2009年第六期，后被《散文海外版》2009年第五期以"特别推荐"栏目头条转载。

李汉荣，1958生，陕西勉县人，著名诗人、散文家。中国作家协会会员，汉中市作家协会主席。笔名牧童、林中河等。亚洲发行量最大杂志《读者》签约作家。其散文曾被《新华文摘》《散文选刊》《资料卡片》《中学生课外阅读》《中学写作》《中学语言教学辅导》等刊物转载，并连续入选中国作协创研部编选的《年度散文精选》以及《散文选刊》编选的《中国最佳散文选》。作品《山中访友》被选入九年义务教育课本。

杜爱民，1962年生，西安市作协、文联副主席。杜爱民相继有《西安往事》《眼睛的沉默》等三本散文随笔集问世，迄今已出版著作十余部。有作品被译成日文、英文，并入选多种文学精选集和高中语文阅读教材，是目前国内有影响的散文作家。陈忠实认为，杜爱民的文章不作秀、不矫情，很冷静、很沉静，对生活的描绘细腻而准确，对生活的观照与看取，有独到的思想与力量，读后使人震撼。茅盾文学奖获得者熊召政也认为杜爱民的一些散文，流露着"小说家的机智"。评论家李星指出："杜爱民的散文已经创造了陕西散文的新高度。"

此外，散文作家中，陕西省签约女作家李亮可谓闪亮夺目。本身是画家、学艺术出身的李亮凭借自己对色彩、画面等元素的感悟能力，用美术眼光介入文学写作，一出手就颠覆了传统乡土写作。李亮的美术与民间美术更靠近一点，民间美术的本质是并不太注重形式，更注重事物原生情态或者生命意识的本原。李亮的散文也是如此。李亮的写作是生命的很自然洋溢的那种状态，她并不刻意追求形式上的不同，更注重抓住一些稍纵即逝的灵异审美的东西。她的写作是超越世俗的。应该说是美术滋养了李亮的写作灵性。李亮的散文数量不是很多，却连续在《散文》杂志发表，成为陕西文坛一颗耀眼的散文新星。

另一位省作协签约陕北女作家高安侠散文写作也独树一帜。高安侠系鲁迅文学院第八届高级研讨班学员，2008年获中国散文学会"复兴之路"征文一等奖，2009年其散文集《辽阔的蓝》获第三届"中华铁人文学奖"。

陕西作为文学大省，其散文之辉煌是应该的，可是我们发现，这么多的作家，这么多的作品，在全国形成重大影响的并不多。可以说，在陕西，作家散文沦落了，日益式微了。我们知道，当下已经进入开放的跨文体写作的时代，而首先应该呼应这个时代的就是散文这种文体。可是我们发现，在陕西，没有高质量、大体量和一定当量的作家散文，或者说在走向人类大写作之征程中，我们陕西作家没有大的建设性表现。

值得提及的是，在作家散文沉沦失语的时候，一些多栖型媒体报人的散文写作却活色生香，始终保持一定的水准。报人方英文的市民文学，语言幽默，穿透力强，写得有智慧有趣味，让人欣赏。他著有《方英文散文精选》《种瓜得豆》《燕雀云泥》等。还有《宝鸡日报社》现任主编吕向阳，他的散文写得汪洋恣肆，可圈可点，尤其是他的《散文这个鬼！》让人喷饭之余深思。西安作协副主席杨莹著有《杨莹小诗》《风起雨飘》《少妇集》《品茗》《纯真年代》《花儿日记》等，其作品入选海内外多种选本。《小说评论》副主编邢小利的散文写得情理交融，个性焕然，体现出难得的学者风度。从《宝鸡日报》社进入大学教书的新媒介评论家马平川，其散文《我的农民情结多么顽固》写得纵横捭阖，收放自如，引起众多农裔城籍的人共鸣。著名媒体人陈仓的散文也不能忽视，他的散文《饭碗》，文笔朴实，含蓄内敛，气韵悠长，让人动容，久久难忘！

我们知道，报纸是信息的集散地和过滤器，接触新思想、新信息、新写作资源机会多，报人们的散文写作既有时代性，又有鲜明的个性，自身比较勤奋加上传媒的力量，很容易就成为写作明星。这些报人散文多属于文化散文。文化散文和文学散文还是不一样的。报人文学的崛起恰好反证了作家散文的不在场。当然，这些报人散文也有致命弱点，就是迎合了时政宣传的需要，作品多了政治意味与文化意味，一定程度上消解了文学的纯正性，从而少了文学味、人情味、书卷味。

另外，史飞翔、姚展雄等的散文也写得很有韵味，有深度，有特点。新锐散文作家史飞翔，《终南》杂志编辑，陕西学院派散文写作的中坚力量，作品曾入选多种选本及中学教材，并在美国、加拿大、澳大利亚等国发表，已出版散文集《为灵魂寻找镜子》《红尘心语》等。其文章字里行间闪耀着一种人性的光辉和平民的视角。他的散文深刻、独特，洋溢着浓浓书卷味，但与散文大家相比还比较稚嫩，有为文而文的意味。青年新锐作家姚展雄近年来潜心佛学研究及禅意散文的创作，其作品有贾平凹禅思美文的况味，其散文集《坐听蝉声》日前由西安出版社出版。姚展雄的禅理散文《金庸小说中的佛理禅机》给我们打开了一扇窥探金庸人生与小说奥秘的"第三只眼"，在研究金庸人生与小说创作方面具有极高的学术价值和艺术水准，是一篇情理交融、风格独特的历史文化大散文，字里行间闪耀着佛性的光辉。该文获《世界华人周刊》世界华文成就奖"荣誉奖"，可谓实至名归。

陕西的散文，不能只是媒体人独舞（或者是单向度发展），而应该是美轮美奂的群体广场舞。何时能打破报人散文一枝独秀的局面？陕西作家散文，何时能够重新续写贾平凹、陈忠实、刘成章、朱鸿等的辉煌？这些问题已经相当严峻地摆在了陕西散文作家面前。

可以说，迷茫和焦灼是当下陕西中青年作家普遍的心理特征，要重新出发必须先突出重围。正如陕西省作协副主席阎安所说：我们老讲文学边缘化，其实是不确切的。过去的那些时代尤其是20世纪80年代，文学之所以火爆，是因为在当时社会，文学著作是人们精神生活的主要来源，文学被人们额外地附加了其他一些社会功能，人们渴望从文学作品中窥探政策变化，以及国家社会历史发展动向，也就是说过去的文学承担了全媒体的功能。而现在，随着全媒体时代的来临，文学身上额外的东西就被化解掉了，文学已经不处在社会中心位置了。现在的文学才是它本来的样子。其实文学就是文学，本来就不应该附加那些非文学的功能的。现在的文学才真正回归到自己的历史本性上，所以文学就更难了。前些年曾经出现过陕西作家到底是"断代"还是"换代"的争论，阎安对此更有认识，他说这个问题看你怎么理解。如果站在传统纸质媒介立场上，站在作协或者传统垄断特权观念上，你可以说陕西作家、陕西那一群作家声音不很响亮了。但是文学又在以网络等其他媒体、方式顽强地存在着、发展着、活跃着，怎么可能中断？文学在它的最初发展时期，往往同意识形态、阶级政治结合得很紧，而现在是文学高度发达的时期了，它的自媒体性质就凸显了。现在的读者和作者的状态超过了历史上任何一个时期。文学文体和表达方式等在新媒体时代都必然面临着革命。作为写作者，就不得不接受一次次的转型和挑战。

我们说，陕西文学的未来就在我们这些中青年作家手中。不管是体制内的还是体制外的创作者，都应该为了共同的文学事业团结起来。柳青说过：文学是愚人的事业，六十年一个单元。文学也是大浪淘沙的事业。我们只有埋头苦干，稳中求进，才能突破坚冰，为自己迎来更好的文学生态环境。让我们祈福陕西文学，让我们信任陕西作家。我们相信，这种迷茫和焦灼只是暂时现象，陕西文学一定会凤凰涅槃，迎来自己的又一个春天。

原载《延河》2014年第2期

陕西工业小说的新收获

——论宁可新作《日月河》的意义

陕西实力作家宁可的第一部长篇小说《日月河》刚一上市，便很快热销，同时引起了评论界的高度关注，常智奇、冯积岐、高涛、阿探等作家、评论家纷纷撰写评论，他们或者从人性的角度，或者从人物形象塑造，或者通过细读文本、全方位阐释作品等揭示了小说的审美价值。那么，这部长篇小说对陕西文学有什么重大的意义呢？

一、可设计的小说

陕西文学从《创业史》以降，作家都特别注重象征手法的应用，都试图用文字把握整个社会和时代的精神发展进程，"文学陕军"第二代作家作品《平凡的世界》《白鹿原》《秦腔》等都是这样。到了"陕军"第三代代表作家红柯，几乎将象征手法变化运用到了极致，其《奔马》《美丽奴羊》《树泪》《鹰影》等完全是象征艺术的产物，我不知道小说还该怎样继续在象征之路上创新。

令人欣慰的是，《日月河》又一次给了我们希望。光是小说题目就给人以眼前一亮的感觉。冯积岐指出："《日月河》明显是有寓意的。《日月河》就是男人河和女人河，一阳一阴，一北一南，一上一下。男人扑进了女人河，女人扑进了男人河，生发出的，不只是物理反应，还是化学反应，是人性的善和恶的较量，是生活的美和丑的显现。"另外，"日"代表男，月代表"女"，日和月相叠加就是光明。作家明白无误地告诉我们，小说直接通过两性关系的发展嬗变来刻画时代——这个笔触相当大胆。我们说，性是社会发展的驱动力之一，从"两性关系"入手去写，直接切入人性内里，起到了表意直接、婉而多讽、启蒙警世的目的。

《日月河》小说中的象征隐喻处处皆是。比如沈红红家中冰箱里放置的雪人毛飞就是一个意味深长的意象。"放置在冰箱中的雪人既是象征又是隐喻。沈红红之所以把雪人放在冰箱里，说明她追求、向往的是一份永恒而又可笑的爱情。她对毛飞的感情是很复杂的。小说结尾，雪人毛飞终于变成了一摊水，是很绝妙的一笔。这一笔和开篇的男人河相照应——当毛飞真正成为一摊污水的时候，毛飞的形象立体了起来，而沈红红也真正认清了毛飞的面目，人性复苏了。雪人的石头心象征着毛飞的无情与绝情，这块石头无疑给毛飞的性格增加了丰富性，真实地写出了毛飞性格的复杂性、多变性。"[①]还有"山上""山下"的隐喻，居住在"山上"和"山下"的人们其实代表着两个世界。"山上"是一个未被污染的清朗的世界，"山下"是一个已被污染的不堪的污浊的世界。这里的"山"明显有着深刻的寓意，象征着中国的"根"和"传统"，代表着坚守，是一种"知白守黑"式的坚守。山上的寺庙也是善良和悲悯的象征，是人们精神世界的另外一种出路和归宿。

可以说，象征手法的巧妙使用，使得小说在简约叙事的同时，又给人留下相当唯美的想象空间，增强了小说的艺术感染力。

二、陕西工业题材的新收获

毋庸讳言，陕西新时期的工业题材小说是缺位的，宁可的《日月河》

---

① 冯积岐：《人性的拷问——读宁可的〈日月河〉》，未发表作品。

小说就是填补这个领域的长篇力作。

从全国来看，新中国成立以来的"十七年文学"，出现了"三红一创"等小说，而这些小说中有农业题材，有军事题材，就是没有工业题材的作品。"文化大革命"期间，出现过一部《沸腾的群山》，却是当时阶级斗争的产物。1979年蒋子龙的《乔厂长上任记》在《人民文学》头条发表，蒋子龙开始突破工业题材的写作坚冰，引起了全国性反响。后来蒋子龙的《赤橙黄绿青蓝紫》《一个工厂秘书的日记》等纷纷问世，引起了更大的反响，甚至国外一些学者研究中国工业，是通过这些作家的作品去了解的。

一直到20世纪80年代中期，蒋子龙不写工业题材了，这个时候出现的小说《新星》，与其说是写工业，不如说是写改革家。

20世纪90年代，谈歌的小说《大厂》，激活了沉寂多年的工业题材，在国内掀起了不小的狂澜。

进入21世纪，陕西青年作家宁可异军突起，继《三角债》《马二宝治厂》之后，尤其是新近出版的小说《日月河》，又一次给沉寂了多年的陕西工业题材创作吹进了一股强劲的东风。

我们说，当年蒋子龙的《乔厂长上任记》主要写改革家，用现代话说就是其以一种"高大上"相对僵硬的形象出现；谈歌的《大厂》虽说是写工业题材，实际上只写了相当浅表的一些东西，未真正进入主人公的内心世界。宁可工业题材小说跟他们不一样的是，其对小说艺术性的追求恰恰把工业化进程中人性的扭曲和无奈，在物质文化大背景下揭示出来了。宁可工业题材小说的主要特点是：作家赋予小说中的人物一种生命的柔，更多的是以人性的温暖去观照工业社会群体下人内心的挣扎、情感的撕裂、信任的缺失，以及一种天然的难舍难分的情感。

如《三角债》中的楚彬形象。楚彬可以说是宁可给当代文学画廊里贡献的一幅代表画。他本身是一个矛盾体，在他身上存在着善良、隐忍、中和等人性特点，也同时体现着我们这个民族不可磨灭的印记。这些集中表现在楚彬对情感三角、债务三角、职业三角的艺术处理上。宁可的小说视角仅从《三角债》中的楚彬形象来说，呈现出一种多维度、多棱镜的特点，不是单维度的，从而构成了宁可小说蔚为壮观的景象。

三、人物伦理关系的协调

小说其实在某种意义上就是协调的艺术。它协调人生活中的种种可能性，把人内心的障碍消解。这种协调当然包括人与他所处的生活和自然的协调等。一般来说，好的小说一定会去协调人与现实生活、人与人内心、人与人的灵魂之间相互紧张的状态。

《日月河》小说协调人物伦理关系的焦点是从人性出发。李明亮和毛飞是人性"恶"的代表，赵老歪的形象是一个从自然人走向社会人的灵魂救赎的形象。赵老歪是一个有缺点的好人形象，是人性善和正能量的代表。沈红红是人性软弱的代表。李毛毛是阴鸷人性的象征。李小毛是吃软饭一类人的象征。小说始终在善与恶、正与邪、错与对、真与假等的深度较量中彰显人物性格，凸显小说主题。小说最后，代表正义力量的赵老歪被陷害丢掉官职，表面上是善的暂时退却，实际上却是更大的战争来临的前兆。小说结尾暗示了作恶者一定没有好报，正义必胜，不过等待的时间可能会有点漫长。作家写"恶"不是为了让人学"恶"，而是以"恶"为镜鉴，让人们自省。

《日月河》小说中的赵老歪有其特殊的精神向度，他身边总共有七个女人，他围绕着身边这七个女人的情感、内心，利用自己的人品中温暖的东西，不停地进行拯救和协调（这种拯救也是一种自救）。赵老歪周旋于七个女人中间，用自己的人格魅力进行协调，有的协调成功，有的协调失败。可以看到，主人公在互相斗争中成长，在彼此协调和反协调中，推动着故事情节不断向前发展。

如李毛毛，被赵老歪伤害的女人。他们之间原本互有好感，为了一个回城指标，赵老歪欠下了李毛毛半世的债。李毛毛唆使闺蜜沈红红把导致自己怀孕的脏水泼给赵老歪，是她的小小报复。将自己的孩子李小毛托付给赵老歪，虽然是李毛毛的丈夫李明亮所为，但是李毛毛是默许的——李明亮就是要让自己的孩子实现继续将赵老歪和毛飞踏在脚下的愿望！李毛毛和赵老歪，一个是仇恨大于天，步步紧逼，一个是愧疚深如海，不停退让。内心挣扎是不必说的。"短兵相接"的时候，却是"相逢两不识，爱恨两茫茫"。一定意义上讲，李明亮其实就是李毛毛的影子，在他和毛飞的精心设计下，赵老歪身败名裂——间接为李毛毛报了仇。小说的结尾是一种两败俱伤的结局。杀人一千，自折八百，作家告诉我们，也许宽恕、仁爱才是最好的解决方案。

四、长篇创作是陕西作家的成长路径

文坛有个普遍认识，作家一般是靠短篇打天下，靠长篇坐天下。宁可却不一样。他是在尝试了写短篇之后，直接上手写长篇，而且写成功了。

应该承认，作家的起点很高。《日月河》小说以"知青题材"为表，其里却直接切入当下工业社会的病灶。我们经常希望作家先学会走，再学会跑，而宁可却是一下子就飞起来了，飞得从容不迫，优雅漂亮。短篇和中篇还没写几篇，长篇就一炮炸响。宁可的成功是不是告诉我们，对一些优秀的作家，前期准备已经很充分的作家，我们应该允许他们按照自己的写作理想飞翔！

宁可的小说创作观主要有三点：可读性、想象力、虚无与不确定性。我以为这三点抓住了小说创作的要害，而且《日月河》小说就是实现这三点的试水之作。我们已经知道，什么是小说、什么是好小说，这两个问题仍将持续困扰我们，但至少应该首先把小说写得像小说，这是我们最基本的原则。

作家李喜林经常用两个例子来表达自己对创作境界的理解。我觉得挺形象的，写出来和大家分享：

一是宁愿做鹰不要做鸡。如果是一只鸡，再怎么飞也飞不高，最多只能飞在院墙上，如果是鹰，就应该在天边翱翔。

二是宁愿放卫星不要放花子。花子尽管看起来升得高，一会儿就掉下来了，而卫星却可以相对长久地运行在天上。

真正好的作品一定会在"时间"的大轨道上与不同时代的人们相遇。作为陕西工业题材的最新力作，《日月河》一定是一部经得起阅读的小说，也一定是可以写进陕西当代文学史的优秀小说。

宁可已经是雄鹰了，就让他继续展翅飞翔吧；宁可已经放出了小卫星，希望他能继续经营好自己心目中的好小说，长短篇齐头并进，为"文学陕军"争光。

原载《延河》2015年第1期

《知了》[①]：现代乡愁的创新表达

——李喜林小说论

一、奇特深邃的意象

《知了》是陕西实力作家李喜林的最新作品，写的是作家自己的一个梦魇。小说写知了，写的又不仅是知了。小说中的"飞床"和知了、树等意象奇特深邃，呈现出令人震撼的艺术效果。

（一）"飞床"意象：灵魂由完整走向破碎的象征

先看小说写了什么，小说首先展现的是时间的维度。由当下回到过去，主人公透视到自己的童年和过去生活的印记。第一段的"楼层"显示出"我"是在都市生活，随着梦魇，以灵魂形式回到故乡并与爹娘相遇。这种相遇很奇特，是一种以"床"为载体的灵魂之游。接着在灵魂之游过程中，空间维度出场，先是老家后院，能看到小时候推碾子的情景，而碾场成了别人家的庄基地，很快消失了，被新建的二层楼压在下边，不存在了。

"床"又飞到饲养室，又一个记忆出来了。爹和我光身子在饲养室。似遇鬼一样，饲养室里的驴受到一种惊吓，开始用蹄子胡乱刨挖，爹用棍

[①] 李喜林：《知了》，载《延河》2016年第9期。本文所引《知了》内容均出自此刊。

子打驴。后来，饲养室被新盖的房子占了。

"床"接着飞，飞到家乡涝池边。涝池边曾经有劳作的娘。"涝池干了，如同一张巨大的嘴，吞吃着土和瓦砾，吃满了，被楼宇压住，嘴依然张着。"涝池也正在消失。像大锅一样的涝池，被填了，也被楼房占领了。

涝池消失了。载着"知了"爹娘和"我"的"床"又开始飞向皂角树。而皂角树也正在消失，消失在没有声音的夜色里。

皂角树消失了，"知了"还得找树。村北有个古槐——象征村树和社树的古槐。寻找古槐树的过程中，原来固有的路径却不停地发生着变化，飞"床"找不到旧路，一下子撞在墙上。

古槐也消失了。"古槐终究被连根拔起了，在接下来的身首分裂、支离破碎中，一条黑灰色的如同钢铁般的路穿过来，古槐随之消失在路下。"尽管"我"和"知了"爹娘等那么多的生灵都在拼命给古槐加力，古槐最终还是被连根拔起——一条路过来了，一条坚硬的路，直直地过来了，把原来的古槐树压在了地下。村子的根、村子最后的印象，也被连根拔起，连渣渣都没有了，所有的东西消失净尽。

雍河是象征故乡的最后一条河流，是"我"的母亲河，原来有茂密的树林和水。"知了"爹娘说去雍河吧。飞"床"又开始飞了。故乡的老鼠等生物因为环境改观都没有地方依附，包括"知了"，所有的生灵开始大迁徙、大逃亡。而所有的动物都把飞"床"当成了挪亚方舟，都想挤到"床"上来——所有的动物，包括"知了"和小时候的麻雀都来了——以灵魂的影子出现了，"床"加重了，离地面近了。"床"承载得太多，甚至鼠类也蹦跳着想上来。"床"下面附着的一些生物被挤掉了。"床"变轻了。"床"又开始飞了，却只剩下了床板。

到雍河去的"床板"已经薄如蝉翼。而原来浩瀚、宽广的雍河也变小了。水也开始消失，变得很瘦很瘦。很快，雍河里连水都没了，雍河河床都能开车，雍河正在消失——这种消失是致命的消失！"床板"飞下去的时候，河里没有水了，水干了。我跟"知了"爹娘也坠落下去，刚好掉在树上。已经化身为知了的爹娘吸食树浆之后很快精神起来，但是"我"却渴得不行了！忽然想起雍河岸边，"我"和乖凤曾经待过的窑洞里可能储藏有水。然而失去雍河水的参照，唯一的希望窑洞已经找不到了。

小说里主要意象是"飞床"。众所周知，床是一个家庭里最基本的东西。有了床，才有男女，才有孩子，才有家；有了家，才有了村落和社会，才有了繁衍生息，才有了世界。"床"一开始在故乡后院那个地方，出现时悬在空中，就像阿拉丁神话中的飞毯一样，但是这个小说是写一个"飞床"。"知了"爹娘和"我"就栖身在床上。代表已故的亲人的爹娘以知了的形象在"床"上和"我"的灵魂相遇。在小说中，载着"知了"父母和"我"的"床"一直存在，一直在飞，我们共同经历了古老的乡村记忆被粉碎、消失的疼痛，共同承受了一种被撕裂的感觉。知了的主要特征是上树，"床"也就在树根和树杈上或飞或停。我们说，"知了"和"床"都是记忆中的东西，是乡村的象征。床和"知了"就这样建立起了联系，在不停寻找、碰撞的过程中，"飞床"变成"蝉翼"，最后也消失了。还应该看到，"我"（包括父母在内）在床上出生，最后也要在床上走向死亡，床是肉体和灵魂寄身之所，是"我"最深切的生命和生活记忆，就像脐带一样，"床"是连接"我"、父母和故乡的主要载体。人离不开床就如同而知了离不开树，其更丰富的意义在于，有爹娘的地方就有故乡。从一开始还完整的"床"，到遍体鳞伤的"床"，再到"床板"，再到薄如蝉翼的"床"，直到消失，其实正是"我"的精神被撕裂、灵与肉被煎熬、精神溃败的全过程。"床"最后消失了，"我"也魂销魄散了。父母也以"知了"的形式消失了。故乡原初的东西都不见了。整个小说对过去生活进行了怀念和追溯，写出了灵魂的破碎和无法释怀的乡愁。

（二）"知了"意象：故乡"故人"系列等的全息缩影

知了当然是小说中一个贯穿始终的意象。在小说中，爹娘是以"知了"形象再现的。"知了"爹娘出现时，是在后院飞旋起的床上。小说最早起于对已故的爹娘的怀念。爹娘分别居住在"我"的左耳右耳，以耳鸣声音形式存在于我的记忆中。小说中，爹娘先是在耳朵里居住着，有一天从耳朵里飞走了。在特定的梦魇中、特定的时间段，"我"以灵魂的形式和爹娘相遇。我们知道，知了首先以蛹的形式在地心蛰伏。雄知了发声，雌知了不发声，雌知了是雄知了的影子。知了离不开树，靠吸食树浆生存，不管在哪，主要在树上生存——树根或者树杈上。"上树"是知了的基本特征。作家紧扣知了特征，精细描画。生产队饲养室，爹身体呈"上树状"；涝池消失之前，千钧一发之际，"爹抓住了娘的手，娘上了我们的床，在我的另一侧，腿脚蜷曲着抓挠我像上树"。我们的床在去往古槐的途中左碰右撞，……爹和娘都打着寒战，"我"将娘搂在怀中……娘像一个小女孩依偎在我的怀里。娘的两道柳叶眉像蝴蝶扇动的羽翼，似乎随时会飞起来。古槐倒下之后，找不到栖息地的"知了"乱成一团，"庄子的上空飞满知了，知了与知了相互碰撞，看起来是一个个细小的影子，相互穿梭相互重合。"原来树木茂盛的雍河只剩下了残存的树木。"我们落在了一棵柿子树上，爹娘瞬间与树胶着，干裂的嘴唇紧紧黏贴在树干上，在啃树。"可以看到，作家处处围绕知了在写，"知了"爹娘原来依存的树、土地、水都不见了，被现代文明侵占了，就连他们自身也面临被捉被爆炒的命运。

我们说，"知了"是一个高度浓缩了的文化意象，主要指包括父母在内的亲人，也包括灵魂无所附着的"祖灵"们在内。小说完全将知了人格化，把写实和写意完美地结合在了一起。

值得思忖的是，本应该和爹娘一块变成知了的"我"却始终保持着人的本色，这就和卡夫卡的《变形记》迥异，表明了作家始终是以上帝之眼，在清醒地俯瞰农村，看故乡，看社会变迁，尽力想把自己的灵魂剥离出来，拉开审美距离进行观照，悲悯、同情不言而喻。"我循声望天，泪光中全是飞翔的知了和知了飞翔的影子。"在此，我更愿意把这段话理解为对父母的思念，对故乡美好生活的怀念，对当下被破坏的生命景象的一声控诉和叹惋！失去土地的"爹娘"们已经被异化了，活在煎熬中，而这种憋屈的不很优雅的活，也将遭遇危机！作家想念爹娘，想念家乡，怀念着过去和爹娘一块的亲情和无法回去的幸福岁月。

文末那些闪耀的手电光，也应该是外来力量的象征，包括革命在内，各种力量的介入，直接打破了中国农业社会那种和谐、宁静的生活局面，在加快发展城乡一体化的同时，我们忽然发现，我们已经失去了很多，比如醇美的人性，比如亲情，比如祖荫，比如总是想离开真正离开了却不时回望的心心念念的故乡……

（三）树意象：故土、故物等故乡之"根"的折光

除了"飞床"和"知了"，树是小说里浓墨重彩的意象。因为知了是昆虫，必须依靠树来生活。知了是从土里产生的，把卵产在土里以后，很快变成蛹，再变成小知了，贴在树上，靠吸食树浆而活着。知了离不开树。上树是知了的基本姿态，树是知了的环境，所以小说时时刻刻把"树"作为重要的描写对象。

"树"最初出现，还是"我和爹在后院悬空的床上睡觉，爹身体呈上树状"。后来，"夜还是那个色调，稠稠的，液化的，听不到任何声响了，树枝也许还有叶子，细微的窸窣声也没有"。

爹重新那样躺着，用粗糙带刺的手抚摸我的肩膀，手在说，崽娃子，瘦得像蚂蚱，靠近床的树枝也许还有叶子听到了，不远处的碾盘听到了，歪脖子槐树听到了，火晶柿子树听到了，桑树听到了……

碾场里什么也没有了……我将这些用心说给爹听，爹用手在我身上说的时候已到了涝池边的帽盔柿树旁，树梢在床的两侧，我用手摇了摇，树身在动，涝池周围的楮树、长在涝池中的柳树在动，爹用来推土的独木轮车在走动。

涝池里的柳树、村中的老皂角树、村北的古槐、我小时候摇过的椿树、雍河边"知了"爹娘临时吸取汁液的柿子树等都是很有意味的意象。至于原来浩阔的雍河岸边，更是树的绿色植物园：

> 河岸的林子密密匝匝的，杨树、枸树、槐树、椿树、软枣树、火晶柿子树、桐树、柳树、核桃树、楸树、榆树、桃树、梨树、桦树，还有不知道名字的树，相互交错，相互枝头搀依，荇草和芦苇长在河的浅水区。雍河两岸的树叶子回应了，桐树、柿子树、楸树、杨树、核桃树、枸树的声音是浑圆的，而柳树、槐树、桃树、椿树和芦苇、荇草的声音是悠长的。

可以看到，"树"就是"知了"爹娘的生存环境，代表着故乡那些与爹娘生活直接相关的风物，比如土地，比如房子，比如水源，比如空气，等等。随着环境的恶化，树的数量由多变少，由茂密变得稀疏，水分也由丰腴变得瘠薄，已经失去了以往的生机与活力。包括树在内，后院、碾场、饲养室、涝池、窑洞等都是"我"生命和生活中对故乡最深切的记忆，都是"我"的灵魂之"床"。可是，它们都消失不见了。我们发现，"我"在灵魂时空，在故乡，已经没有了一个落脚的地方，没有了"根"，无所皈依。其实，岂止是"我"，我们的祖灵们也在外飘荡，找不到可以栖息的地方——因为许多外力的介入，土地被占，祖坟被迁，清明节的时候，城里人要祭奠先祖，还得到城市公路十字路口小心翼翼地烧纸上香——那种深度的感伤、焦灼、痛苦、无可奈何的复杂情绪可想而知！小说中，作家把世界上消失的故土、故乡、故人等都异化为"知了"的形象，曲情尽意，主要用来刻画中国乡村之被现代文明摧枯拉朽地改变，以及神魂分离之凄凉现状，借助梦魇这种非常态的形式，将这种深切的思考巧妙地传递了出来。

飞床、知了、树三个意象交错使用，就使得小说结构松散之中显紧凑，平凡之中又有传奇，增强了小说的神秘感，强化了小说的梦幻基调和氛围。

二、奇丽魔幻的语言

《知了》小说的语言很唯美，是一种奇丽魔幻的美。它既是一幅抽象派的绘画，又是一部充满奇幻色彩的命运交响曲。

（一）绘画小说——一幅时代抽象画

小说没有镜像清晰的故事情节，作家凭借超拔的想象力，用变幻无穷的画面推进情感，体现意象，彰显主题。

《知了》小说画面感极强，而且画面直接刻画时代。一幕幕充满想象力的画面，把历史嬗变、时代变迁、神魂剥离等的各种疼痛触目惊心地呈现在了读者面前。小说没有按照情节推进，几乎都用画面推进。每一句话都是一幅画面。"我"乘"床"故乡巡礼的过程中，许多镜头、画面虽然一闪而过，但都是"我"生命中最雄厚的人文底色。开篇就让人如在画中，呈现出一种抽象的错觉。"我似乎是睡在楼层里"，就是模糊的不很清晰的画面，听到知了叫声，也是一种懵懂的感觉。知了轰鸣声"似乎带有隐性，好像有巨大的知了蛹在地心走动，又像是巨大的犁铧，在深而又深的黑暗里游弋"。"巨大的蛹""在地心走动""巨大的犁铧，在黑暗里游弋"，想象力超凡，画面形象可感。从语言艺术来讲，都是抽象的画面，而且是跳跃式的、互不关联的画面，就像抽象的诗一样。

"我翻身""爹和我光裸着""娘在箩面"，涝池张着嘴，扑簌簌落下的知了、正在被"车裂"的古槐、爹娘在地里劳作的场景、雍河岸边张开大口的窑洞、知了飞舞等等，都是瞬间镜头的撷取，一直是画面，好像是写实，却完全是写意。作家把那些画面用抽象的语言艺术组合起来。一个床上躺着、脑袋里翻江倒海、在狂乱地想象的形象跃然纸上。

如果说以前李喜林作品是水粉具象画，现在《知了》小说就是抽象画。作家好像手拿一把刷子，以思想为画笔，以语言为染料，在打翻的颜料盘里胡乱涂抹，白描彩绘，墨线勾勒，意到笔随，处处都是画面，惊心的画面，像意识流一样漫漶流动的画面，泥沙俱下却风起云涌，煞有介事却又模糊不清，给人一种捉摸不透却蕴藉无穷的感觉。这些画面形成了各种形象，使得作品无迹可寻，大象无形。一定意义上，《知了》小说画面是MV，而不是定型的油画。又如：

  我爬上墙，跳到壕里，轻飘飘下去，没有风与耳畔的摩擦声，又一个反弹跳到墙上，见月光灿灿，爹正和二哥在推碾子，我帮着推，爹膀大腰圆，迈开大步像一匹壮驴，二哥比爹低一个头，我比二哥低一个头，爹走得快了，我在碾棍的外面一路小跑。娘在近旁箩面。

多么富于生活气息！多么幸福诗意和浪漫！

  我看见了村北头的古槐正陡然高耸，一个庞然大物将钢绳套在它的脖子上试图连根拔起，古槐庞大的根系在发力，与那个庞然大物拔河般撕扯，一忽儿古槐松动的根须在一轮博弈中站稳，一会儿被庞然大物又拔高了些许，爹娘的手随着一轮又一轮的拔扯正在我的肩膀上跟我一起给古槐加力。土地在颤栗，那些田鼠、野兔、蚯蚓在地下给古槐给力，古槐上扯网的蜘蛛给古槐给力。

这巨树和庞然大物就像魔幻的巨兽在争斗，显然完全是一种神性的张力。

  床不断被撞击，床架子不是撞在石头般光滑的墙上，就是被撞在屋脊上，床显然很痛苦，但听不到呻吟声。很快我发现床架子已经没有了，一片床板似乎因为减轻重量，倏然飞起来。

床很痛苦？！这完全是人的感受么！作家通过画面的不断闪现、叠加，构成了层层立体的画面之网，整体给人一种强烈的视觉冲击力。

而且，看似毫无联系的抽象的画面，却有所关联，都是"我"过去的生活现场，都是我关于故乡的清晰记忆，都吸附在"乡愁"和"挽歌"的神魂主旨之上。应该指出的是，小说中所有的人事都是李喜林前期一些作品——诸如《生涩的火晶柿子》《乡村的诗意和浪漫》等中的场景，作家打破了原来用写实再现小说语言的局限，将自己乡村书写的能力和话语爆发力发挥到极致，把自己熟稔的纷繁的艺术元素重新进行抽象的组合，创造出了一种全新的陌生化的小说语言形式，开创了新的语言艺术天地，给我们描绘出了一幅水深火热、鲜活生动的乡村生活时代嬗变的抽象画。

（二）音乐小说—— 一部命运交响曲

我们明显感觉到，《知了》是一部音乐小说。阅读中，文字里的音乐旋律贯穿始终，时而缓时而急，时而动时而静，时而强时而弱，有静水潜流，有波涛汹涌，裹挟着寻根追魂的情感奔涌，形成了立体声音协奏曲，是回乡安魂曲，又是一首融会了个体生命在历史前进的水流湍急中挣扎、彷徨、感伤、悲怆的命运交响曲。整个小说乐感很强，各部分基本都以音乐形式出现。小说名为《知了》，本身就奠定了一种独特的氛围。一般说来，"知了"发出的声音都并不是怎么快乐的声音，甚至很悲苦。知了知了，好像什么都知道，全知全能，是一个变形的灵魂之音的意象。

小说一开始就是声音，因为知了本身就是声音意象。爹娘在梦魇中出现了之后，声音听不到了。到后院就已经听不到了。正如小说所写：

> 夜还是那个色调，稠稠的，液化的，听不到任何声响了，树枝也许还有叶子，细微的窸窣声也没有。我对爹说话，我自己都听不见，只能说给心听，心再说给爹听。爹要坐起来，很费劲，我扶爹起来，似乎没有扶得起，爹重新那样躺着，用粗糙带刺的手抚摸我的肩膀，手在说，息娃子，瘦得像蚂蚱。靠近床的树枝也许还有叶子听到了，不远处的碾盘听到了，歪脖子槐树听到了，火晶柿子树听到了，桑树听到了，矮土墙的地窨听到了，土墙外的大碾盘听到了。碾子在转动了，但没有声音。那一块地方三面靠土墙，一面靠深深的土壕，我爬上墙，跳到壕里，轻飘飘下去，没有风与耳畔的摩擦声，又一个反弹跳到墙上，见月光

灿灿，爹正和二哥在推碾子，我帮着推，爹膀大腰圆，迈开大步像一匹壮驴，二哥比爹低一个头，我比二哥低一个头，爹走得快了，我在碾棍的外面一路小跑。娘在近旁箩面，一个大蒲笸里面架二根光溜溜细棍，竹箩盛上碾碎的粮食，在二根细棍上面来回反复。娘在箩面，手指间或阴柔的一弹，只是没有声音。

我听不见自己的说话声，父亲的声音也听不到了，娘在涝池边洗衣服的声音也听不到了，就用手在说话，用眼睛说话。

作家用魔幻的手法，把音乐性的东西都转化为一种动态的东西。比如娘在涝池里洗衣服，声音就听不到了；用棒槌砸衣服，没有声音；娘在箩面，没有声音，弹出来的却只是音符；知了落在涝池里，也是无声无息。娘洗衣服，两个月亮也是以动态出现。月亮在水里，娘在水边，水里就两个月亮，一扭一扭地在说话——作家已经把音乐完全转化为一种情境性的东西。小说一直贯穿着这些东西，到古槐下也是，雍河里也是，窑洞里也是……可以说小说是一篇有关声音的小说。

其实，知了的声音并不是小说主要想表现的意象，不是主旋律，知了也只是作为一种背景出现。音乐元素直接指向命运。人物的命运，故乡的命运，中国农村的命运！整个小说就是一曲音乐，一曲沉重的交响乐。起承转合，动静自如。突然间飞沙走石，突然间寂静无声。一会泥沙俱下，一会舒展悠扬。有张有弛，有声有色。感觉作家好像一直沉醉在音乐的想象中，完全走火入魔样狂奔，写出来的。读这个小说，不由得想到了贝多芬的《悲怆》。最后，"我"给"知了"爹娘说：河边有烤肉架子！当看到这里的时候，悲凉、悲伤与泪光画面叠加，再与音乐连接在一起，让人极度震撼！

（三）现代"乡愁"的创新表达

乡愁是全人类共通的精神生态，也是人们永远无法克服的情感指向。在中国，对中国农村现状关注的作家很多，写乡愁的也有，但大多都是从正面切入。这篇小说却独出机杼,选择了"梦魇"形式,从而把天地连接,把阴阳打通,把生死超越了。

众所周知,梦是现实的折射。梦境和梦魇是作家创作的核心地段,可以直达人心。对好作家来说,要尽量用作品把人的内心、灵魂唤醒,振聋发聩。梦一般都很惊心。从梦境里出来,人的心往往嗵嗵直跳。我们知道,在生活常理上,就不可能有飞起的床,但是在梦境中,可以把小说的长度、宽度、维度、多角度都进行艺术地实现。与记忆叠加,小说的格局和气象就有可能走向开阔地带。可以说,作家在梦境中获得了空前的自由。一般的现实主义、写实主义小说,要求有一种生活的逻辑,表象上不能有变形、夸张等,但现代性写作就可以。这就是我们都公认的:作家一般都是精神疾患者。一定意义上讲,如果作家正常了就没有文学了。卡夫卡的《变形记》已经成为经典就是证明。无独有偶,作家残雪也写过一篇《与人为邻》,也是以"喜鹊"的目光巡礼身边的人性嬗变和社会的变迁。不过,残雪选择了一个相对静止的"喜鹊巢"意象,写得比较明亮,写阳光下的罪恶;而《知了》选择运动着的"飞床"意象,写夜幕下的梦魇,直接就是一个梦魇。两个作家同样用非常态的方式在把握时代的脉搏,这不仅仅是一种巧合!

《知了》小说很短,但是结构相当宏大。不仅声音作为小说审美中很重要的一个元素渗透在字里行间,画面更增添了小说的兴味,另,"知了"只是作品的壳,而正在被湮灭的农耕文明才是作家真正要彰显的内里。此外,知了还叫蝉,蝉通禅,这就自然使小说带上了一种神性的东西,和佛有联系。小说的哲学意味也很浓厚,写存在中的存在,存在之上的存在。结尾更是充分贯彻李喜林近年对中国现代主义小说写作的探索理念:好小说必须首先要有文学地理,其次其主旨必须指向虚无和模糊、多元。比如古槐这个意象,我们知道,古槐是村魂,村魂往往与树连接,树总是根植于大地。而象征着"村魂"的古槐竟然也被连根拔起,说明本篇小说直接就是乡土社会的一曲哀歌、挽歌。看惯了平铺直叙的小说,一定意义上对那些只讲故事、没有思想的作品敬而远之，李喜林却剑走偏锋，以"梦魇"进入，直接与当下乡村题材小说写作的粗鄙化、简单化形成了明显的对比，让人眼前一亮，精气神重新振作了起来。

李喜林以前写的小说我都系统读过，最能代表他水平的就是《映山红》和《生涩的火晶柿子》。前期作品较清新，主要偏重对人物内心、灵魂的裸裎。《知了》这个小说完全与李喜林以前的写作风格大相径庭。相比于以往，水深火热的飘逸之中更显沉重，可以称为颠覆性的全新的建构性作品。我经常把作家写作分为两类：匍匐式和眺望式。但这篇小说直接是"飞起来的"。虽然短，但是把作家之小说创作观点、意识、理解全部凸显了出来。以前没有读过李喜林小说的理解起来可能不容易，但是这个小说完全可以单独成篇。

总而言之，这篇小说手法新颖，意义非凡，质量上乘，是一篇难得的好小说，让人惊喜，耐人寻味。

原载《延河》2017年第3期，原题为《在故土之上——评李喜林小说〈知了〉》

《贞节碑》：一篇堪称完美的"写意"小说

——程丹小说论

好些年不曾有过如此新鲜刺激的阅读感受了，这绝对是一次绝佳的审美体验。程丹将她的六千多字的《贞节碑》①（第四届全国包商银行杯优秀征文奖获得者）短篇小说作业交到我手上，读过之后我是相当地震惊和沮丧。我震惊的是这绝对是一篇堪称完美的象征手法写就的小说，在给大学生推介的时候，我压抑不住自己的激动心情，连用十六个字进行了评价：思维缜密，选"象"准确，文笔老辣，叹为观止。紧接着我又说道："小说质量与当前一些当红作家早年探索之作不相上下，其操作成熟度、思想穿透力、深广的社会辐射力堪与获'鲁迅文学奖'之短篇小说相媲美。"沮丧的是，这样的小说绝对不会出自大一新生之手，其"原创性"值得怀疑。甚而至于，我还说了以下的话："如果真是2011级学生写的，我把自己眼珠子抠了，或者自动离职下岗。"

可是，事实就在眼前，这篇小说的的确确是我的学生写的，是一篇被我"逼"出来的小说。……我的学生当然心疼我："老师，不能要您的眼睛，您还要给我们看作业；您也不能离岗，我们都喜欢您。"最后以罚我请吃一顿饭了事。

---

① 程丹：《贞节碑》，见冰峰主编《2013中国高校文学作品排行榜·小说卷》，漓江出版社，2014年，第213—218页。本文所引《贞节碑》内容，均出于此书。

那么这篇小说究竟好在何处？

第一，小说立意深刻高远，有普遍的人类价值。

高远，是作品对物质功利的超越而奔向精神追求，是由自我超越，奔向人类宇宙，表示人的主体心灵的逐级升华；深刻，是对形式、现象最终原因和本质的探寻，从而表现出一种独特的眼光、智慧和水平。

如果说写作重在传情写意的话，那么散文侧重传情，小说则重在写意。一般来说，小说的写作目标不外乎展现或讽刺某种现象（生活），表达某种思想认识。作者没有选取大学生比较关心的亲情、友情甚或爱情题材，而是选取了"贞节碑"这个独特的好像正在远我们而去的社会文化意象，精描细绘，缘"象"生发，表现出一定的眼力、智慧和水平。小说写的是一个逃荒女麦青的悲剧爱情（婚姻）故事。但不只是写贞节碑，而是透过"贞节碑"意象往回回顾，蠡测人性，透析人情，把脉社会病象。小说淡化写作年代，是想告诉我们，这个贞节碑不管其真正有无，曾经或正在桎梏人们的头脑，人们脑子里的封建观念是不会因为时代的变化很快调整消亡的。小说虽然写的是南玉村一个村子的事情，但是可以管中窥豹。读者明显可以感觉到，"南玉村"分明就是农业中国的缩影。反观中国这个农业大国，传统封建思想之遗毒贻害无不如是。经济的突飞猛进并不能遮蔽人们迟滞虚弱缓慢之精神进程。在全球化背景下，"中国"这个相对落后的"世外桃源"，其影响社会进程的落后观念、固有力量又有几何？！目之于宇宙，整个人类自身生存发展的思想瓶颈又有多少？！《贞节碑》小说的主要的深刻的意义在于，作者用相对婉约的文笔为我们描绘出了农村这个相对薄弱地区人们的困窘精神生存样态。作者通过小人物的悲苦遭遇警示我们，观念革新势在必行，压抑人性的悲剧不能重演。无疑，这就和其他小说迥然有别，具有了一定的普遍价值。

笔者最感兴趣的是小说的结尾部分，小说没有走中国作家小说创作"大团圆式结局"的老路，没有让有情人"私奔"终成眷属。我们说，这个创意相当冷峻而大胆。对于常年待在村子里，甚至没有出外打工意识的男性村民虎子,想让他抛弃一切,主要是道德伦理,去争取爱情,有一定难度;对于曾无家可归,终于有了家而且爱家,热爱在麦田里劳作的女性——麦青,破釜沉舟、追求真爱的可能性也是微乎其微的。作者这样写,我认为是符合生活逻辑的。在中国尤其是农村,各种类型的封建观念还在吞噬着人们的身心,改革的步履维艰。这种状况将在一定时期持续下去,暂时是不会完全改观的。在此,作者如实叙写,旨在引起疗救者的注意,其殷殷苦心真切可见,体现出可贵的问题意识和精警超前的忧患感。

第二,小说叙事流畅,尤其是运用了三段论的艺术手法,结构完整,情节环环相扣,匠心独运。

小说开端采用倒叙方式,为我们设置一个悬念,"听说南玉村要立贞节碑了"。采用的是"我"(小说中的一村妇)第三人称从旁叙述的方式。"碑子是给一个叫麦青的女人立的。"从这里开始,小说缓缓展开叙述,"麦青""黑牛""黑牛娘""八婆""虎子"依次出场,开始"展演"。麦青是谁?为什么要为她立碑?谁为她立碑?交代完之后,又回到立碑现时态,碑子立成了,麦青和虎子的爱情被成功剿杀了,村子里的传统力量获得了胜利。起于立碑,终于碑成。人物出场有序,叙述流畅,环节衔接到位。其中,"我"作为旁观者目睹了整个过程。小说开头、小说中间、小说结尾部分,"我"的上帝之眼始终在默默注视,忧伤悲凉无奈不言而喻。

中国人重三、崇三,许多世间人、事、物均与三及三的倍数相连,构成三段原理的延伸与反复。"连中三元""三生有幸""一生二,二生三,三生万物"等就是"崇三"思想的体现。表现在文学创作上,民间文学作品"故事事件的发展多按三个阶段、三次经历、三种考验、三次危险、三个难题以及人物上的三兄弟、三姊妹、三女婿等,它构成连锁式结构,在故事学上显示出其独特的意义"[①]。这种民间叙事的哲学背景就是

---

① 张紫晨:《民间文艺学原理》,花山文艺出版社,1991年,第155页。

人类祖先对"三"的喜好与推崇。正因为有浓厚的哲学传统做背景，符合国人的审美习惯和思维特点，叙事三段论一经发现，就广为运用，逐流成潮，成为一种民族叙事的基本模式。小说很好地使用了三段论叙事方式安排情节，刻画人物。麦青是一个逃荒女，一个无根的漂泊者，嫁给了一身蛮力的黑牛，希望从此过上安稳日子，而黑牛的矿难暴毙打碎了她的幻梦。"天塌了"而成为寡妇的麦青，却意外地收获了虎子的爱慕，从虎子热烈的眼睛里，她感觉到了温暖，感觉到虎子身上可能有自己需要的东西，或者就是爱情。可是，"贞节碑"却死死地"镇"住了她，也"镇"住了麦青的情人。小说在情节设置上巧妙地使用了"无家→有家→家成为枷"三次递进性变化，艺术地表现了人物悲苦的命运。其实，嫁给黑牛后，麦青很想做一个好媳妇。正如小说所说："成亲后的麦青成了一个好媳妇，大清早的起床给丈夫婆婆熬一大锅玉米糊糊，再热几个高粱馍馍，夹一小碟又辣又酸的腌菜。日子过得舒舒服服，稳稳当当。"可是天意弄人，黑牛的暴毙、虎子的出现，使得麦青一个寡妇也开始有了想法。最后在公婆黑牛娘和村里神婆八婆的干预下，麦青和虎子的爱情也流产了。作者在情节设置上又使用了三段论手法，麦青从"守贞→不贞→守贞"的心理变化昭示了封建伦理观念对纯美人性的扼杀逐层加深，威压也是愈来愈大——反抗无望。围绕麦青，在其他人物形象塑造上，小说也清晰地使用了三段论手法，如黑牛娘对麦青的态度由开始的喜欢并让黑牛"娶麦青"，到后来因麦青未生育"打骂"麦青，再到立碑"镇压"麦青，这种"娶→打骂→镇压"的变化直接反映了其色厉内荏的本质。虎子对麦青的感情也经历了一个"护（劈柴动作）→追→弃"由"热"到"冷"的转变过程。这种三段论艺术手法的使用，使得小说一波三折，锦线串珠，推动小说情节滚动性向前发展，充满着无穷的韵味，体现出了小说表意含蓄的特点。

第三，人物特征鲜明，各有性格。

小说主要任务就是刻画人物形象。《贞节碑》中的人物形象丰满，呼之欲出。主要因为作者采用了比较高超的写作艺术。具体地说：对比手法的出色使用使人物形象鲜明，强弱判然，引人思忖。

小说主要用力于三组人物的对比。一组是八婆、黑牛娘与麦青、虎子的对比。八婆代表农村传统"神权"强势势力，黑牛娘代表"家长制"世俗强势势力（和陈忠实《白鹿原》小说中白嘉轩代表传统"族权"，鹿子霖代表底层"政权"对田小娥的威压异曲同工）。八婆和黑牛娘合作立碑成功，说明了麦青和虎子的弱势。其实，八婆和黑牛娘作为女性本身就是传统封建势力的牺牲品，她们自己却不自觉悟。黑牛娘看准麦青做儿媳妇，原因很简单，就是生殖崇拜，"圆滚滚的屁股……，这个女人肯定能生胖小崽子"，因为麦青没有怀下孩子就随意打骂，"女人就是传宗接代的，不是白吃饭的"，"在她看来，麦青注定了这辈子都是黑牛的女人。这就是女人的命"。无疑，她认命。要给麦青立贞节碑，却遭到麦青的质疑，她很诧异，说"咋啦！你还不愿意啊！你能有这个碑子可是我给你一手争取的，多少女人争了一辈子都没这个福气呢，你知足吧"，感觉"麦青这个女人真麻烦""这个女人真不识好歹"。"黑牛娘这样想到，同时想到了自己大半辈子是这样活过来的，在她出嫁的时候，爹就给她说女人最重要的就是贞节二字，另嫁的女人是要一辈子被人瞧不起的。她谨遵爹的教导。而现在麦青竟然想要违背祖先传下来的妇道，这不仅会让自己在村中抬不起头来，更是对自家的一种羞辱，败坏门风。"牛气哄哄的黑牛在娘面前却极其温顺，"娘的一个眼神，就让黑牛明白了娘的打算，顺手就揪走了那把狗尾巴草"，出去打工，一定要给娘捎信报平安还寄回钱。娘打骂麦青，黑牛却只是埋头往嘴里扒饭。可见，黑牛对娘的家长权威向来比较服膺。在娘面前，黑牛就是另外一个焦仲卿，而麦青必然就有了刘兰芝的味道了。八婆也是这样，当黑牛娘说"如果立个碑子看麦青还跑不"的时候，"八婆猛地想了起来，麦青这样标致的女人是得防着点，要不然丢的是村子的脸"。可见八婆和黑牛娘所受封建思想束缚之深，她们不仅不觉悟，反而"为虎作伥""助纣为虐"，充当了逆潮流而动、螳臂当车的软弱可悲角色。

一组是虎子和村里男人的对比。虎子身材比较高，一身力气。和村中男人相比，虎子是一个比较独特的角色。他不愿意随便找个女人娶了。他很有自己的思想（主见）。黑牛还健在的时候，暗地里喜欢麦青的虎子，用"劈柴"的方式表示自己对麦青的喜欢和好感，用劈柴声压倒别人嚼舌根说麦青坏话的声音，而且不怕别人知道。村中男人明白了他的心思，只能骂句"狗日的"。但是虎子是一个守规矩的人。黑牛在时，他把对麦青的好感放在心里，黑牛死后，虎子马上显现出自己的男人本色。别的男人去献殷勤被黑牛娘唾骂，虎子却像狗一样"下暗口"，来实的，而且看准了就做。不仅帮麦青家割麦子，而且还挑水，直至把所有的活全揽了，别人插不上脚，直到偷帮人家耕地被麦青发现。从小说描写来看，麦青也是喜欢（或者不拒绝）与众不同的虎子。虎子战胜了村中众多的"情敌"，他是强势的，可是就是这样一个孤胆英雄，最后也被"贞节碑"打败了。"虎子像是变了一个人，他会在男人堆里喷着呛人的旱烟，吐一口痰再扯着嗓子说笑。"懦弱的虎子放弃了自己来之不易的爱情，重新"归队"。与其说虎子败给了黑牛娘和八婆，毋宁说他败给了根深蒂固的封建伦理。

此外还有黑牛自身的对比。"黑牛长大后越来越像一头耕牛，浑身都透出一股蛮劲。"可以说黑牛剽悍劲大村人公认，所以他能顺手就"揪"走了麦青那把狗尾巴草，娶到了天仙一样的麦青。虎子在黑牛在世时不"骚扰"麦青，一方面是伦理原因，忌惮于黑牛健硕身体也是原因之一。可是，身体像超人的黑牛却一直没有办法让麦青的肚子大起来，使得三代单传从这里香火要中断。就是这样一个壮汉，矿难被砸死后死相惨烈。"整个人就那么瘦成了一片轻飘飘的干燥的槐树叶，肌肉骨骼仿佛都被压得贴在那副担架上。原本黑红的脸庞变成了惨白一片，嘴角还留着一抹黑红干掉的血色，眼睛竟然还半睁着，那充血的眼膜上残留着对未知的恐惧。"在死亡面前，这个壮汉竟然也是那么地无助和脆弱！

小说中还有麦青和村里女人的对比等。冰清玉洁、楚楚可怜的麦青最终也沦落得和其他村姑一样，环境的同化对一个人的生存发展的致命性影响可谓大矣！小说用黑与白、明与暗、热与冷、强与弱等比较元素，在反差中呈现人物的质地。可以说，这些对比手法的使用，凸显了人物性格，有力地烘托了主题。

第四，选"象"含蓄有深意，而且与人物命运密切关联。

小说在选"象"方面，可谓准确机敏，显示出过硬的写作功底。

贞节碑："贞节碑"是小说主要的关键意象，是贯穿全文的主线。小说中的贞节碑是传统力量的象征。众所周知，中国人名节观念向来很重。家庭中男尊女卑，重男轻女，讲究三从四德，实行家长制、夫权制，以封建伦理维系家庭结构，名节就是伦理关系中重要一环。在中国，女性承担了生育和延续香火的责任，长期处在附属地位。在三从四德等封建观念的钳压下，女性备受煎熬。按照传统封建礼教的观念，女子出嫁后，她的一切，包括身体都不再属于自己，而是丈夫的私有财产，即使丈夫死了，这种隶属关系也不会改变。妇女这样的地位决定了她们必须在感情和肉体上绝对忠于丈夫。"身不可更，心不可转。或贫而生，或缢而死。"（礼记·内则）贞节碑主要是为烈女所立。何为烈女？烈女，方志上解：刚正有节操的女子。封建社会也称不愿改嫁或被侵辱而殉身的女子为烈女。如清代王如玖在《直隶商州总志》中说："商属烈女较他志为独多，可以征商俗之贞而不淫矣。"[①]自古以来，中国官方对保持贞节者比较支持，甚至旌节表彰。在王如玖编纂的《直隶商州总志》中收录的有名有姓的烈女就达六十多个，各自守节（抚孤）二十至五十年不等，平均守节四十多年，其中守节（抚孤）终身的有多人。而不守贞节和妇道者，会受到全社会的唾弃。一个地方贞节烈女越多，说明该地封建势力越强大，桎梏人性的力量越强大。可以看到，小说中的贞节碑如同《白鹿原》中的砖塔一样，也是一座"雷峰塔"，"镇"住了村中的"异类"，彻底湮灭了精神

---

① 王如玖编纂：《直隶商州志》卷十二，陕西人民教育出版社，1992年，第335—338。

之火。

麦子：小说中，"麦子"意象和麦青命运相对应。开篇就写麦子拔节的季节，一个与麦子有关的女人，以及她与麦子有关的故事，一个本应该有收成却歉收的故事。不同的是，开始是麦青在看着别人村里的麦子，结尾是她在孤身收获着自己的麦子。麦子返青时节，麦青这个不知从何处飞来的"麦粒"机缘巧合，成为黑牛的女人，想在此地扎根、开花。可是不争气的丈夫（或者是她自己）却使她不能做一个完整的女人，只能是一棵青青的"麦苗"。黑牛死后和虎子的爱情，可以说是上苍眷恋让麦青这个麦子结的"麦穗"，可惜"麦穗"还没成熟就被打落了，麦青又成了光秃秃的"麦秆"。而"麦青真的……就像死了一样"的句子，融入了一个弱女子多少痛苦多少辛酸！

狗尾巴草："狗尾巴草"是最常见的一种草。它柔弱、纤细，随风摇摆，和命运无法自主的麦青一样。麦青的痛苦根源主要是其"藤蔓型依附"人格，就像一个提线木偶，她的一切总在别人的摆布与操控下。正因为麦青是个温顺的女人，所以隐忍、承受是她的特点。为了有个家，她可以忍受黑牛娘的打骂；为了能在南玉村活下去，她不得已接受了立贞节碑，而且清心节欲，开始一个人割麦子。麦青就是一个普通的农村妇女，尽管她长相标致，还穿的确良，戴耳坠，她也只是一个农村人。

大槐树："大槐树"是中国文学母题中一个较有意味的文学意象。一般和故土、根等相关联，与移民和游子文化勾连。"问我祖先在何处，山西洪洞大槐树。祖先故居叫什么？大槐树下老鹳窝。"（民谣）小说中，大槐树意象总共出现了四次，大槐树是南玉村信仰之树，是南玉村人的根脉所在。麦青逃荒来到南玉村，刚开始就现身在大槐树下；黑牛去矿山打工，出发前家人在大槐树下为他送行；黑牛横死他乡，"整个人就那么瘦成了一片轻飘飘的干燥的槐树叶"，乡俗横死者尸体不得进屋，只能摆放在大槐树下；最后一次小说这样写道："麦青没再说话，她知道黑牛娘跟八婆的能力。这个村子是她唯一的立足点了，打她站在大槐树下就没精力再离开了。"可以说，生活在南玉村的麦青已经认同了大槐树，也把它作为自己的精神信仰和支撑。"没精力再离开"这句话意味深长，不用追究麦青来自何方，以前的麦青肯定生活得极其不理想，可是现在又能好得了多少？强烈的内在归属（皈依）感和恋土家园意识窒息了麦青和虎子的爱情，也让人世间多了一些喟叹！

小说中还有一些耐人寻味的意象，诸如"劈柴"的动作意象，虎子把自己的爱意和对麦青的关心都体现在这个动作上，让人忍俊不禁。还有"耕地"意象，在小说中它一方面写实，写虎子帮麦青家耕地，另一方面写意，正是在耕地之时，麦青和虎子萌动了爱情。正是因为帮人耕地，虎子和麦青的爱情被黑牛娘撞破，最终被封建势力联合绞杀。应该指出，作者运用意象的能力相当高超，麦青站在大槐树下，人们除了注意到她雪白的的确良衣服，还注意到她戴的耳坠；虎子偷帮黑牛家耕地，被麦青发现，"别老是一个人扛着，我就是有一身的力气，平时还是可以帮一点忙的，虎子盯着那副闪闪发亮的耳坠鼓足勇气说道"。"耳坠"已经成为麦青的象征。而麦青一想到虎子，首先想到的是虎子那双热烈的眼睛，那里面有她想要的东西，热情真诚关心等等，"眼睛"已经成为虎子的代表。还有眼泪意象、手绢意象等，都和作品主人公言行性格相对应。可以说，在意象的择取和提炼上，作者比较用心，体现出较强的生活感悟素质和独特的生命审美体验能力。

第五，环境叙写有味道。

毋庸讳言，这篇小说环境描写是相当成功的。麦青初次出现时脱俗惊艳的神采，村人的围观议论，还有后边村人对她被黑牛娘打骂相对"虚假"的同情，都告诉我们，一个天生丽质，充满活力、朝气和梦想的女人是怎么样被一步步拖入世俗的泥潭，变成一个"活死人"的。黑牛娘、监督立碑的村长以及八婆分别代表的是村子里的世俗权力和神权，"不能丢村子里的脸"是他们处事的原则之一，其身边的村民一定意义上成了"吃人的"封建礼教的帮凶。他们都是封建礼教在农村的化身和载体，是顽固

的影响社会进程的力量象征。小说是这样写的:

> 一年都过去了,麦青的肚皮还是扁扁平平的不见丝毫动静。黑牛娘也说得在理,把一个要饭的让进家门就是让她传宗接代的,不能让她白白地吃饭呢。听的人都明白了,一边不住地劝黑牛娘一边走开去赶地里的活,再看见麦青时就有八婆跟几个妇女拉着她的手问东问西,翻开她的衣袖看着那些紫青的抽痕,八婆说到气愤处还会往地上吐一口唾沫,眼神里全是不屑。然而在别人家的饭桌上这又是一道谈不厌的话题,女人们就是这样一面陪着麦青说着宽心的话一面瞅着自家的孩子暗自庆幸。男人这时候大多数都是沉默的。

可以说,麦青的悲剧也是全体村民自身的悲剧。开篇第一句"作为南玉村庄的人,我一直为那个女人而自豪"。"立碑"在"我"这个旁观者眼里也是值得自豪的事,其他人更不用说了。什么样的环境生成什么样的性格,两情相悦的虎子和麦青,最后也选择了放弃。虎子虽然是村民中独特的一个,但他只是一个村民而已,他不是路遥笔下的高加林、孙少平。"农民精英"高加林、孙少平比较理性,还知道自己需要什么,而虎子相对比较盲目、冲动,他的很多做法基本出于本能。麦青也不是路遥笔下美丽的村姑刘巧珍,尽管在"被抛弃"这个层面上二者有相似性。她只是南玉村村民之一。小说告诉我们,是环境改变了人,人最终也适应了环境。农村社会就这样缓慢前行。个人的反抗终究奈何不了庞大的世俗的力量。启蒙和救赎的任务还是很艰巨。

一切景语即情语。作者在主客观交融意境的营造方面比较成熟。"一想到那个女人,我四月极其暖和的天里竟然打了一个寒颤,只不过让我感到寒意的是她的丈夫,黑牛。"后边黑牛尸体被抬回来时,"当村里的长辈验尸的时候,我从人缝里看到了一眼。就是那一眼,让我在六月的天里浑身打了一个冷颤,从此就忘不掉了"。一个"旁观者"尚且打着寒战,而村子里的其他人却无知无觉。死人或立碑对村民来说,已经是很平常的事了，日子还是得慢腾腾地朝前走。

再如，黑牛打工走后，"村子周围的麦子都吸足了水分，长得粗粗壮壮绿汪汪的一片，若是起风了，人往地头一站竟然也会晕眩。整个儿空气都变得清清亮亮，透着一股新鲜麦叶的淡香味儿。这样的季节是最养女人的，特别是麦青这样安静的女人。黑牛已经走了好多个月了，只托人带回来几个口信说一切都好，还捎了五十块钱，被黑牛娘用红布缠得紧紧的压在她那个漆黑的枣木箱子里"。麦子在成长，生命力旺盛的麦青她也有欲求，可是这样的女人除了独守空房、干枯青春她还能干什么？！人说商人重利轻别离，农村男青年除了挣钱孝敬父母，还有几个人会关心自己的妻子心里想什么？她有无幸福感？只怕黑牛稍微对麦青献点殷勤，黑牛娘这个新社会的"焦仲卿母亲"就会捶胸顿足："花喜鹊尾巴长，娶了媳妇忘了娘。"

当黑牛娘发现了虎子和麦青暧昧的爱情，她感觉"突然间有种悲凉铺天盖地，淹没了她的整个身体"。她悲凉的是麦青竟然不守妇道。而当和八婆立碑计谋确定，却"喜色充满了她整个身体"，原来是终于找到了阻滞的办法。无论是悲凉还是充满喜色，都与维护封建伦理观念相关。作者寥寥几笔，就把黑牛娘这个"卫道士"的形象活化了出来。

还有当麦青听到有人竟然要为自己立碑，"天好像有些暗了，麦青抬起头看见一大团的云像一个白色的大鸟正在飞速地掠过头顶，在地上留下一大片的暗影。牛在远处哞哞地叫着。周围静极了。眼眶变得有些潮湿，麦青觉得，这简直奇怪极了，自己竟然还能流出眼泪，原以为在黑牛回来的那天晚上早就流光了"。简直是晴天霹雳！活脱脱地把麦青不敢相信却不得不相信这个事实的痛苦心情写了出来。

此外，作者写麦青和虎子交往后幸福的情景，都充满着诗情画意。这种短暂的幸福却给麦青带来了终生的烦恼，这种以乐景写哀的手法，更增添了小说的悲剧气氛。

最后，小说的语言老到、成熟、传神、形象，充满着质感和张力。

如写麦青看到黑牛尸体后的悲伤,"麦青只看了那担架上的人一眼就转身进了院子,我看见那一长串晶莹圆滚的眼泪簌簌地落在松松的土地上,砸出一个个小坑。对于这个异乡的女人来说,丈夫就是整个儿天空。现在,天塌了"。"砸出一个个坑",说明麦青是真伤心,她是热爱自己的丈夫的,把丈夫作为自己的生活支撑,可是未来又在何方?

还有,作者写黑牛和麦青的结合,仅用了一句话:"顺手就把这把狗尾巴草揪了"。一个"揪"字,形象含蓄,黑牛的粗鲁、麦青的柔弱淋漓纸上。

整篇小说运用的是纯粹生活化的语言,每个人都有相对应的话语风格,让我们如闻其声,如见其人。同时,整个叙事节奏舒缓,文笔冷静中又有飘逸的感觉,这种以轻写重的手法更突显出了主题的沉重。如作者所说,"用最冷静的笔调来讲述一个悲凉的故事",让人读后心情久久不能轻松。

总而言之,《贞节碑》是一篇极富象征意味的佳作。其内蕴丰厚,题旨鲜明,借象征意,充分显示出作者高超的生活感受和艺术把握能力。我希望作者能以此篇小说写作为契机,在写作上再创新的辉煌。

选自《"文学陕军"文本细读的批评实践——以〈秦腔〉等为例》,陕西人民教育出版社,2018年

一首情感真挚，意味深长的好诗

——喜读张虹诗歌《我妈叫我回去看油菜花呢》

好的诗歌总能让人心灵震颤，也总能唤醒和激活人共通的生命和生活记忆。很高兴在遍地油菜花开的三月，读到了陕西著名作家张虹的诗《我妈叫我回去看油菜花呢》。

诗歌很简单，是介乎散文和诗歌之间的一篇美文，叫散文诗可能比较准确。写的是作家自己在三月的某一天的独特的情怀波动。一首小诗，却写得意味深长，写出了大的境界和气象。全诗共九小节，每节基本由四句话组成，个别节次根据抒情需要选用了五句抑或六句。

诗的第一节主要写心情发生的环境。"三月那天／我正做着布道的工作／给一片青年人／布道文学"。明明白白地告诉人们，时逢三月，草长莺飞，正是诗情荡漾的美好日子，作为省内著名的作家之一，张虹正在履行自己的职责，给一群文学爱好者讲授写作经验。看起来这一天很平凡，对于作家来说，她已经习惯了这种别人看起来很苦行僧的工作，波澜不惊了。

第二节写突发事件。"突然，我的手机反复震动／一串熟悉的号码，使我受惊"。原来，是有人来电话了。"手机反复震动"说明打电话的人心情很急切，迫不及待。来电话也没什么，为什么会使我受惊？读者继续看下去，明白了。"因为，那串号码里住着我87岁的母亲／还有我那故乡"。原来，这是来自故乡的电话。我们说，"近乡情更怯"，远离家乡的人更是逃脱不掉对故乡的牵挂。众所周知，张虹原籍湖北，生在汉中，长在汉中，却在安康市担任作家协会主席，相对于家乡汉中，她是一名真正的游子。正如费孝通所说，所有的离开故乡的人都处在一种"回不去"的状态，乡愁是每个游子共有的精神生态。虽然人回不去，但游子们却总是系念着家乡。和张虹女士一样，我的老家在商洛，可我已经在宝鸡生活了二十多年。我们在外工作的人都有一个心照不宣的做法：电话二十四小时保持畅通。每次大半夜接到老家电话，立马会心惊肉跳。汉中是作家张虹生养之地，汉中有作家年迈的老母亲，而来电号码显示的正是家乡的区号（号码）。莫不是家乡有什么事情发生？难道是老母亲身体突然出现了状况？读者的心也和作家一样，揪紧了。

"我战战兢兢地接听／那边熟悉的乡音说道／你妈叫你回来看油菜花呢／汉中的油菜花开了"。为什么战战兢兢？前面已经说过，家乡的电话是一定要接听的。可是，万一是不好的消息呢？仍然得接听。"那边熟悉的乡音说道／你妈叫你回来看油菜花呢／汉中的油菜花开了"。哦，读者明白了，原来这个电话不是母亲打来的，而是另一个家乡人受母亲委托打来的。电话内容也没有什么，老母亲呼唤女儿回汉中看油菜花。我没有见到过张虹的妈妈，但我们可以细想一下，什么样的妈妈才会喊女儿回去看油菜花？这个"妈妈"，她可能是一个一辈子辛劳的居住在乡下的农村女人，这只是她根据节气、时令的变化，一种下意识的情绪反应。年年油菜花都要如期开放，今年也是。花开了，亲亲的女儿却不在身旁。"我"得赶快告诉她，再不回来油菜花都败了。也许，这个妈妈是一个很有情调和素养、精神高贵的城里人。她看到了满眼的油菜花，按捺不住心中的激情。赶快告诉女儿吧！你不是爱写作吗？你不是特别喜欢油菜花吗？快回来吧！妈妈喊女儿回来看油菜花，而不是看"她"。妈妈想念女儿了，却借托看油菜花委婉地表达。多么聪慧的性情妈妈！不管怎么说，这个妈妈有大情怀是一定的。她内心丰富，深谙生活的真味。想到这里，我心里真是羡慕嫉妒得很。在商洛农村老家，我也有妈妈，我的妈妈想念我的时候，也会有意无意地打电话，可我的妈妈只会在电话里说"赶快回来喝糊汤"，或者说家里的核桃、粽子、月饼什么的都放坏了，要我的妈妈在电话里说"回来看油菜花"好像不可能——那需要一种勇气、一种智慧、一种更加扩拓的心胸。众所周知，如同洛阳牡丹已经成为文化符号一样，在陕西，汉中的油菜花也已经蔚然形成了品牌。"春天去汉中看油菜花"也已经成为陕西域内外人们的共识。其实，不止陕南的汉中、安康油菜花开得好，关中地区处处也有油菜花。但好像只有汉中的油菜花开得正宗，开出了品位，开成了品牌！如同安康市自创的广告标语"把安康带回家"一样，汉中油菜花也已经成为文化陕西的外宣符号之一。"你妈叫你回来看油菜花呢！"原来，老母亲身体好好的，读者和作家的心一下子释然了，同时也体会到了作家如释重负之后，那一丝欣慰却哭笑不得的心情。

　　释然之余，一股巨大的幸福感奔涌而来。"那一刻／我浑身的细胞灿然怒放／我傻傻地笑了／瞬间／从六十岁回到了十六"。浑身的细胞像油菜花一样灿然怒放，真是幸福满满，感动满满。"我傻傻地笑了"，笑什么？哎呀，我已经六十岁了，可在我八十七岁高龄的妈妈心里，我还是那长不大的孩子！瞬间，我从六十岁回到了十六。从客观时空结构讲，人不可能从六十岁回到十六，但是在主观心域时空里，作家一下子觉得自己年轻了许多——这是巨大的情感冲击而导致的心理变形。在意料之外，又在情理之中。作家想起了什么？想起了早年在妈妈身边备受呵护和关爱的日子。谁说人生凉薄？而我和我的妈妈却真情走过。作家完全被母亲深深感动了，被亲情深深地震撼了！

　　接下来的四节全部是写作家欣喜若狂，希望和全世界分享这份幸福的迫切心情。首先她将这种快乐告诉她正在布道的年轻人。"我对台下那些年轻的脑袋说／我妈喊我回去看油菜花呢／汉中的油菜花开了"。人要真正懂得珍惜情感还是得在经历各种风雨有了丰富的人生阅历之后。作家在布道，其实也在布爱。"对着脑袋说"一语道破天机，与其说是分享，毋宁说是启蒙，以一个过来人的身份教导青年人懂爱、珍惜爱。"我笑得很傻"说明就连作家自己也感觉到了自己的忘情。"之后／我像个梦游患者／走出会场／穿过酒店大堂／走到汉江边上"，脑袋断片，只有激情和感动在胸中流动，这一系列完全是下意识动作。"走出会场，穿过酒店大堂，走到汉江边上"，作家被骤然而至的思乡情裹挟，脑袋放空，连走路都是轻飘飘的，什么也不管了，信马由缰了。这种放空其实更是一种充实饱满的反语，心被完全占据了，其他器官好像就不存在了。极度的夸张，巨大的亲情乡情之力量！作家就像做梦一样，完完全全被这种巨大的幸福震晕了。幸福之中甚至有点自豪。对，这是妈妈，是我的妈妈，是我已经高龄的妈妈。你们看她老人家耳不聋眼不花，身体和精神头还都不错，她还能看油菜花，看我们汉中的油菜花呢！汉江流贯汉中安康，行政区划的分割，割不断和家乡的血肉联系。不管作家身在汉中还是安康，她都是汉江的女儿。而眼前的汉江是汉中流过来的。那么，让汉江人民一块分享我的透彻的快乐和幸福吧。"我对着清凌凌的江水大声叫喊""我对着天空的黄莺喊""我对着砖缝里的鹅肠草说"，从近到远，从低到高，从大到小，从人稠广众到人烟稀少的地方，作家都要呼告。呼告的内容只有一个，"我妈喊我回去看油菜花呢／汉中的油菜花开了"。读到这里，大家不由感到，许多句子似曾相识。对的，柯岩的《周总理，您在那里？》相信许多人都不陌生。人只有在极度幸福或极度痛苦的时候，才会向天地倾诉，向世界告白。作家整个身心都被思乡之情充满了。这种情感是那么地强烈，那么地清澈迷人。应该指出的是，叫声清脆的"黄莺"在中国文学里也是一个与思念相关的意象，有唐代金昌绪《闺怨诗》为证："打起黄莺儿，莫教枝上啼。啼时惊妾梦，不得到辽西。"思妇想念征人，万千心情却凝结为一个小小的"打"字，那是因为痛苦，而张虹女士却是因为幸福，所以她要喊，高声地喊，喊得黄莺"受惊"，扑棱棱飞到天空。而这天空，同样也是汉中的天空。真可谓心中荡思情，天涯共此时。而"鹅肠草"也是汉中最普通最常见的小草，圆圆的小叶片，翠绿可人，生命力特别强，越是寒冬越苍翠。诗人看到了鹅肠草，也仿佛触摸到了家乡的脉搏。油菜花、汉江、黄莺、鹅肠草，这些都是与家乡汉中相关的意象，通过它们读者都可以感觉到，作家想念家乡了，万分地想念，想得开心，想得断肠。"我妈喊我回去看油菜花呢"，一个"呢"字意味深长。读者也可能注意到了，前面几节末尾都是"汉中的油菜花开了"，而到了最后两节，却变成了"汉中的油菜花开啦"，一字之易，情感境界迥然有别。

最后一节是全诗的收束，更加强化和渲染了这种幸福眩晕感。"就这样／三月那天／我像个梦游患者／走街串巷／一遍遍说着／我妈叫我回去看油菜花呢／汉中的油菜花开啦"。整整一天，作家都处于亢奋之中，因为浓浓的母爱，因为缱绻的亲情乡情。"走街串巷，一遍遍说着"说明作家已经语无伦次，被巨大的幸福包裹，也找不到任何其他语言来传递这种感动。还用再选择语言吗？大爱无言。"你妈喊你回去看油菜花呢"这个十分通俗却相当深刻的句子，难道不能成为一个地区甚至一个国家的对外宣传标语模板？又会勾起多少游子返乡置业的心呢？

我们说，诗歌是炼字的艺术，也是高度浓缩情感的艺术，是情感的珍珠。我不是诗人，可我喜欢读诗、写诗。在诗歌写作现场，我经常感到很沮丧。在各种场合我都说过：要把一篇文章写短不容易，而要把短章写成经典更不容易。想想多羞愧，我们这些热爱文字的人写诗歌，就像从中国汉字里捉蝴蝶一样，或者把蝴蝶捉不住，或者把蝴蝶放不到该放的位置。体重一百多斤的大人，却写不出一首像模像样的小诗歌。没有诗味，更谈不到传世。作家张虹将一个很小的"电话事件"无限放大，巧用呼告、反复、排比、拟仿、夸张等手法，取得了非凡的艺术效果。《我妈叫我回去看油菜花呢》诗歌属于张虹，更属于千千万万在外奔波、打拼的游子！

附原诗：

    我妈叫我回去看油菜花呢

三月那天
我正做着布道的工作
给一片青年人
布道文学
……

忽然，我的手机反复震动

一串熟悉的号码，使我受惊
因为，那串号码里住着我87岁的母亲
还有我那故乡
……

我战战兢兢接听
那边熟悉的乡音说道
你妈叫你回来看油菜花呢
汉中的油菜花开了

……

那一刻，我浑身的细胞
灿然怒放
我傻傻地笑了
瞬间，从六十岁回到十六

……

我笑得很傻

我对台下那片年轻的脑袋说

我妈叫我回去看油菜花呢

汉中的油菜花开了

……

之后，我像个梦游患者

走出会场，穿过酒店大堂

走到汉江边上

对着清凌凌的江水大声叫喊

我妈叫我回去看油菜花呢

汉中的油菜花开了

……

树上的黄莺受惊

扑棱棱飞到天空

我又对着天空的黄莺喊道

我妈叫我回去看油菜花呢

汉中的油菜花开了

……

后来，我走去没人的城墙根下

蹲下来，对着砖缝里的鹅肠草说

我妈叫我回去看油菜花呢

汉中的油菜花开啦

……

就这样,三月那天
我像个梦游患者
走街串巷,一遍遍说着
我妈叫我回去看油菜花呢
汉中的油菜花开啦

原载《延河》(诗歌特刊)2018年第2期

陕西文学评论界的三驾马车

李国平有篇文章说："陕西文学为中国文学贡献了三个现象：路遥、《白鹿原》和贾平凹。"①其实，陕西当代文学批评界同样活跃着三个顶尖人物，他们分别是被称为"陕西文学的良心和思想库"的畅广元，被誉为"'说实话、真话''有思想'的'大批评家'"的著名评论家李星，陕西文学艺术界甚至文化界五彩的名片肖云儒。②他们各自以三十多年的努力，以及七十岁高龄的现实，成为陕西评论界三驾马车，支撑着陕西评论界的大半个天空，至今仍产生着无法替代的影响。

在陕西评论界，不管你认可不认可，他们三个总在那里；不管你承认不承认，凡是有他们三个出现的会议、活动，层次和品位一下子就提高了。近些年，尽管因为精力等原因，在陕西许多评论会上，肖云儒先生的身影出现得不是很多，正如长期担任省文艺评论家协会副主席、不得不频繁出现在各种评论会场合的畅广元先生所言："我和李星就像柿子树枝头挂的仅存的两颗柿子，往后就看你们年轻人了。"③但是我们发现，陕西的作家还是那么看重肖云儒先生的意见，陕西的作家和学者如果能得到畅广元等先生只字片语的鼓励，就会不由自主地激动和兴奋；陕西的评论家

---

① 李国平：《茅盾文学奖视域里的陕西文学》，载《西安晚报》2008年11月3日。
② 《"陕西最具文化影响力人物"申报人员推报材料公示》，载《文化艺术报》2012年1月3日。
③ 在陕西省文联、陕西省文艺评论家协会举办的陕西省第二届文艺评论奖颁奖会上的发言，2011年12月30日。

如果能得到李星等的肯定,就自然进入了陕西评坛或者文坛。有人称他们是"三把狙击枪",更有人敬称他们是"三尊活雕塑"。畅广元、李星、肖云儒,分别作为当下学院派、专业批评、新媒介批评的代表①,已经成为陕西文艺批评界至今依然活跃的三张硬铮铮的文化名片和最后的守门人,影响着陕西文学的方向,引领着陕西的评坛,至今依然是陕西文坛公认的三帧不老的文学风景。

一、文化·人格:畅广元"学院派"批评关键词

畅广元先生这个因"敢于表达自己,而具有独立见解、独立思想"的被文坛称为"陕西文学的良心和思想库"的有深度的文艺评论家,是陕西文学文化批评的倡导者和实践者之一。②(其实,根据学术影响,有"全国贾平凹研究第一人"之誉的西北大学费秉勋教授也是当量级评论家,可惜七十岁后,费先生逐渐淡出文坛)。他主编的《文学文化学》等教材至今仍有其无法忽视的学术拓荒作用。近些年他在《文学评论》等刊物上发表了《全球化时代的文化危机与文学的价值取向》《再定义自己——全球化时代对人文知识分子的历史要求》等近百篇论文。除了《文学文化学》之外,他的《陈忠实论——从文化的角度考察》也是学术压卷之作。总览其研究指向,如果要用相应关键词进行概括的话,我觉得应该一是"文化",二是"人格"。批评家必须彰显自己的批评人格、文化品格。这个思想在畅先生的评论活动中,是一以贯之的。

畅广元自己说过:"我的活动主要不在文坛,但对文学的状态很关注,也时有参与。"③但我们已经发现,无心的介入已经让他全身心地融

---

① 雷达:《真正透彻的批评声音为何总难出现》,载《当代作家评论》2011年第2期。
② 胡文彪:《"思源大讲堂"著名文艺评论家博士生导师畅广元开讲"意义的危机与文化的应对"》。
③ 畅广元:《"直谏"喧哗后的思考》,见惠西平主编《突发的思想交锋——博士直谏陕西文坛及其他》,太白文艺出版社,2001年,第108—109页。

入了陕西文学研究之中,而且俨然成为陕西学院派的评论领袖之一。作为陕西文学文化学批评转向理论奠基和文学批评实践的先驱,先生的学术领地一直集中在"文化"这个场域,甚至向文学的泛文化批评进军,切实构建具有陕西特色的多学科融渗的文学文化评论体系。"自1979年至今,畅广元较为系统地深入文艺心理学研究……他撰写的《诗创作心理学:司空图〈诗品〉臆解》专著还试图用现代心理学的知识来臆解我国古代著名文论家司空图《诗品》中的文艺心理轨迹,从而开创了研究整理我国古典文艺心理学优良传统的先河。"[1]其后他主编的在陕西文学界引起相当影响的《神秘黑箱的窥视——路遥、贾平凹、陈忠实、邹志安、李天芳创作心理研究》[2]独领风骚,引发了陕西文学心理学批评的热潮。特别在研究生中间,掀起了人人热读荣格《心理学入门》等的现象,至今久热不衰。

如果说早期的心理学与文学结合批评还是尝试的话,后期畅广元进行了全面的文学文化批评的探索。其在陕西各个大学固定的学术讲座内容之一就是"意义的危机与文化的应对"。2000年,他和李西建主编的教育部面向21世纪课程教材《文学文化学》[3]出版,系统梳理了自己对文学文化学批评转向的认识。正如李星所说:"畅广元和他的同事李西建教授的《文学文化学》'强调当代文学理论形态体系的建设应具有突出的文化观念和人文视点,提供文学文化学的研究方法,并坚持从整体的文化视点和视野出发,建立和逐步完善一种行之有效的文学理论形态'。"[4]该书作为研究生使用教材,对陕西学院派批评理论建构影响深远。

如果用一个词语形容畅广元的批评姿态,我以为应是"眺望"。不

---

[1] 权海帆、王愚、肖云儒、陈孝英、贺志强:《陕西文艺十年——1978—1988》,陕西人民出版社,1989年,第194页。
[2] 畅广元主编:《神秘黑箱的窥视——路遥、贾平凹、陈忠实、邹志安、李天芳创作心理研究》,陕西人民教育出版社,1993年。
[3] 畅广元主编:《文学文化学》,辽宁人民出版社,2000年。
[4] 李星:《建构与操练——序畅广元教授〈文学文化批评视野中的陈忠实〉》,见《李星文集》,太白文艺出版社,2009年,第108页。

满足于既有理论，以陕西文学为蓝本，进行深度实验，积极地全方位地探索中国特色的理论批评路径。他主要运用西方（主要是苏联）行之有效的理念、方法论检验中国文学，尤其是陕西文学，最终目的是希望建构有一定竞争力和活力的且具有民族特色的话语批评理论体系。但他一直把自己的理论话语之根深深扎在陕西本土文学审美体验的沃土之中。学界已经发现，第一、二代西方汉学家对我国现代文学研究产生过非常大的影响，甚至可以说帮助中国现代文学批评建立了一种整体意识和良性发展的可能。但是，第三代汉学家想重振早期汉学家的影响，明显缺乏经验和实力。人们已经注意到这个现象，畅广元先生所供职的陕西师范大学，不断在文学批评方法论领域开拓，一直引领着陕西甚至全国文学批评方法论研究的走向，《新时期文学批评模式研究》《秦地小说与三秦文化》《晚年孙犁研究——美学与心理学的阐释》《陕西当代作家与世界文学》《执着与背叛——女性主义文学批评理论与实践》等著作的出现，不仅保持并巩固了陕西师范大学在全国的学科学术研究地位，而且直接营养了陕西学院派批评家。畅广元先生出版的《陈忠实论——从文化的视点考察》[①]，可以视作当然的文学文化学批评转向实践的典范之作。作为陕西著名的文学评论家、社会活动家，畅广元先生摒弃"匍匐式"学院派研究理念，在自己开创的文化领域做出了卓越的贡献。至今，他依然奔走在建构中国特色理论批评话语体系的路上。

"人格"是畅广元先生文学批评的第二个关键词。针对当下学风浮躁、非文学因素对文学的负面影响，畅先生一再提醒陕西的评论家要有人格和骨格，不能猥琐自己的批评品格，一直要求自己的学生要从"他者"的文化语境中"剥离"并找到自己，发出自己的声音。这些思想集中体现在他的《文艺学的人文视角》[②]《告别"附属" 走向自主、自觉——改革开放30年文学社会的精神维新》《为"我"定位——初读〈歇马山庄〉的

---

① 畅广元：《陈忠实论——从文化的角度考察》，人民文学出版社，2003年。
② 畅广元：《文艺学的人文视角》，首都师范大学出版社，2007年。

一点想法》等论著之中。他指出：作家或艺术家首先要有独立的人格，即不攀附、不媚俗、不唯上，自始至终要发出自己的声音，表现自己的思想，袒露自己的真容。人格是学养，更是一种崇高博大的文化，二者互为作用，互相关联。畅广元在陕西率先使用了"批评的学术人格"概念。他指出，"评论家有自己的学术人格，或者有他的评论人格，现在我们常常由于受某种非文学力量的支配，使我们的价值观念常常在面对文学作品的时候，缺乏一个中立的态度""批评家必须具有批评的学术人格，批评家的学术人格的根本内涵是学人面对现实、面对真理时所表现出的自律品格"。[1]面对新的批评语境的挑战，畅先生敏锐地感到，知识分子必须重新定义自己，"再定义自己，是全球化时代对人文知识分子的历史要求。面对全球化时代所呈现出的不平等、不公正的事实，人文知识分子理应把全球化理论转换成一种批评新论，并在批判中再定义自己的价值取向……再定义自己，需要人文知识分子以一种大视野、高文化和担道义的精神来支撑"[2]。他再三呼告，"文学人必须有真正的主体精神""文学人告别'附属'，走向自主、自觉，是改革开放30年中国文学社会的精神维新"。[3]可以说，在"人""人格"研究范畴，畅先生用了较大心力，为构建现代批评家的学术批评人格苦心孤诣，不断探索，取得了一系列颇富开拓意义的进展。

毋庸讳言，常年教授马克思主义文艺理论课的畅广元先生是激情敏感的，其批评态度相当严格。一个观点的提出，会影响文坛很长时间，比如关于陕西作家与农民相关乡土写作、民生题材写作，他总结的"精神进程反应论"成为分析这些题材作品的不二法门。几乎每一个重大的文学事

---

[1] 畅广元、李继凯、屈雅君、吴进、田刚：《关于当前文学批评的对话》，载《小说评论》1995年第2期。
[2] 畅广元：《再定义自己——全球化时代对人文知识分子的历史要求》，载《陕西师范大学学报》2003年第1期。
[3] 畅广元：《告别"附属"，走向自主、自觉——改革开放30年文学社会的精神维新》，载《文艺理论研究》2009年第1期。

作,他都能及时跟进发言,而且还能根据时代变化、认识嬗变进行微调,态度明确得近乎苛刻,立场鲜明,绝不拖泥带水。被批评者往往当面难堪,骨子里却都很佩服其深厚的学养、高尚的人品、精警的判断。比如《雪祭》作者党益民曾这样写自己遭遇到畅广元先生批评的尴尬:

> 畅先生年过花甲,铁面无情,包公脾气。头次见面,他就亮开嗓门,唱起了"反调",其实是讲了真话。这是难能可贵的。我们今天的文学批评,甚至于政治生活中,也是太缺少这样的声音。听好话、表扬的话是耳顺、舒服,就像吃岐山臊子面一样,顺溜可口,吃了还想吃,总觉不够。可否定的话、批评的话是逆耳,听了不舒服,就像喝汤药一样,苦不堪言,一口都不愿下咽,总是叫你难受。但仔细想想,正是这种声音的出现,才增加了研讨的学术气氛,对作者,对文学都有益。①

无论是小说的作者还是学者必须构建自我的批评话语体系,不能猥琐(批评)人格,是他对自己和学生们的一贯要求。在他的影响下,陕西师范大学文学院院长、美学专家李西建,现当代权威专家李继凯,文学传播学专家李震等脱颖而出。而与陕西师大颇有渊源的西北大学文学院前院长、现西北大学副校长李浩,西北大学文学院副院长段建军,西北大学教授周燕芬,等等,都已经成为陕西评坛中坚力量。他们和西安建筑科技大学文学院副院长韩鲁华、西安工业大学冯希哲、西安音乐学院仵埂、宝鸡文理学院文学院前院长赵德利、宝鸡文理学院陕西文学研究所前所长冯肖华等一道,大多数以承担相关文学研究国家项目为标志,成为陕西后笔耕组时代主力军。这些人和畅广元先生一样,各自在方法论方面开拓了自己独特的批评领域,在陕西评论界也成为举足轻重的人物。

---

① 转引自忽培元:《我读"在文学创作研讨会上的专家发言"有感》,http://blog.sina.com.cn/s/blog/_6394cbf01001nod.html

二、思想·个性：李星专业批评关键词

有人已经发现一个现象，陕西三个获得茅盾文学奖的作家，对李星都很敬重，这是其他评论家无法达到的。比如路遥临终前将为自己的小说《人生》（英文版）写序的任务交给了李星。路遥《懂生活的评论家》一文中这样写李星：这个人无论对重大问题还是对一般的艺术观点，都力求认真钻研以至透彻理解，而不是那种号称博览群书其实常常一知半解，最终只能用'模糊语言'写评论的评论'家'。李星的文章条理清晰，论断力求准确，且也不乏惊人之见；一旦灵性突发，甚至诗情如潮而涌，字里行间时有电光石火飞溅。①陈忠实在《一个人的声音》一文中回忆起李星影响自己创作的两句话：一句是在《平凡的世界》获得茅盾文学奖之后，李星对他说"你今年再把长篇小说写不完，就从这楼上跳下去！"这句充满友情和坦诚的话语，终于促成了《白鹿原》的问世；另一句是《白鹿原》写出后李星感叹："哎呀！咋叫咱把事弄成了！"陈忠实说，就是这两句不是评论语言的话，让他认识了率直、热情，和陕西作家、陕西文学同呼吸共命运的李星。陈忠实还认为李星是继胡采之后陕西文坛最有影响的人物。他充满感情地说："就我耳闻，作协院内的几位专业作家，每有自己看重的某个作品出手，先在私下里要听听李星的评说，谁在艺术上探索一种新的尝试，也要听李星的看法。""新时期开始形成的陕西青年作家群的几乎所有作家，都受到李星的关注和关爱，（他）对每一个人的作品都发出过坦率真诚的评说的声音，至后来出现的更年轻的一茬作家，及至新世纪跃上文坛的更年轻的作家，李星都发出自己的声音，予以评点，业已成为老少作家都不可缺少的一种声音。"②

贾平凹也在《朋友李星》中写道：

---

① 路遥：《懂生活的评论家》，见《李星文集》第1卷，太白文艺出版社，2009年，序三。
② 陈忠实：《一个人的声音》，见《李星文集》第1卷，太白文艺出版社，2009年，序一。

他天生的评论家气质，典型的年轻时不见年轻、年老了不显年老的形象，黑个脸，老成严肃。他一直在关注着我，给过我很多鼓励，但更多是眼光在寻找我的短处，或愤然不满，或恨不成器，但他从没有讥笑和作践过我。而我的好处是，对他的批评虽脸上挂不住，有过尴尬，可总是当时不服背过身服，口上不服心里服，越挨批评越去请教，背了鼓寻槌，认作他水平高，是个了不起的人物……他广泛接触文坛上的各层次各年龄段的作家，他当然给许多人说过好话，从说话的角度上、语气上你能看出他的善良，生怕挫伤了人家的积极性，而原则性的问题绝不含糊，保持着一个批评家的道德底线。而对于已有成就的作家，他评论的标尺就相应地高，意见中肯又有深度，能击中要害，即便言辞尖锐，也极富建设性。正因为这样，他赢得了众多作家的尊重。据我所知，在许多文化活动的会议上，但凡他发言，会场便一片肃静，大家都要听听他是怎么说的。几十年来，我们见面都在文学活动场所，也去过他家几次，都是我写了什么自己觉得重要的作品了，拿了第二稿求他给看看，关了门让他"砸一砸"，砸过了回来再改。可以说，我许多作品里边都有他的心血。[①]

作为陕西当代文学发展的见证者、关注者、参与者和促进者，李星在陕西乃至全国文学评论界有着独特的影响。李星在评论界公认的口碑是持论公允，态度认真，思想深邃，个性突出，文笔摇曳多姿，见解深刻独特。可以说，李星的评论关键词主要在"思想"和"个性"上。他的思想主要体现在独特的"眼力"（判断力）。满脑袋智慧的李星其眼力的毒、准、稳是有口皆碑的。他经常能举重若轻，一语中的，一针见血。他不说废话，不说谎话，只说真话、有价值的话。他的这种"眼力"来源于不断的阅读、比较、参与、更新；来源于丰富而多样的批评实践。这种眼力当

[①] 贾平凹：《朋友李星》，见《李星文集》第1卷，太白文艺出版社，2009年，序二。

然是史识和个性的结合。正如李星自己所说："批评家需要基本理论的武装，需要对某一文学现象所据以产生的社会生活的透彻理解，但是最能构成批评职业特点的却是一种文学鉴赏家的眼光""丰富的理论修养、严密的思辨能力、系统的学科知识，这些作为一个理论家的必备素质，批评家可以而且应该具备一些，但是文学欣赏者的眼光、敏锐精确的审美感受力，却是不可或缺的"。[1]无疑，这种眼光自然地凝结为鲜活的思想，使得他的批评厚重、大气、不学究、不酱缸，而且充满着深邃的哲理意味。

"个性"主要体现在从不人云亦云，而是审慎分析，独立思考决断。李星是这样认识"批评"的："和'选择'的说法比较而言，我更倾向于认为批评是一种理解，是一颗心、一个生命对另一颗心、另一个生命的理解。批评的深度，常常不是来自理论武器的伟大，而是来自批评主体对作品世界人生理解的深度。""任何忽视作家感受世界、解释历史生活方式以及表现个性的批评，都不是我们观念中的批评。"[2]他特别欣赏别林斯基："别林斯基不会被表面现象所迷惑，不为任何潮流所左右，他一下就认出了美和丑，真和伪，然后以毫无忌惮的勇气说出他的判断——全盘地、不折不扣地、热情有力地、信心坚定地说出来"；他还很欣赏傅雷的立场："一切伟大的艺术家（不论是作曲家，是文学家，是画家……）必须兼有独特的个性和普遍的人间性。我们只要发掘自己心中的人间性，就找到了艺术沟通的桥梁。若能再细心揣摩，把他独特的个性也体味出来，那就能把一件艺术品整个儿了解了"。李星更认识到人生体验对批评工作的重要性。他说："要了解作品的人间性，自己必须有丰富的人生体验，才能对源于痛切的人生体验的创作有敏锐的感觉，并且把这种体验的独特性传递给读者。"[3]在《文学、小说和作家——自问自答十题》中，他更

---

[1] 李星：《飞禽走兽之辩——关于批评的断想》，见《李星文集》第3卷，太白文艺出版社，2009年，第312页。
[2] 同上。
[3] 同上。

明确表明了自己对文学个性的认识:"我认为文学的最大、最突出的特点就是充分的个性化,它是个性化的语言,是个性化的生活体验,个性化的情感表述,个性化的叙述结构方式,个性化的生活理念、人生哲学,个性化的独特的生活发现和认识,个性化的情趣和智慧。好的散文、好的小说、好的诗歌,有哪一种没有打上作家个人的生活印记、感情印记、思想印记、文化印记、语言印记?什么时候你把自己写进作品了,或者从作品看到你了,你就是作家,你的作品就是文学。否则就不是。"[1]可以看到,始终坚持自己的批评人格,坚持做人的良心,做陕西文学最后的守望者,深度介入作家作品,从而使李星的批评入骨三分,个性焕然,成为陕西文坛独特的"这一个"。

也就是说,一个优秀评论家需要的基本素养,比如深厚的理论功底、敏锐的思想、比作家高超得多的感悟生活能力、过硬的言语表达和写作能力等,李星都具备,而且是佼佼者和集大成者。如果用一个词语形容李星的批评姿态,我以为应是"蹲踞"。从不轻率发言,而是深度观察,认真阅读、体味,然后发声,微言大义,语惊四座。李星曾经对记者说自己是"一生都在用眼睛和心吃字的人"[2],"吃"了那么多字,写成心得就那么一点。许多作家著作等身了,而作为大评论家李星的文集三卷本才两百多万字。贾平凹看到李星日子过得很清苦,曾感慨地说:"评论家在中国文坛是最难做也是最穷的,如果下辈子托生,干什么都可以,就是不做评论家。"而李星面对社会对茅盾文学奖的质疑,这样说:"无论如何还得继续评下去。"[3]这应该也是这个大评论家自己的心声。

被誉为"说实话、真话""有思想"的"大批评家"李星笔耕不辍,积极思考中国当代文学、当代文化的发展方向。作为著名评论家、茅盾文

---

[1] 李星:《文学、小说和作家——自问自答十题》,载《陕西文学界》,1998年,第1、2期合刊。
[2] 李星:《再谈我和我的文学批评——代后记》,见《李星文集》第3卷,太白文艺出版社,2009年,第389页。
[3] 李星:《无论如何要继续评下去》,载《西安晚报》2010年2月3日。

学奖评委，他发现和鼓舞了不计其数的优秀作者。李星获得过众多荣誉：1993年，获中国当代文学研究会优秀研究成果奖；1995年成为有突出贡献的国务院政府特殊津贴专家；2003年成为陕西省有突出贡献专家；2001年获中共陕西省委、省政府"德艺双馨"称号；1998年获陕西"505"文学奖；2009年获陕西省第二届文艺大奖"终身成就奖"；与他人合著的《邓小平文艺思想研究》获1994年中宣部"五个一工程"奖；与他人合著的《路遥评传》获2001年陕西省优秀社会科学著作奖。

三、西部·对视：肖云儒专业媒介"两栖"批评关键词

肖云儒是著名的文化学者、书法家，任中国西部文艺研究会会长、中国小说学会副会长等职，被聘为中国人民大学等十余所大学的教授。他关于散文"形散神不散"的论述和关于中国西部文学等的论述被写入中国当代文学史。他的专著有《八十年代文艺论》《中国西部文艺论》《民族文化结构论》《对视文化西部》《美》等十四部九百余万字。他在中央电视台、凤凰卫视和各地电视台做了四十余次重大的人文话题和学术讲演，其个人小传和学术成就被英国剑桥《世界文化名人传记》等十一种辞书介绍。

肖云儒多才多艺在陕西评论界是公认的。倘若也用一个词语形容他的批评姿态，我以为应该是"出击"。肖云儒一直不满足自己的文学评论家的身份，他说："由于过早地定位于搞评论研究，几十年来形成了相对固定的评论家角色形象……我的性灵，实际上处于有意无意地被理性压抑的状态，起码是处于长期得不到启迪、滋养和育化的状态。"他还说自己是"北方面食中的臊子，一勺一勺舀到别人的面碗里，却很难有自己的一碗面"[①]。殊不知，他在稳稳端牢自己的饭碗的前提下，却去抢吃别人锅

---

① 肖云儒：《对视风景：肖云儒散文、随笔集》，太白文艺出版社，2001年，第910页。

里的饭，出击并抢占一个个文化高地，吃得气强，吃得自在，吃得理直气壮。他的目标是重塑陕西文人形象，拓展拓宽文人的生活和审美空间（场域），尽力彰显文人用智慧参与社会主义精神文明建设的可能性、必要性。作为专业批评和媒介批评的"双栖型"评论家，他在散文理论、小说评论、影视评论、书法评论等领域都有非凡建树，是名副其实的文艺评论家。他又是业绩丰硕的作家，尤其是他的散文写作达到了一定的水平和高度。著名学者、中国艺术研究院院长、中国《红楼梦》研究会会长冯其庸评价肖云儒的散文"秋水长天、恬情淡韵的中年风和书卷气""感悟和思考都有力度""他视点多，胸襟大，能够宏观地、综合地把握对象，时有独辟蹊径的巧思……同时具有感觉和感情的灵悟，这种灵悟让你感到了难得的诗人气质"。他还是省内外著名的书法家，他的字功力深厚，个性独特，极具生命感和文化个性。贾平凹评价说："老肖的字里充满了激情，充满了尖锐，有生命感，潇洒而有灵气。"中国书法家协会副主席、西安交大教授、著名书法家钟明善也感慨地说："大家都知道肖云儒先生是文艺评论家，这几年才知道他还是书法家，求字的人和求文的人一样，越来越多。他的字是学者字，秀美，潇洒，有书卷味，看得出一些基本美学原则的自如运用，还有综合的智力结构和笔情墨趣的把握。"他的字和贾平凹、陈忠实、雷涛、赵熙等相比肩，已经成为文人书法、名人书法的经典代表。由他担任主讲之一的八集电视片《千年书法》在中央电视台播出后，反响热烈；由他担任总撰稿的电视作品《金瓯赋》等获得广电部"星光奖"。他又是公认的社会策划人、活动家，有他出面主持的各类文化创意活动总能刮起一股"肖旋风"，产生激烈的社会震荡效应。作为陕西西部文艺研究公认的开拓者之一，他所做的包括文学陕军在内的西部文学研究至今无人能出其右。尤其是近些年，他在各种重大的文化、社会场合尤其是在国家级电视荧屏上频频亮相，精彩的发言和精准大气到位的点评，提升了陕西文艺批评家的社会影响力和贡献力，同张贤亮、余秋雨等一样，成功地完成了从文人到文化人的华丽转身，在文学式微，评论家普遍地位、口碑不高的不利状况下，为陕西文人的文化转型提供了新思路。

当然，肖云儒最大的贡献和专长还是文艺评论（含文学、影视、书法、社会文艺评论等）。在陕西文坛上，肖云儒以自己扎实的理论功底、开拓性的研究成果和敏锐独到的批评眼光独领风骚，成为我国文艺评论界一名卓有成就的骁将。至今人们还无法忘记散文"形散而神不散"的论断对中国文学创作的冲击和贡献。不少人都对他的评论和批评个性记忆犹新。陈忠实曾这样评价："云儒是我的老师……他的'形散而神不散'，现在已经成为中国散文界公认的对散文写作最具概括力的一句箴言，可以称为肖氏语录。"陈忠实还说："从新时期文学开始，云儒对陕西的新文学发展起到了一种不可估量，也不可量化的促进作用，我是受益者之一。新时期陕西涌出一波青年作家，几乎每一个人都受到云儒的关注和品评，对他们的创作的发展，都起到了极大的促进作用……云儒的文学评论已经从陕西文学界的影响扩展到全国，成为全国新时期文学发展的一个重要声音。到新世纪以后，他的言论已经不局限于文学，而是涉及社会、政治、经济、文化、历史、现实，完全成为一个很令人敬重又令人佩服的一个学者，学者型的肖云儒。"[1]总览肖云儒的文艺批评，主要学术领地在西部文学（文化）。"'西部文学'概念始于著名艺术评论家钟惦棐先生关于西部片的建议，1984年3月，蒸蒸日上的西安电影制片厂召开了一次'电影创作座谈会'，正是在这次座谈会上，钟惦棐先生作了《面向大西北，开拓新型西部片》的发言。记者出身的文艺理论家肖云儒先生，立即敏锐地感觉到其中的理论创新价值……沿着钟惦棐的思路，肖云儒连续发表了《美哉，西部》《西部电影五题议》等文章，被十几家报刊所转载、介绍。'西部文艺'这个词从此进入了大西北的文坛，并由此走向各个文艺领域。"正是肖云儒"将钟惦棐先生的内部发言建议，提升为一种创新意

---

[1] 陈忠实：《在肖云儒从文50年和70寿辰纪念会上的讲话》，载人民网，2010年11月26日。

义的理论命题,最早予以报道,也是他早在1984年9月就发表《美哉,西部》的文章,企图从西部历史与现实、西部生活与艺术的结合点上去建构西部艺术、西部文学的理论框架,提出:'西部片以至一切西部文艺,都应该以发现、捕捉、提炼、升华西部之美为自己的一大特点,并且从题材内容、精神气质、美学追求、人物塑造、情节结构等方面探讨了西部文学的特点及内涵。'"[1] 1989年5月,肖云儒继"形散而神不散"之后第二个学术里程碑——《中国西部文学论》出版。著名文艺评论家王仲生评价《中国西部文学论》是"西部文艺的第一部专著和多维文化学的理论雏形建构","使中国西部文艺很早具有了理论形态"。[2] 该书1990年获中国图书奖,1992年获中国当代文学优秀成果奖。在肖云儒的组织和倡导下,《中国西部音乐论》《中国西部歌舞论》《中国当代西部诗潮论》等八部西部文论专著,也纷纷问世。可以说,正是"西部"这个独特的地域、批评领地成就了肖云儒,正是有质地,有骨气,有个性,充满血性,充溢着无穷生命力、创造力和神秘感的西部文艺成就了他。肖云儒正是从西部走向了全国。在肖云儒之后,曾客居甘肃多年、近年才返乡并担纲陕西师范大学"延安时期文艺研究中心"负责人的陕西著名学者赵学勇扛起了西部文学研究的大旗。西部文学已经响亮文坛,肖云儒开拓之功不可磨灭。和莫言同时被评为"中国绅士"[3]的无上荣耀,已经证明了其在全国文化界的影响。

作为"笔耕文学研究小组"主力成员,肖云儒和"笔耕组"其他成员一道,积极践行并贯彻"笔耕组"精神。笔者曾经提出:"总揽'笔耕组'三十年批评实践,坚持社会历史批评传统,坚持现实主义批评原则和人本主义、人道主义理念,高扬时代精神,以'尊重''对视''理解'

---

[1] 李星:《西部精神与西部文学——纪念中国"西部文学"诞生十周年》,载《唐都学刊》,2004年第6期。
[2] 王仲生:《多维文化学的理论建构——肖云儒的〈中国西部文学论〉》,见《对视文化西部——肖云儒文化研究集》,太白文艺出版社,2001年,序三第1页。
[3] 张洋:《莫言、肖云儒入选第三届中国绅士》,载《阳光报》2012年12月10日。

作家创作为关键词,不猥琐批评人格,从阶级性、人性、人民性等角度体察中国文学,在批评的文学性方面做了大量'去魅'和'还原'的工作,鞭挞假恶丑,弘扬真善美,批评充满着时代风格和个性体温。"①在"笔耕组"成员里,肖云儒可谓一个特例。他那双锐利的眼睛,一直切入中国文化的核心和内里。他的两百八十万字的"对视"书系,更是鲜明地表达了自己的批评立场。评论家和作家是平等的,既不仰视,也不俯视,而是"对视",是另一种意义的切磋和碰撞。这种"对视"是建立在充分尊重理解作家作品,洞悉陕西乃至中国文坛现状,热爱并关切陕西文学,和陕西文学同呼吸共命运的基础之上的。我们现在已经发现,只有"对视",才能改变作家一家独大、自说自话的局面;只有"对视"评论家才能找到自己的自信,才能构建自我批评人格,才能对作家作品发出真正的声音。同时通过作家的相关回应,不断地修正并提高自己的理论素养,从而实现双赢,最终达到文学的前进和繁荣。

说肖云儒是专业型和媒介"双栖型"评论家,我觉得恰如其分。肖云儒自己也曾感叹说:"多年两栖于新闻和文艺之间,真够难为人了。"②中国人民大学新闻系毕业记者出身的肖云儒从纸质媒介起步,最开始他的文章主要通过学术期刊、论著出现,再后来他的领地逐步扩展到电台、电视台、网络,已经由传统的"笔耕"变成了"舌耕",许多场合他已经成为单纯的文化符号。他的言论(主要是短章,适合媒体传播需要)大量出现在报纸、荧屏上,已经由西部文学研究的"带头大哥"成为陕西新媒体批评的代言人。正如李建彪所评价的:"从事文艺、文化研究和文艺评论已多年的肖云儒,至今已经有了较强的角色转换意识,有了较宽的美感共鸣箱和较多的思考出击点。"③2013年第五期《延河》(下半月刊)曾经刊

---

① 孙新峰:《论中国文学批评现状与出路——以"笔耕文学研究小组"为例》,载《渭南师范学院学报》2012年第9期。
② 肖云儒:《八十年代文艺论》,陕西人民出版社,1991年,自序第3页。
③ 李建彪:《肖云儒和他的文艺评论》,见《对视20年文艺——肖云儒文化研究集》,太白文艺出版社,2001年,第898页。

发肖云儒专访,标题是《肖云儒:一个艺术评论行道里的"玩家"》可谓形象准确。[①]经常缺席相关文学评论研讨会(却经常主动"在场"其他各种社会文化活动),当选为"中国绅士"已经说明了这一点。

总之,肖云儒的悟性和灵气,畅广元的精警和大气,李星的率真和深刻,都以鲜明的批评个性打开了局面,为自己开拓了批评领地,也为陕西文学批评在中国文学争得了一席之地。至今这三位"教父级"文学艺术家,仍然满腔热忱,躬耕于陕西这块文化热土中。不是老气横秋,而是老当益壮,老有所为,老而弥坚,正发挥着其重要影响力,为陕西文学发展、文化繁荣做着自己的努力。

原载《西部学刊》2013年第7期

[①] 李东、肖云儒:《一个艺术评论行道里的"玩家"》,载《延河》(下半月)2013年第5期。

乱世悲歌

——《白乌鸦》小说印象

《白乌鸦》是甘肃省著名实力派作家陈自仁2008年创作、2010年由长江文艺出版社出版的近四十七万字的长篇乡土题材小说力作，是2007年继《高兴》以来我读过的最好的小说。作家老辣的文笔、流畅的叙事、恢弘的气象，让人惊叹，尤其在深层次人性揭示方面给我们树立了典范，是近年西部地域文学创作的新收获。

一

小说《白乌鸦》叙写的是原西路军女军医战士吴华君近半个世纪的悲欢荣辱、心路历程。整个小说情节起伏跌宕，象征意蕴浓厚，其写作厚度、深度、高度方面足可与《白鹿原》等获得茅盾文学奖的国家级经典作品媲美，某些方面甚或更高一筹。

小说切入点很独特。与其他作家不同，《白乌鸦》小说作者把自己作品的主人公放置到了一个别人未曾涉及或者不敢涉及的全新的艺术领地——西秦岭腹地的涎水沟麻风村。写盛世背后的苍凉，写小人物的命运。《白乌鸦》小说选择的是一群居住在涎水沟麻风村上沟的"准麻风人"，一些被社会遗忘的人。这些"准麻风人"是时代斗争的晴雨表，是沟通涎水沟下沟村真正麻风病人和社会的媒介。作家从民国时期写起，一直写到新中国成立后的五六十年代，时空跨度很大，却命意点清晰，兴味线迭出，让人不忍释卷。众所周知，麻风病是一种遗传性传染病、不治之症，人一旦患上这种病症就不得不被主流社会抛弃。正因为如此，麻风病人或者疑似麻风病人才获得了自我生存和发展的空间。长期与所谓的正常人群隔离，麻风病人有了自己独特的价值观、世界观，并以之规范约束自己的言行。作品以因各种原因躲入涎水沟麻风村上沟村的各色复杂人等为主角，展开了精描细绘。我们可以看到，这些"准麻风人"并不是真正的麻风病人，真正的麻风病人在下沟村。他们中的一部分是当地的土著居民，是过去反朝廷的义军领袖的后人，更多的是在外界"有官司在身"的由于各种原因逃亡到这里的人们。他们依山造屋，和平相处，民风淳朴，安土重迁（实际是不敢迁，一旦出去就会被人当成真正麻风病人打死）。正像小说所说："涎水沟人，不是拐子、傻子，就是麻风人，再就是在外犯下事的人。"①当地人因为水土的原因，许多人都得了大骨节病，行动不便，生活节奏迟缓。他们是被主流社会抛弃遗忘的人群，但是他们却以博大的胸怀接纳着一切外来人。就连一贯高傲的地主女儿柴玉梅也慨叹，"涎水沟人太善良了，涎水沟是苦难人的天堂"②。涎水沟成了人们最后的栖息地。只有在涎水沟才能出现"杀人犯当村长，逃亡地主当文书，杀人不眨眼的畜生，也能当上民兵连长"的事情。可是，树欲静而风不止，涎水沟上村也并非世外桃源，他们的平静生活屡屡被外来人打破，外界社会的阴影牢牢地控制住了他们的身心。吴华君的初恋县委书记周静生接到举报信来村里视察，按理说应该是值得庆贺的事情，可是乡里能人、涎水沟的民间权威天罡等却躲得无影无踪。长期的孤独生活，造成了涎水沟人的趋利避害、敏感多疑，而且事实证明，他们的怀疑是正确的。凡是从麻风村出去的，无一例外都要遭受重创——心理的或者肉体的，最终涎水沟

---

① 陈自仁：《白乌鸦》，长江文艺出版社，第24页。
② 同上，第201页。

又成了他们最后的栖息家园。这些准麻风病人在社会上生存尚且如此窘迫，真正的麻风病人又该怎样？然无论如何，这些被社会遗忘的人，他们仍然坦然地接受现实。他们不愿意给别人添麻烦，反而尽力帮助别人，他们的宽容厚道让现代人也自惭形秽。小说借"准麻风村"村长天罡之口写了真正的麻风人的境界：

>真想不到，一群被麻风病放倒的人，一群天天等死的人，心地竟然这么善良，这么宽广。当上沟容不下红绸（吴华君之女——笔者注）的时候，是他们收留了红绸。人说人怕的麻风人家，竟成了红绸的落脚处。如今红绸死了，他们又收留了红绸的娃。上沟人怕红绸，怕红绸的娃，麻风人却啥都不怕！不管是谁，麻风人都敢收留。涎水沟是收留落难人的地方，可真正收留落难人的地方，是涎水沟的下沟，是那让人想起就害怕的麻风人家。他们收留了红绸，收留了红绸的娃，这一点上沟人永远做不到。[①]

小说寓意很深刻。小说没有以"一个女红军的故事"等为题目，反而选择了一种罕见的怪异的动物为题来追溯人的悲剧命运，以《白乌鸦》为题显然有很深邃的思想。白与红相对应，一种惨白、苍白之意，包含有残缺、缺铁钙、缺血等意蕴。天下乌鸦一般黑，世界上只有黑乌鸦，白乌鸦很少见。小说中的白乌鸦始终以悲悯和让人恐怖的语象出现，和涎水沟人心息相通，休戚与共。据小说中的描述，白乌鸦是当地得了白化病的一种乌鸦，这种鸟通人性，是涎水沟人眼中的神灵，非常灵异，是下沟村人的"消息树"。外界稍有风吹草动，白乌鸦马上就能感知。可是如同涎水沟只生产拐子和傻子一样，这种乌鸦视力有限，行动迟缓，许多时候只能靠人们施舍活命。白乌鸦和当地人福祸相依，结下了深厚的感情，麻风村几乎所有人身上都有白乌鸦的影子。吴华君是一心向往革命的，可是一次被俘后，彻底失去了组织的信任，成了一个没有组织要的革命者。可她内心

[①] 陈自仁：《白乌鸦》，长江文艺出版社，2010年，第299页。

的革命热情没有消歇，她是一个被火热的革命时代抛弃的心灵破碎的人，是"精神拐子"。吴华君的女儿红绸，和村子里当年的麻婆婆一样，是一个"后娘抛弃型"的"弃儿"代表。本身出身比较尴尬，是母亲被国民党马步芳手下马古拜强奸所生，母亲逃到麻风村嫁给了秦老鸢，生下了弟弟秦生，红绸一定意义上成了没人管的孩子。缺乏爱和关心的红绸没有选择自立自强，而是自暴自弃，变得性情暴戾，言行怪异。生存事实使得她不能走出麻风村实现自己各种目标，只能像白乌鸦一样，匍匐在村子里，在寻找温暖、伸展个性的同时也毁灭了自己。

　　小说的主线很清晰。以吴华君在"涎水沟"的遭际为明线，小说写出了人在时代"鏊子"面前无法自主、随波逐流的困窘和无奈。《白乌鸦》小说写的是一群边缘人的生活，他们因为各种原因，参与社会的热情减弱了，没有了精神支撑，靠本能活着成为他们要面对的主要问题。西路军军医吴华君在部队战败后被马家军俘虏，在战友舍身相救下，杀死马家军军需处处长后逃离囚牢，去找组织却被组织猜疑，同时被马家军追杀，不得已带女儿红绸来到麻风村，改叫苗阿莲，想隐姓埋名了却后半生，却莫名其妙地被抓去当了秦老鸢的女人。由开始不喜欢秦老鸢，到后来被老实忠厚的秦老鸢感动嫁给秦老鸢，吴华君经过了艰难的思想斗争，最后吴华君终于成了上沟村的一分子，成了涎水沟的苗阿莲。谁料迫害强奸过吴华君，并使吴华君生下女儿红绸的马家军走狗杀人魔王马古拜，也在解放军的追击下来到了涎水沟上麻风村。吴华君和马古拜互相周旋，既斗智又斗勇。然而由于涎水沟"和平相处、不允许互相仇杀"的村民规约的束缚，吴华君无法报仇，马古拜也不能对吴华君下手，就这样两人互相戒备、敌视又不得不相互依存。最后，"后娘抛弃型"代表——吴华君的女儿红绸不满父母对弟弟的疼爱和对自己的忽视，特立独行，结果被马古拜勾引怀孕，在巨大的压力下，躲往下沟麻风村，成为真正的麻风病人，后被马古拜枪杀。围绕红绸之死，麻风村展开了对马古拜的追讨，马古拜不得已逃走，后被生活所迫又返回涎水沟黑森林。斗争又得持续下去。主线以吴华君遭遇勾连起整部小说，副线却是写波澜壮阔的社会变化，国共合作、解放战争、土地革命、"大跃进"等都有体现。从小说描写来看，与世无争的麻风村人见证了多灾多难的中国，经历了非同寻常的人生体验。他们像鏊子上的面团一样，被时代的火炉炙烤难得清静，屈辱却卑微地生存着。作家以静写动，以轻写重，取得了独特的艺术效果。

小说人物形象很丰满，真实有质感。小说重点写了女军医吴华君。她热爱革命工作，很早就成为西路军名军医。可是，一次被俘后，她的命运彻底改变。她一心向往的组织不再信任她，穷困潦倒，只能选择"独善其身"，只能去荒凉的麻风村默默地度过余生。然而，她的命运并不因为躲进麻风村就有所改变，接下来的打击接二连三。生命安全没有保障，不敢暴露自己的军人身份，寄居破烂的山神庙，沿村讨饭，吴华君备尝苦涩。好不容易说服自己嫁给了村民秦老鳌，希望后半生有个依靠，结果秦老鳌为了寻找仇人马古拜遭遇饿狼战死；女儿红绸也被杀人魔王、自己的父亲马古拜玩弄后杀死；自己和老鳌生的儿子秦生，也在新社会里无法适应生存，只能回到涎水沟麻风村。——显而易见，"秦生"的名字不仅是老鳌专有的商标，更是为了纪念自己的初恋情人周静生。吴华君一生都在理想和现实中痛苦煎熬。悲苦和不幸成为她主要的人生表征，寻找组织（认亲）和报仇成为她人生的关键词。深谙医理的她，知道了麻风村人得大骨节病是因为吃了不洁的水，可是，没有办法表明身份的她说的话麻风村里的人谁能相信呢？她只好自己一家不吃泉水，而改吃流水。儿子秦生的正常健康，说明了吴华君判断的准确，也说明了涎水沟人是一群步入死地而不觉悟的人。"吴华君是中国妇女中最不幸的女人之一，也是中国女人中最伟大的女人之一。"[①]逃难到涎水沟的大学教授楚寒星的断语可谓准确。在吴华君身上，集中了中国妇女的隐忍、坚强、勤劳、智慧的品格，疾恶如仇的性格又使得她对过去的阶级仇恨念念不忘，给自己的女儿起名

---

① 陈自仁：《白乌鸦》，长江文艺出版社，2010年，第326页。

"红绸"就是为了牢记红军战士被杀的仇恨。

天罡,名如其人,俨然麻风村的黑金刚、黑煞神。没人知道他的真名。涎水沟外来的人没有一个人敢说自己的真名姓。天罡是麻风村里的人梢子,是少数几个相对比较健全的人,是麻风村中的民间权威。麻婆婆的话最有代表性:"在涎水沟,天爷是老大,天罡是老二。"[①]因为未婚妻被马家军糟蹋了,他杀了两个军爷后躲进麻风村。他胆大包天,有商人的狡黠,经常出山买卖山货;他不识字,却是村子里唯一会写对联的人,尽管那些对联只是画几个简单的象意圆圈而已。他小农意识强,把自己家搞得红红火火,在涎水沟,家中房子最多的人是他,做什么事先考虑自己的利益。他身体强壮好色,村子里稍有姿色的女人他不沾身的很少!就连外来的女人,只要有可能,他一定要占便宜。但他也是热心肠,孝顺丈人,很顾家,是乡里能人。就连吴华君也给自己的孩子说"这涎水沟男人的脑壳,都长在你天叔脖子上"[②];就连刽子手马古拜也很佩服天罡,"天罡是个跑过地面的人,又是个地道的山里汉子,既厚道又仗义,有一副侠义心肠"[③]。可以说,天罡是麻风村和平秩序的维持会长,也是涎水沟实际执法者,说一不二。他信奉麻风村的村约民规,不管是谁,到了麻风村一律平等,都是落难人,谁也不允许看不起谁!当村长也当得有声有色。主要人物马古拜其实也是一个悲剧人物,是麻风村的地煞星,一脸的阴气鬼气和杀气。其实"他根子里是好的。马家军是个臭屎缸,根子再好的人,掉进这样的屎缸,能不脏吗?能不臭吗?"[④]他被人驱使过着刀头舔血有今天没明天的日子,于是杀人、强奸无恶不作。然而队伍被共产党打散后,他一下子沦落了,不敢说出自己的真实身份。腿上的枪伤曾让他一蹶不振,可是求生的欲望使得他骨子里还是要作恶。他阴险狡诈手段毒辣,

---

① 陈自仁:《白乌鸦》,长江文艺出版社,2010年,第88页。
② 同上,第107页。
③ 同上,第96页。
④ 同上,第93页。

而且城府极深。在涎水沟养病，明明腿上枪伤已基本恢复，却还要装病；为了在涎水沟扎稳根基，他拜天罡岳父拐子爷为干爸；明明枪法很好，曾经因为发明"胸前挂印""独眼望天"等杀人手段残杀八路军俘虏留下恶名，却还要假拜猎人石疙瘩为师父，让他教自己打枪；为了报复吴华君，诱奸了自己的女儿红绸并使她怀孕，最后枪杀了红绸。如果不是被他伤害过的大学教授楚寒星在村民大会上揭穿他的杀人魔王身份，不知道他还会在村子里制造多少祸端！一看情势不妙，马上藏起来或一走了之。然而他也是一个很复杂的人。腿受伤后，他一度万念俱灰，寄人篱下的日子也过得紧紧巴巴，同时，还面临复仇女神吴华君的步步追杀。小说中有一个情节让人忍俊不禁，在别人怂恿之下，他想找柴玉梅做老婆，"去媒婆麻婆婆家说事的时候，他身上穿的拐子爷送的裤子，裤裆用马莲草胡乱别着，结果由于盘腿坐的时间长了，马莲草干枯了，男根露了出来，被麻婆婆家的猫狠抓了一下，落荒而逃，被麻婆婆发现了"[①]。其生活之困窘可见一斑。而这个杀人魔王，竟然也是一个有手艺的人，小说这样写道：

> 涎水沟人没有想到，费仁（马古拜假名——笔者注）腿残了，手巧得很。他会剃头，会用木头雕刻东西。他给梨花和丑丑雕了木梳，给石疙瘩雕了几只木碗。有了木碗，大狗、二狗和三狗再也用不着在炕头的泥坑中吃饭了。[②]

而且，在涎水沟人影响下，马古拜竟然开挖了三亩荒地，开始自己养活自己了。在全国大炼钢铁、吃食堂，结果浮夸风蔓延饿殍无数的情况下，为了活命，马古拜再次躲进了涎水沟黑森林！从小说叙述来看，最后返回涎水沟的时候，他已经有了一点忏悔之心。在白乌鸦的启唤声中，他长跪在红绸坟前，已经说明了他的人性并未完全泯灭。这个昔日的杀人魔王，离开了战场之后却老境颓唐，每况愈下。这个欠下了无数条人命债的杀人狂，会不会在良心的谴责之下自戕？！他的下场究竟如何？这是小说

---

① 陈自仁：《白乌鸦》，长江文艺出版社，2010年，第187页。
② 同上，第222页。

留给我们的悬念。

拐子爷和夯爷也是塑造得相当成功的形象。作为义军领袖的后代、麻风村的土著居民，他们的友情实在真切而让人感动。天罡之前，拐子爷也是村里一个人精，一切心中有数。他把人活明白了。他已经意识到涎水沟水土有问题，但是由于老观念作祟，他无法接受这个事实。他和其余涎水沟人一样，在坐享肥沃土地收成的同时，也得了无法治愈的大骨节病。只有他才深深体味到强颜欢笑生不如死的滋味。正如小说所说："自打他记事以来，涎水沟出过十多个呆傻人，那些呆傻人，没有一个活过五十岁，也没有一个善终。"[①]于是，在自己的童年伙伴夯爷控制不住自己的生理欲望，多次兽性发作，对孙女红绸进行性侵犯的时候，为了保全夯爷的晚节，为了整饬涎水沟混乱的秩序，为了夯爷少受罪，也为了后辈，他毅然决然地带上老伙伴，飞身投向狼口。意识到自己和儿时小伙伴已经成为家人的负担，他坚决地、清醒地把自己毁灭掉，推身利以利人，这是多么高尚的人性光辉和酒神精神！就是现在又有多少人能够做到？洞悟人生达观乐天是其最大的特点。秦老蔫，这个一辈子唯唯诺诺的人，他心地善良，甚至到了愚蠢的程度。同时，他外憨内秀，是一个很有生活情调的人，前妻豆花的一双绣花鞋也会让他悲从中来，而且很会心疼女人，用自己的真诚和体贴收获了吴华君的爱情。而就是这个看起来其貌不扬，一着急就上吊、流眼泪甚至有些松囊的人身上，却蕴藏着强大的生命力、忍耐力，最终，他以与饿狼同归于尽的壮举完成了自己的生命历程。应该指出的是，小说中极度叛逆的红绸，巫婆、媒婆兼产婆麻婆婆，甚至脾气火爆、心地善良的猎人石疙瘩，等等，都写得个性鲜明，卓尔不群。

二

一时代有一时代之文学。《白乌鸦》虽然写的是过去的历史，写弱势

---

① 陈自仁：《白乌鸦》，长江文艺出版社，2010年，第233页。

群体的乱世人生，而且许多故事情节都有原型出处，写实与写意相合一，但是读的时候丝毫没有阻和隔的感觉。主要在于作家杰出的人生智慧和丰富的写作经验。最近几年，我党红军时期"西路军"相关研究已经成为学术热点，而用文学的方式书写西路军当年的苦难，写被"大水走泥"的时代卷走的事实本相，一定意义上讲，作家可以说有填补空白、开拓领地之功。应该指出的是，类似的题材在上世纪80年代已经出现过，1984年6月，刘学红的中篇小说《三个女红军的命运》由春风文艺出版社出版，该书也是反映西路军女红军战俘被马步芳部队（马家军）迫害、凌辱、摧残状况的。在那个时代，女红军俘虏如果能嫁给他人做妻子，已经是很不错的命运，被杀、被关、被残害者不计其数。然而由于当时写作理念、手段、作家兴奋点的差异，《三个女红军的命运》故事性比较强，主要由于篇幅限制，没能充分展开，批判和反思味道缺乏，写得相对比较粗疏。《白乌鸦》的作者思维异常开阔，小说浓缩了作家半生的生活经验和智慧，能够看到作家虚心吸收他人的写作经验的痕迹。读到红绸被生父马古拜引诱生下麻风儿，人们心头喋血的同时，不由得想起了葡萄牙作家儒利奥·丹塔斯的经典小说《那双手》，妓女玛利亚·朱丽叶被自己的父亲马努埃尔·达·克鲁兹压在了身下，从那双熟悉的双手特征玛利亚·朱丽叶认出了自己的父亲，而从警察所念书信末尾的签名确认了父亲的身份——这是生活造成的悲剧，更是社会的过错。《那双手》小说中的玛利亚·朱丽叶知道真相后只是一头栽倒在地上，《白乌鸦》中的红绸却至死也不知道马古拜是自己的父亲。和平年代，《白乌鸦》小说让我们再次反思战争给普通人造成的重创。从小说我们可以看到，为了建构符合自己理念规则的社会，无论是哪一方都付出了极为惨重的代价，吴华君——战俘——这个人类战争的衍生物，首当其冲承受了更重的时代灾难。

我们说，小说《白乌鸦》实际上可以归于民生题材或者问题小说的范畴。说它是民生题材，主要因为小说关注的是弱势群体——准麻风病人和麻风病人的现实生存。他们生活在一个几乎完全与世隔绝的世界里。外界的态度是让他们自生自灭。然而没有想到的是，他们的生命力非常顽强，一代代绵延不断。尽管大多数都很短寿，但是他们的生命本能诸如吃、性等器官高度发达。他们是没有统一的信仰的人群，所以他们比较看重的是生理意义的生存——活着。基本的生活用品除了自给自足外，很大一部分要靠政府或外界救济。小说这样写涎水沟人生活的困窘：

> 在涎水沟，石疙瘩家娃最多，也最穷。——最穷的时候，家中连一把菜刀也没有，……好在妻子丑丑聪明，发明了轰动涎水沟的"马勺背切菜法"，她把菜放到马勺背面，用弯弯的镰刀去切，只要是菜，没有切不了的。……石疙瘩家缺少吃饭的碗。为了儿子吃饭方便，石疙瘩在炕沿上挖了三个海碗大的坑。……每次饭做好，丑丑嘴对着饭坑，猛吹一口气，吹走坑里的灰尘，就开始往坑里盛饭。①

什么叫提起裤子没腰？什么叫穷得叮当响？请看下面两段描写：

> 我只有一条裤子，给了他（马古拜——笔者注），我穿啥？总不能让我精尻子跑么！
>
> 天罡一愣神，盯住了石疙瘩。他想起来了，石疙瘩现在只有一条裤子。冬天，丑丑在裤子里填上了棉花和羊毛，让石疙瘩当棉裤穿；开春，丑丑掏出裤子里的棉花和羊毛，让石疙瘩当单裤穿。②
>
> 夯爷同大多数涎水沟人一样，有土布裤子、麻布裤子和羊皮裤子。夏天穿麻布裤，春秋穿土布裤，冬天穿皮裤。土布裤和麻布裤尿湿，烘干就行了，皮裤一旦尿湿，就难办了。皮裤见水变软，烘干变硬，穿上硌人，还咔咔作响，让人听着就难受。③

人生在世，吃穿二字。从小说可以看出，涎水沟人的生活条件很差。没有盐吃，秦老蔫和天罡等去山外找盐，还没出山，就被乱石打回，差点

---

① 陈自仁：《白乌鸦》，长江文艺出版社，2010年，第73页。
② 同上，第77页。
③ 同上，第225页。

丢了性命。仓廪实而知礼节，衣食足而知荣辱。恶劣的生存条件以及频繁的政权更迭使得他们失去了对社会的基本信任。吴华君去县城找儿子秦生，却被组织抓住审查，后来费尽周折才逃回涎水沟。天罡听到她的进城遭遇时，一拍大腿：

> 我说啥来着？官府靠不住！这世上，最靠不住的就是官府，你说，哪朝哪代，官府说话算过数，官老爷说话算过数？人民政府？哼！阎王爷的球，日鬼的物件儿。①

尽管这只是天罡一个人的感叹，但是仍然值得我们思忖。准麻风病人只是一面镜子，那些真正的麻风病人，甚至其他有传染疾病问题的人群，他们现在的生活怎么样？这些准麻风病人和下沟真正的麻风病人一样，是被人遗忘的人群，是文明社会的"多余人"。如同小说所写："附近三州十八县，人人躲着涎水沟，涎水沟的名声，顶风臭千里。"②而涎水沟的得名，更让人心酸："'涎水沟'一名，来源于村里的呆傻人。不知为啥，涎水沟有很多呆傻人。呆傻人的下巴上，总是吊着长长的涎水。涎水吊在下巴上，挂在胸脯上，一到冬天结成冰凌子，一到夏天胸脯起痱子，抠烂皮肉一片子。这地方流涎水的人太多了，才落下了涎水沟这个怪名。"③就连涎水沟人自己也感觉到了自己生存的艰难。"对一般人来说，生存也许是美丽的。他们活着，生命如一朵盛开的花朵，白天有灿烂的笑容，夜里有沁鼻的幽香。对拐子爷和夯爷来说，生存就是苦难。他们活着，如腐朽的树干，在风雨中摇摇欲坠，又散发着腐朽的气味。"④所谓的生存意义、生命质量对他们来说根本不存在，能活着已经很不容易了。没有人关注他们，除了他们自己。"涎水沟人对山外的事，向来不闻不问。有的人，特别是一些外貌恐怖的麻风人，一辈子不出涎水沟。就是

---

① 陈自仁：《白乌鸦》，长江文艺出版社，2010年，第378页。
② 同上，第5页。
③ 同上，第9页。
④ 同上，第25页。

身子健全的人,也怕走出涎水沟,被人当成麻风人,乱石打死,甚至活活烧死。不过,大家对涎水沟的事,都很关心。谁家的鸡被狐子叼走了,谁家的母牛怀犊子了,谁家的婆娘小产了,谁家的姑娘开始来红了……都会成为涎水沟的新闻,被大家不厌其烦地说来传去。"①其实,不是他们不愿意关注外边的世界,外边太乱了,把他们不当人。他们心有余悸,更何况涎水沟"地肥山美水甜人厚道"。只有在涎水沟才会出现把人工呼吸叫亲嘴,把绷带叫绑腿,把青春期叫发情期;也只有在涎水沟,才能出现为实现传宗接代或满足生殖欲望母亲(父亲)帮儿子圆房睡媳妇、爷爷强奸孙女却被认为是"黑骚爷"色鬼附身等的可悲事件。这些人早都被我们遗忘了。当然,我们抛弃了他们的同时,他们也拒绝了我们。涎水沟人自己管理自己。涎水沟人判断一个人是否为同类主要有两个标准:一看你是否落难,二看你是否有特长。而且他们特别崇拜有手艺的人。能给人治病的吴华君、会"写"对联的天罡、会接生的麻婆婆、能读懂官府文件的柴老爷、会算账的大学教授楚寒星,甚至能做木工的杀人狂马古拜,在他们的心目中都高大得很。在长期的群居生活中,他们形成了自己独特的社会伦理准则,而且代代传承。官府文件他们由开始不接受,最后也开始配合,说明他们还是顺从的,对社会还是抱有希望的,只是我们抛弃了他们。拐子爷的话击中了要害:"我在涎水沟五十年了,我知道,不管啥党、啥军,只要是官府的老爷,就不会到涎水沟来。你们也不想想,官府老爷的命,比咱老百姓的命金贵得多。他们最怕麻风人,为了抓你们这些狗日的落难人,让他们染一身麻风病,可是一万个划不来呀!"②事实的确如此,被以投机倒把罪名义抓住的天罡,一句话"我是麻风沟人"把审问他的民警也吓跑了,最后不得已"放鸽子"让他偷偷逃跑。不过,麻风村还是迎来了第一个官府人物,那就是吴华君的初恋——县委书记周静生,可是他来主要是奉命抓捕从农场逃跑的大学教授楚寒星,顺便看望一下自己

---

① 陈自仁:《白乌鸦》,长江文艺出版社,2010年,第63—64页。
② 同上,第171页。

过去的恋人。随后周静生被免去县委书记职务，有可能改变麻风村人尤其是军医吴华君命运的希望的火星就此陨落。——麻风村的未来在哪里？谁也不知道。秦老蔫死后，小说中有这样一段描写：

> 快晌午了。惨白的阳光，照在陡峭的山崖上，照在茫茫的雪原上。白色的山野里，到处反射着太阳的死光。白色的死光，像是轻烟飞扬，又像是迷雾缭绕，在山野间飘荡。山下的涎水沟，笼罩在太阳的死光中，无声无息，也像死去了一般。……他们看着迷雾笼罩下的涎水沟，一种没法形容的悲痛和凄凉，笼罩了全身。①

作家用这么多的笔触是想告诉我们，关注弱势群体，关注全面民生，这是多么宏阔的人类意识，又是多么深邃的人文关怀！

说《白乌鸦》是问题小说，主要立足于其反映社会生活的深度。近些年，一些反思小说以及根据这些反思小说改编的影视作品不断涌现，一大批被遗忘的人群成为荧屏主角。比如《集结号》《我的团长我的团》，甚至主旋律作品《亮剑》《中国兄弟连》等也有很多反思的意味。"一将功成万骨枯""盛世背后是苍凉"，在这一点上，《白乌鸦》是与西部著名作家贾平凹的《高兴》小说一脉相承的——写盛世背后的苍凉，关注底层人群的现实生存。我们说，社会越成熟，反思性文艺作品越多，这是一个基本的常识。一个民族如果有勇气正视自己的过去，那至少还有疗救的希望。社会在变，可是人们的期盼没有改变。正如天罡所说："我们要讲良心，养个狗还知道摇尾巴呢！政府的话要听！"②可是民众的社会参与意识只有在解决了基本的温饱等生活生存条件下才能实现。从根本上改善他们不利的生存生活条件，只有这样，才会弊绝风清，才不会出现麻风村这类的"国中之国"。

小说还提到了一个对人的价值重新定位问题。在涎水沟，人们考量一个人是否合群、可信，先用居住在"山神庙"过渡的方式，听其言，观

---

① 陈自仁：《白乌鸦》，长江文艺出版社，2010年，第339页。
② 同上，第276页。

其行，确认你是落难人没有危险然后才会接纳你。他们不管你过去做过什么，只看你来了以后的表现。只要你有一技之长，就能立足，甚至受到尊崇。也许，这种不计前嫌、唯能是举的用人体制可以为我们当下的和谐社会构建提供思路？小说还提到了我们党不很完善的滞后的干部考察制度，比如对吴华君这样一个曾经为革命做出过巨大贡献的人的重新认识问题，一个当年满腔热血向往并投身革命的名军医吴华君，就这样在麻风村潦倒一生，让人很心痛。更痛的是，为了救自己的被马家军残杀的西路军姐妹战友，不得已牺牲自己的色相下嫁给马步芳手下团长的杨少贞，革命胜利后却被当成叛徒被第一批镇压。在特殊年代特殊状况下，如何甄别考量一个人的革命性？这不仅是吴华君的疑惑，也是读者感到纠结的问题。实际上这涉及一个群体道德与个体道德、个体生命欲求与公共意志的选择问题，这显示出作家精警的问题意识和超前的写作理念。读《白乌鸦》小说，我多次难过哽咽。我为作品中人物悲惨遭遇而唏嘘，为作家敏锐写实的写作态度而感动。说实话，在阅读文本的时候，我想起了西部小说《白鹿原》，"白乌鸦"意象和"白鹿精灵"异曲同工。作为小说的引子和主要象征语象，《白鹿原》中的"白鹿"意象很轻灵，《白乌鸦》中的"白乌鸦"却有一种浓得化不开的忧伤，一种另类的孤独意识，一种白色恐怖的沉重意味。小说中吴华君被组织调查再次面临生命危险，没有办法再次从县城往涎水沟逃亡。"这种逃亡生活，使她想起了长征路上，想起了河西走廊，想起了带着红绸讨饭的日子……解放十多年了，她一个流落深山的老红军，为啥子还要过这样的日子？吴华君想不明白"[1] "一切的一切，难道都是天意，都是命运的安排？"[2]一个因为医术高明、工作出色早早加入中国共产党的女军人，一个当年逃跑时杀死了马家军军需处长、引起整个西宁城震动、引来马家军仇人亡命追杀的革命英雄，最终却只能把自己的一切遭遇归结为命运的安排，这该是多么的凄凉！我们说，涎水

---

[1] 陈自仁：《白乌鸦》，长江文艺出版社，2010年，第377页。
[2] 同上，第344页。

沟人群和白鹿原人群遭遇是相通的,被时代的车轮裹挟着,缓慢沉重地向前走。不同的是,《白鹿原》小说整个是拘谨内敛的,而《白乌鸦》小说是放开的。尽管在精度上《白乌鸦》和《白鹿原》还有一点差距,但是厚度上、反映人性的深度上两者完全可以抗衡。主要是《白乌鸦》也写得很美:大道在人心,悲音低回。应该指出的是,《白乌鸦》是继西部作家路遥的双水村、陈忠实的白鹿原、贾平凹的清风镇等西部作家拿手的"地域"题材之后的新探索,已经突破了"家族式叙事"和"政策图解"写作的窠臼,由浅层次的地理迁移向深层次人性掘进。

常年从事西部文学研究,笔者一直在思考什么是西部文学精神。西部文学精神难道只是柳青的苦质精神?路遥的直面苦难、超越苦难的人道主义情怀?或是陈忠实、贾平凹的写史、写另类的民生现实主义追求?抑或是像红柯一样,抒发仰望星空、敬畏自然的王者之气?或者是守土与出游构成的审美落差形成的"文化堕距"美?是克服"向上行走"(从农村包围城市,向发达地区进军,把文学作为晋级升等改变命运的工具)还是坚持"向下行走"(像柳青等一样从繁华闹市奔向贫穷基层农村地区深入生活挖掘"真金")之路线选择?可以说,西部文学精神客观存在,每个人都可以根据自我体察作出阐释,而事实上我们对西部文学精神的挖掘还远远不够。我们可以注意到,从1984年钟惦棐在中国文学界首先提出文艺上的"西部"概念开始,[1]后来者包括一些著名评论家,真正对西部文学精神进行科学界定的很少。赵学勇、孟绍勇在其撰写的《革命·乡土·地域:中国当代西部小说史论》一书中将西部文学精神总括为:"恶劣环境中对于民族自信心的张扬;灰暗的现状生活中对于人性的发掘;虚妄的历史话语中对于底层生活的关注;缺钙的精神世界中对于英雄广义的呼唤。"[2]对此,笔者也很赞同。具体地说,西部文学精神是一种立足西

---

[1] 李星:《西部精神与西部文学》,载《唐都学刊》2004年第6期。
[2] 赵学勇、孟绍勇:《革命·乡土·地域:中国当代西部小说史稿》,人民大学出版社、山西教育出版社,2009年,第9页。

部、直面现实、书写欠发达的西部地域独特的苦难艰辛，但却不落苦难泥淖的酒神精神；西部文学精神是一种力争上游、各自求索、互相呼应、敢于争先、百折不挠，引领和追赶文学潮头的硬汉愣娃精神；西部文学精神是一种以民生和乡土为特色，充满诗性智慧和生命意识，凝结着深厚的孤独情结和苍凉感，代代更新，前赴后继的日新精神等。但无论如何，西部文学精神是一种边疆精神，是一种相对于主流文学的民间精神，是中国文学精神的重要组成部分，以其血性和坚硬的质地与其他地域文学精神区分开。西部文学的声音也是从地底下传出的梵音，是最有底气充满着西部独特地气的声音。

与《白鹿原》等西部小说相比，《白乌鸦》的叙事节奏是明快的，作家穿越纷乱的社会表象，直抵民族（人性）弱点和社会病灶，一个女红军的遭遇拉出了沉潜已久的社会病象痛疽。正像刚杰·索木东所指出的："《白乌鸦》以一个西路军失散女军医'阿莲'的人生经历为主线，以艰苦闭塞的西北农村为背景，以一群不同来历、不同心态、不同生存背景的人在同一生存环境里的不同生存理念和生活方式，在彰显大部分朴实的西部人善良、光明、乐观的人性的同时，尖锐地披露了病态人性的阴暗、残忍、毒辣，入木三分，甚至读来让人惊讶，乃至心灵震颤！"[①]毋庸讳言，《白乌鸦》小说做到了文学的阶级性、人民性和人性的有机统一，是全方位展示西部文学精神的典范之作。可以说，《白乌鸦》小说剑走偏锋，是西部地域文学创作的新收获，为后来者树立了标杆。

原载《文艺理论与批评》2010年第6期

[①] 刚杰·索木东：《陈自仁先生长篇小说〈白乌鸦〉读后感》，http://blog.tibetcul.com/group.asp? gid=59&pid=9238

后　记

　　书稿已经按照要求整理完毕，而我的心情不仅不轻松，反而有些沉重。这些文字虽然已经公开发表，在当时也产生过一些波澜，现在看来，质量和水平有限，许多观点也已经不再新颖，不再具有锋芒。但是无论怎么，都是我从事文艺批评工作的心路历程，在"文学陕军再出发"的时代大潮中，能够陪伴贾平凹等陕西乃至国内一流作家甚或一批陕西中生代作家、新生代作家等一起成长、撞击、突破、超越，幸何如之！

　　回顾个人过往的批评之路，真可以用悲欣交集来形容。初入评坛的意气风发，活在当下直面"批评何为"的尴尬，以及看不到批评去路的迷茫……一定意义上，批评是浓缩和概括的艺术。作家煌煌数十万言的小说，要写出万把字的富有思想锋芒的评论文章，繁杂的工作之外，点灯熬油、绞尽脑汁是少不了的。而且，除却经典作品，作家一部新作往往热不过两三个月，两三个月以后你写的文章质量再好，也无刊物愿意采用了，文章最后只能束之高阁！正如肖云儒老先生说：批评是低报的辛劳！而作家贾平凹看到大评论家李星老师大半辈子从事文学评论，日子过得很清苦，也曾发出这样的感叹：评论家在中国文坛上是最难做也是最穷的，如果下辈子托生，干什么都可以，就是不做评论家。费秉勋老师也说：当下作家如过江之鲫，而批评家却依然是紧缺资源，与大作家对等的大批评家更是极少……生活在文学大省陕西，天然地承继了民族文学的使命和情怀。很高兴柳青、路遥、陈忠实、贾平凹、红柯、陈彦等文学大树给我们文艺评论工作者提供了足够的批评资源、批评自信和精神支撑，很高兴生活在可以纵情激扬文字、磨砺和彰显个性思想的新时代。

有句老话，叫爱之愈深，痛之愈切。我是多么地热爱我的陕西！我更热爱我们的陕西作家！正是陕西作家焚膏继晷、前赴后继、"用生命写作"，才给我们给全社会出产和奉献了优良的绿色精神食品。我们为他们独创的文学"陕西经验"而欣喜，也为他们沉湎于乡土写作，文字、意境缺乏创新，无法彻底突围，不能走得更远而焦灼！作为中国文艺评论家协会创始会员，我最早注意到陕西文学新生代批评乏力，最早在《陕西日报》呼吁发掘和推荐陕西"笔耕文学研究小组"前辈们开创的现实主义文学批评陕西经验，也是最早获批了陕西第一项"笔耕组"国家级课题者，一石已经激起了千重浪；我也是最早在陕西提出构建"贾平凹及其文学（艺术）研究体系"（简称"贾学"）者，《陕西日报》也进行了评价，也引发了一些争鸣，现在看来，"贾学"要被更多人接受，仍然尚需时日。

适值新书出版之际，感谢陕西省作协各位领导给我这个还算年轻的中年文艺评论工作者宝贵的出书机会，能让我向陕西各位老批评家、老前辈学习，重温批评过往，砥砺批评精神。同时在此，也感谢在我的文学批评历程中，慷慨提供版面发表我的浅薄论文的《文艺理论与批评》《兰州大学学报》《当代文坛》《当代传播》《宁夏社会科学》《新疆大学学报》《社会科学家》等高水平期刊、杂志的编辑老师。最后，更应该感谢陕西师范大学出版社马凤霞老师。本书能顺利出版，无不凝结着马老师的辛勤编校、耐心付出。谨致谢忱！

孙新峰

2024年9月26日